Stan Wolf

STEINE DER MACHT

DAS MYSTERIUM VOM UNTERSBERG

▲

Roman

Bibliografische Information der Deutschen Nationalbibliothek:
Die Deutsche Nationalbibliothek verzeichnet diese Publikation in der Deutschen Nationalbibliografie. Detaillierte bibliografische Daten sind im Internet über http://www.d-nb.de abrufbar.
ISBN 978-3-85022-785-8

Alle Rechte der Verbreitung, auch durch Film, Funk und Fernsehen, fotomechanische Wiedergabe, Tonträger, elektronische Datenträger und auszugsweisen Nachdruck, sind vorbehalten.

© 2009 novum Verlag, Neckenmarkt · Wien · München
Lektorat: Bianca Ziegler

Gedruckt in der Europäischen Union auf umweltfreundlichem, chlor- und säurefrei gebleichtem Papier.

www.novumverlag.com

MACHT HAT VIELE GESICHTER
DAS STREBEN NACH MACHT IST UNS EIGEN
DIE STÄRKSTE MACHT
LIEGT IM VERBORGENEN

▲

Vorwort

Vieles ist zu unfassbar, als dass man es einfach niederschreiben könnte. Vielleicht sollte es auch verborgen bleiben, denn der menschliche Verstand nimmt nur jene Dinge zur Kenntnis, welche ihm geläufig sind. Deshalb schreibe ich dieses Buch als Roman.

Es bleibt dem einzelnen Leser überlassen, zu beurteilen, was er als Tatsache anerkennen möchte.

Danksagungen

▲

Mein Dank gebührt in erster Linie Linda, welche mich mit großer Geduld und Ausdauer bei meinen Fahrten und Abenteuern begleitete und immer eine Flasche Wasser dabei hatte.

Dank auch an Werner, Apollo und Gero, welche mich tatkräftig bei meiner Suche unterstützt haben.

Vor allem aber drücke ich Bard, dem Künstler aus Farafra, großes Lob aus, da er mir mit seiner bescheidenen, liebenswerten Art die Zusammenhänge vor Augen geführt hat.

Der Fischer Raghab hat mich letztendlich zur richtigen Zeit zum richtigen Ort gebracht.

Sheik Momammed Abdul Jussuf, Allah möge ihn beschützen, wies mir den Weg zum Berg der Bilder.

Für hilfreiche Unterstützung gilt mein Dank Franz, dem Manager vom Sheraton Hotel Soma Bay in Ägypten.

Der General lieferte mir schließlich den Beweis für das Unmögliche ...

Kapitel 1

Griechenland Oktober 1941

Ein regnerischer Oktobertag in der Ägäis ging zu Ende. Tiefe Wolken verdeckten den Himmel an der griechischen Küste. Die Schaumkronen des aufgewühlten Meeres und die raue Gischt der Brandung verstärkten den düsteren Eindruck des ungemütlichen Herbstwetters.

In den Baracken des kleinen Feldflugplatzes Kalamaki, nahe Piräus, brannte bereits Licht, als der Einsatzbefehl an die beiden dort stationierten HE 111 Bombenflugzeuge der 4. Gruppe des 26. Kampfgeschwaders der deutschen Wehrmacht einging. Das Geschwader führte einen sitzenden roten Löwen mit dem Wahlspruch „Vestigium leonis" – „Die Spur des Löwen" – im Wappen und wurde daher auch das Löwengeschwader genannt. Dem Piloten, Leutnant Jansen, blieben gerade noch dreißig Minuten, um mit dem Flugzeugführer der anderen Maschine die Route zu besprechen. Als erster Zwischenstopp sollte der gerade erst kürzlich errichtete Feldflugplatz von Iraklion auf Kreta angeflogen werden. Dort würden Zusatztanks aufgenommen und nochmals vollgetankt werden. Die Reichweite sollte diesmal nämlich auf ein Maximum erhöht werden. Zielgebiet war das Rote Meer südlich vom Suezkanal. Nach gerade erst eingegangenen Berichten des Nachrichtendienstes sollte sich dort die „Queen Mary" befinden, welche enorme Mengen an Nachschub für die alliierten Truppen in Nordafrika an Bord haben sollte.

Die „Queen Mary" war das zur damaligen Zeit größte Passagierschiff der Welt und war von den Briten für den Kriegseinsatz zum Truppentransporter umgerüstet worden. In dieser Nacht des 6. Oktober 1941 sollte sie von den beiden deutschen Flugzeugen mit speziellen Torpedobomben versenkt werden. Jansen startete die beiden großen Motoren seines Flugzeuges.

Laut dröhnend kamen die mächtigen Propeller auf Touren und nachdem der zweite Jagdbomber ebenfalls seine Maschinen angelassen hatte, rollten beide Flugzeuge dicht hintereinander zum linken Ende der Rollbahn. Plangemäß starteten die beiden zweimotorigen Heinkel 111 mit je fünf Mann Besatzung und erreichten schon nach etwas mehr als einer Stunde die nur dürftig beleuchtete Landebahn in Iraklion auf Kreta. In kurzem Abstand setzten beide Maschinen auf der planierten Piste des neuen Flugplatzes auf und rollten zu dem schon bereitstehenden Tankwagen. Die beiden Kommandanten ließen sich in der Luftaufsichtsbaracke den aktuellen Wetterbericht für ihre Flugroute geben. Binnen kürzester Zeit waren auch die Zusatztanks unter den Tragflächen befestigt und die Flugzeuge wieder aufgetankt. Sie starteten in Richtung Süden und nahmen direkten Kurs auf die ägyptische Hafenstadt Alexandria. Knapp vor Erreichen der afrikanischen Küste gab Leutnant Jansen den Befehl, jeglichen Funkverkehr einzustellen, damit die Position der beiden Bomber nicht vom Feind durch Peilung festgestellt werden konnte. Über dem Norden Ägyptens war es wolkenlos und im Mondlicht zeichnete sich scharf die Küstenlinie des afrikanischen Kontinents ab. Jansen änderte nun, wie besprochen, seinen Kurs auf 110 Grad und die zweite HE 111 folgte ihm in geringem Abstand. Sie flogen in einer Höhe von 3000 Metern nördlich an Kairo vorbei und erreichten kurz nach Mitternacht das Rote Meer südlich von Suez. Jetzt hatten sie sehr gute Sicht und gingen hinunter auf 100 Meter über dem Meer. In der nächsten halben Stunde sollten sie auf die „Queen Mary" treffen. Im fahlen Mondlicht glänzte die ruhige See unter ihnen. Die beiden Maschinen flogen der Küste der Sinai Halbinsel entlang nach Süden, doch von ihrem Ziel war weit und breit nichts zu sehen.

„Wenn das Schiff nicht bald in Sicht kommt, müssen wir umkehren", Leutnant Jansen, der bereits etwas nervös geworden war, wischte sich den Schweiß von der Stirne. Er sah zuerst auf die Tankanzeigen und dann auf seine Uhr. Ihr Treibstoffvorrat reichte gerade noch für etwa zwanzig Minuten in südlicher Richtung, spätestens dann müsste er umkehren, damit sie den Flugplatz in Kreta noch sicher erreichen konnten. Aber noch immer war keine Spur von der „Queen Mary" zu sehen.

Doch plötzlich tauchte ein vor Anker liegender Konvoi der Alliierten vor ihnen auf. Das größte der Schiffe war ein Frachter mit über 120 Meter Länge, danach ankerten ein mittlerer Kreuzer und eine Menge kleinerer Schiffe als Geleitschutz. Jansen unterbrach die Funkstille, „Abwurf und Feuer frei", mit diesen Worten befahl er den sofortigen Angriff auf den großen Frachter. Fast gleichzeitig setzte das laute Rattern der 20 Millimeter Bordkanonen der Flugzeuge ein. Jetzt musste alles schnell gehen. Viel Zeit hatten sie nicht, denn wenn sie erst einmal entdeckt waren, würden sie in dieser geringen Höhe mit Sicherheit für die Geschütze der Schiffe ein leicht zu treffendes Ziel sein.

Schon die erste Bombe aus Jansens Flugzeug war ein Volltreffer. Der große Frachter wurde wie eine Konservendose aufgerissen. Offensichtlich hatte er auch sehr viel Munition geladen, denn wie ein riesiges Feuerwerk folgten minutenlang Explosionen, bevor das Schiff mit rot glühendem Heck vor der Küste des Sinai im Roten Meer versank. Die durch den Überraschungserfolg leichtsinnig gewordenen Piloten der Jagdbomber wollten nun auch noch den Kreuzer versenken, der mittlerweile aus allen Rohren feuerte. Mit einer Steilkurve nach links versuchte Leutnant Jansen seine Maschine in Abwurfposition für die nächste Bombe zu bringen, da wurden sie von einer Garbe der Bordkanonen des Kreuzers in der rechten Tragfläche getroffen. Die zweite Maschine erhielt einen Treffer in den Rumpf. Sie zog eine schwarze Rauchfahne hinter sich her und versuchte sofort abzudrehen, was ihr offensichtlich auch gelang. Jansens Flugzeug war noch manövrierfähig und er wollte ebenfalls wieder zurückfliegen, als er bemerkte, dass einer der Tanks leck geschossen war und der Treibstoffverlust einen Rückflug zur Basis unmöglich machen würde.

„Wir haben einen Treffer im rechten Tank, Rückflug zur Basis aussichtslos, versuche die Maschine in der Sandwüste hinter den Gebirgen, jenseits des Roten Meeres, zu landen. Euch noch viel Glück, Kameraden", mit diesem letzten Funkspruch an die Besatzung der anderen Maschine drehte er ab aufs offene Meer. Er hoffte, mit dem verbleibenden Benzin im linken Tank noch das Rote Meer und die danach aufragenden Berge der ägyptischen Ostwüste zu überqueren, um dann in der ebenen, sandigen Gegend des Niltals eine Notlandung zu versuchen. Danach wollte er sich mit seinen vier Männern bis nach Kairo durchschlagen. Eine halbe Stunde Flugzeit sollte ihnen genügen. Würde der Sprit reichen und würde das Flugzeug noch so lange durchhalten?

Leutnant Jansen beobachtete angespannt die Kontrollanzeigen für die Motoren. Das Geräusch hatte sich verändert und das bedeutete nichts Gutes.

„Der linke Motor hat etwas abbekommen, er bringt nur noch die halbe Leistung. Macht euch für einen Ausstieg bereit, ich glaube nicht, dass wir es noch über die Berge schaffen." Jansen hatte jetzt Mühe, die Maschine in der Luft zu halten. Der Zeiger des Höhenmessers drehte sich langsam nach links und das bedeutete stetiges Sinken.

Es war inzwischen zwei Uhr morgens, sie befanden sich noch immer über den Bergen, plötzlich begann das Flugzeug rascher zu sinken. Der rechte Motor der HE 111 fing jetzt zu stottern an und gab seinen Geist auf. Jansen starrte wie gebannt auf die stehen gebliebene Luftschraube. Instinktiv stellte er die Propellerblätter auf Segelstellung, um nicht noch rascher zu sinken. Dennoch verloren sie massiv an Höhe. Es war absehbar, dass sie die flache Wüste nördlich von Luxor nicht mehr erreichen würden. Jansen überlegte nur einen Augenblick. „Alle Mann klarmachen zum Absprung, seht zu, dass ihr schnell hier rauskommt, sonst sind wir zu tief, wir treffen uns beim Flugzeug", rief er ins Bordmikrofon und zog die Maschine noch ein letztes Mal hoch, um seinen Männern ein leichteres Aussteigen zu ermöglichen. In rascher Folge sprangen die vier Soldaten aus der Maschine. Unmittelbar danach, als die Höhe für einen Absprung schon bedenklich niedrig war, verließ auch Kapitän Jansen das schwer havarierte Flugzeug. Am Fallschirm schwebend konnte er noch sehen, wie seine Maschine in einer Steilkurve nach unten, am Fuße eines hohen Berges, zerschellte. Es gab eine gewaltige Explosion und die brennenden Wrackteile erhellten gespenstisch die bizarren Berggipfel dieser abgelegenen Felswüste. Jansen landete zwischen zwei kleineren Berggipfeln in einer Schotterrinne und konnte sich rasch von seinem Fallschirm befreien. Seine Kameraden mussten etwa einen Kilometer von ihm entfernt heruntergekommen sein. Auch für sie sollte das brennende Flugzeug die Richtung weisen. Im Dunkeln tastete sich Jansen nach unten und der Schein des Feuers half ihm bei der Orientierung. Insgeheim hoffte er, noch irgendetwas Brauchbares, wie einen funktionierenden Kompass, im Wrack zu finden, denn die Orientierung in der Wüste würde schwierig werden und bis Kairo waren es mindestens fünfhundert Kilometer.

Jansen überlegte, wo sie jetzt wohl waren. Von der Südspitze der Sinai Halbinsel, dort, wo sie den Schiffskonvoi angegriffen hatten, waren es rund fünfzig Kilometer bis zur ägyptischen Küste und so hohe Berge wie hier gab es ja nur bis achtzig Kilometer landeinwärts. Sie hätten also längst die Ebene des Niltales erreicht haben müssen. Es sei denn, der Nordwind war wesentlich stärker als angenommen, was zu dieser Jahreszeit jedoch nicht ungewöhnlich war.

Als er näher zum brennenden Flugzeugwrack kam und den Berg sah, an dem die Maschine zerschellt war, ahnte er plötzlich, wo sie sich befinden mussten. Keine andere Erhebung in der Ostwüste auf der Höhe von Luxor war so hoch. Das konnte nur der „Gebel Semna" sein, der mit seinen über eintausend Metern Höhe düster emporragte. An seinem Fuße loderten noch die Flammen aus den Trümmern des abgestürzten Flugzeuges. Sie waren also über einhundert Kilometer vom Nordwind nach Süden versetzt worden. Jansen musste sich in der Dunkelheit über messerscharfe Felsstücke vorantasten. Er hielt Ausschau nach seinen Männern.

Als ersten fand er den Obergefreiten Krüger. Dieser hatte den Absprung ebenfalls heil überstanden. Er war offensichtlich froh, seinen Kommandanten wieder wohlbehalten anzutreffen, und machte Meldung: „Alles in Ordnung, Herr Leutnant, Obergefreiter Krüger meldet sich zurück!" Hinter einer kleinen Felskuppe trafen sie auf zwei weitere Besatzungsmitglieder. Diesen war es nicht so gut ergangen. Der Gefreite Huber hatte sich den Knöchel verstaucht und humpelte mehr schlecht als recht über die scharfkantigen Felsen zum Wrack. Feldwebel Körner hatte eine klaffende Wunde am linken Arm, welche er sich beim Abstieg vom Berghang, auf dem er gelandet war, zugezogen hatte.

Für Unteroffizier Berger kam jede Hilfe zu spät. Sein Fallschirm hatte sich hoch oben an einem Felsvorsprung verheddert. Beim Versuch, sich von den Leinen loszuschneiden, musste der arme Soldat abgestürzt sein und sich das Genick gebrochen haben. Sie fanden ihn am Talgrund liegen.

„Männer, so traurig es ist, dass wir einen Kameraden verloren haben, können wir aber von Glück reden, dass es uns nicht auch erwischt hat. Hier, in diesem Felsengebirge, in absoluter Finsternis mit dem Fallschirm aus Mindesthöhe abzuspringen, war ein großes Risiko. Wollen wir für den Kameraden Berger eine letzte Ruhestätte schaffen."

Sie nahmen dem toten Soldaten seine Erkennungsmarke ab und schlichteten als dürftige Grabstelle Felsstücke auf den leblosen Körper. Danach machten sie sich auf den Weg, den ihnen der Schein des Feuers wies.

Als sie nach einer Weile am Wrack angelangt waren, konnten sie erkennen, dass die mächtige Explosion einen Felssturz ausgelöst haben musste. Ein Stück oberhalb der langsam verlöschenden Flammen sahen sie ein steinernes Portal halb aus dem Geröll ragend.

Ein uralter, verschütteter Eingang. Als sie näher herankamen, bemerkten sie, dass eine Art grünlicher Nebel oder Dunst aus dem halb freigelegten Eingang herausdrang.

„Ich werde mir das ansehen", meinte Krüger und auf ein Nicken von Leutnant Jansen kletterte der Obergefreite die Geröllhalde zum Eingang hoch. „Was ist das für ein grüner Nebel?", fragte Berger, dem noch immer der Schock des soeben Erlebten in den Knochen saß.

„Vielleicht ist das Rauch von verbrannten Flugzeugteilen, der vom Hydrauliköl eine grünliche Farbe hat?", meinte Jansen.

„Möglich, aber ich halte es nicht für Rauch", sagte Huber, „das sieht aus, als ob es direkt aus dem Portal dort oben herauskommt." Obergefreiter Krüger war inzwischen vor dem steinernen Portal angelangt und ging direkt darauf zu. Als er den grünlichen Nebel am Boden erreichte, verschwand er urplötzlich vor den Augen seiner entsetzten Kameraden. Der Nebel war nicht so dicht, als dass er hätte darin verschwinden können, nein, es war da nur eine wenige Zentimeter hohe Schicht am Boden. Aber Krüger er war einfach von einer Sekunde auf die andere nicht mehr da.

Erschrocken wichen die drei anderen zurück und wussten nicht, was da vor ihren Augen geschah. Sie riefen nach ihrem Kameraden, aber er blieb verschwunden. Es war einfach unglaublich. Schließlich fassten sie sich wieder und suchten in der Nähe des Wracks einen Platz für ein Nachtlager. Zuerst wurde noch Hubers Knöchel bandagiert, dann schliefen sie völlig erschöpft die kurze Zeit bis zum Sonnenaufgang unter einem Felsvorsprung.

▲▲▲

Krüger ging langsam weiter auf das alte Portal zu. Der grünliche Nebel am Boden war eigentlich nur eine dünne Dunstschicht. Er dachte sich nichts dabei, als er hindurchschritt. Dann stand er unmittelbar vor dem steinernen Portal. Davor lagen noch einige Felsblöcke und es war schwierig für ihn, sich dazwischen hindurchzuzwängen. Als er es endlich geschafft hatte und durch den Eingang ins Innere des Berges kam, stand er in absoluter Dunkelheit. Er hatte Angst, hier war etwas Unbekanntes, das er nicht einordnen konnte. Rasch nahm er sein Wehrmachts-Feuerzeug aus seiner Fliegerjacke, es fiel ihm aus der zittrigen Hand. Er bückte sich und versuchte es im Finstern am Boden zu ertasten.

Endlich spürte er das runde Metall zwischen seinen Fingern.

Er hob es auf und zündete es an. Im Schein der flackernden, kleinen Flamme sah er, dass er sich in einem schmalen, roh behauenen Tunnel befand. Seine Neugier ließ ihn weitergehen. Am Ende des Ganges sah er ein lebensgroßes Relief des altägyptischen Totengottes Osiris in die Wand gemeißelt. Er drehte sich zur Seite und erschrak. Rechts an der Wand des Ganges war das Bild einer löwenköpfigen Gottheit in den Fels eingraviert und sah ihn mit grimmigen Augen an. Vor dem Osiris Relief konnte er gerade noch einen Steinwürfel, etwa so groß wie ein Tisch, sehen. Dann verlosch plötzlich die Flamme seines Feuerzeuges und es war stockdunkel um ihn. Er war nahe daran, in Panik zu fallen. Er musste schnell wieder hinaus. Krüger tastete sich vorsichtig im Finstern zurück zum Eingang. Er stolperte über einen Stein am Boden und fiel der Länge nach hin. Rasch raffte er sich wieder auf und lief in Richtung Ausgang. Von dort kam allerdings ein heller Schein und er war völlig überrascht, als er sah, dass es draußen bereits hell geworden war. Er war doch nur einige Minuten im Gang gewesen. War er etwa bei seinem Sturz bewusstlos geworden und stundenlang in der Höhle gelegen? Der Sonnenaufgang in der Wüste konnte mitunter recht schnell gehen, dachte er, noch dazu in dieser bergigen Gegend. Aber umso erstaunter war Krüger, nachdem er wieder aus dem Steinportal herausgekrochen war, als er die Sonne hoch am Himmel stehen sah. Es musste also bereits Mittag sein.

Er hatte keine Erklärung dafür. Sofort machte er sich auf die Suche nach seinen Kameraden. Als sich auch auf sein lautes Rufen niemand meldete, suchte er nach Spuren seiner Freunde, aber außer dem dürftigen Grab von Feldwebel Berger war nichts zu entdecken. Das Wrack des Flugzeuges lag völlig ausgekühlt in der Nähe. In die zerstörte Kanzel der Maschine war bereits Sand hineingeweht worden. Es sah so aus, als lägen die Trümmer dieses abgestürzten Jagdbombers schon seit Wochen hier. Krüger hatte nur seine Wehrmachts-Feldflasche mit Wasser, ein Messer und sonst nichts bei sich. Er machte sich auf den Weg nach Westen in Richtung des Nils. Die Sonne war seine einzige Orientierungshilfe. Aber Krüger hatte Angst. Wie oft hatte er bei Feindflügen schon dem Tod ins Auge gesehen, dreimal war er bereits, aus einem brennenden Flugzeug, mit dem Fallschirm abgesprungen und hatte stets unverletzt überlebt. Jetzt aber, hier in dieser menschenleeren Felswüste, war er in höchster Gefahr.

Er wusste, wenn er nicht binnen einem oder höchstens zwei Tagen auf Menschen stieß oder zumindest irgendwo Wasser fand, dann würde er in dieser einsamen Gegend umkommen und jämmerlich verdursten. Er rechnete sich selbst keine große Chance mehr aus. Krüger legte sich in den Schatten der überhängenden Felsen. Er wollte abwarten, bis die Sonne untergegangen war. In der Kühle der Nacht konnte er viel weiter marschieren als in der Hitze des Tages. An die vielen, kleinen Felsen am Boden, welche ihm in der Dunkelheit beim Gehen arge Schwierigkeiten bereiteten, hatte er nicht gedacht. Doch Krüger hatte unheimliches Glück. Schon am nächsten Morgen kam er aus den bergigen Schluchten über die Ausläufer eines Wadis in die flache Sandwüste und dort entdeckte er ein Beduinenzelt mit einem alten Araber. Dieser gab ihm Wasser und etwas zu essen. Am Abend erschien eine Gruppe Reiter beim Zelt und am nächsten Morgen nahmen sie Krüger auf ihren Pferden bis zum Nil mit, den sie nach zwei Tagen erreichten. Es fand sich dann auch rasch eine Felukke, welche ihn bis nach Kairo bringen sollte. Wie damals am Abend des Absturzes mit seinen Kameraden besprochen, wollte er über Ägyptens Hauptstadt quer durch die von den Alliierten besetzte Zone bis zu den deutschen Verbänden in Libyen durchkommen.

Doch der blonde Krüger wurde nach seiner Ankunft in Kairo beim Versuch, sich arabische Kleidung zu besorgen, von Engländern entdeckt und festgenommen. So geriet er in britische Gefangenschaft. Der Krieg war für den Obergefreiten Krüger zu Ende.

▲▲▲

Als Leutnant Jansen erwachte, kam ihm alles vor wie ein böser Traum. Der Angriff auf den britischen Schiffskonvoi, der Fallschirmabsprung in dieser Bergwüste, der Tod von Unteroffizier Berger und schließlich das Verschwinden von Krüger vor dem alten Portal unter der Felswand.

Sie untersuchten bei Tageslicht nochmals die Stelle, an der Krüger verschwunden war, ohne aber der Pforte zu nahe zu kommen. Es lag immer noch ein grünlicher Dunst rund um den Eingang, obwohl er nicht mehr so deutlich zu sehen war wie in der Nacht. Es war aber keine Spur vom Obergefreiten Krüger zu entdecken. Sie machten sich nun auf die Suche nach noch brauchbaren Utensilien in den Überresten des abgestürzten Flugzeuges. Eine Tasche mit Kartenmaterial war beim Aufprall aus der Maschine geschleudert worden, alles andere war verbrannt. „Wir sind hier am Gebel Semna und der Nil ist weit über einhundert Kilometer entfernt. Wasser haben wir für einen Tag. Wenn wir ins Niltal wollen, müssen wir zuerst durch eine unwegsame, bergige Felswüste", sagte Jansen zu seinen Kameraden, nachdem er die Landkarte studiert hatte. Er wusste, ohne Wasser war es für sie unmöglich, diese Distanz zu schaffen.

„Aber hier, in den Bergen, im Süden, sind einige Brunnen oder Wasserstellen eingezeichnet. Dorthin zu gelangen würde aber einen Umweg von zwei Tagen bedeuten", Jansen reichte die Karte den Kameraden.

„Und was ist, wenn diese Brunnen versandet sind oder gar nicht mehr existieren?" Feldwebel Körner schien eher Zweifel zu haben.

„Meiner Meinung nach haben wir gar keine Alternative, wir müssen die eingezeichneten Brunnen suchen."

„Ich schließe mich der Meinung unseres Kapitäns an", sagte Huber, dessen verstauchter Knöchel ihm noch immer starke Schmerzen bereitete. Um keine Zeit zu verlieren, machten die drei sich auf den Weg.

Mit dem verletzten Gefreiten Huber kamen sie nur langsam voran, erreichten aber nach achtstündigem Marsch in der prallen Sonne tatsächlich eine Ruinensiedlung mit einem versandeten Brunnen, um den aber ein paar kleine Bäume standen. Mit bloßen Händen und mithilfe von Steinen gruben sie abwechselnd und fanden schließlich in geringer Tiefe das dringend benötigte Wasser. So ähnlich erging es ihnen auch am nächsten Tag, bis sie am dritten Tag zu einem Ruinenfeld aus der Pharaonenzeit kamen. Mittendrin war ein großer, tiefer Brunnen mit einem Abgang, der sich nach unten rund um den Brunnenschacht wand. Sie stiegen die steilen, in den Fels gehauenen Stufen hinunter. Alle paar Meter war an der Innenseite des Abganges ein kleiner Durchbruch in den Schacht, durch welchen spärlich das Licht in den Gang schien. Am Grunde angelangt, fanden sie tatsächlich frisches Wasser.

Nachdem sie ihre Wasservorräte wieder ergänzt hatten und das Nachtlager aufgeschlagen war, erkundeten die drei noch die Umgebung des Brunnens. Was sie da sahen, war erstaunlich. Die Felswände in der Umgebung waren über und über mit antiken Zeichnungen, Reliefs und Hieroglyphen verziert. Sie waren offensichtlich, ohne es zu wissen, seit ihrer Absturzstelle einem uralten Pharaonenpfad gefolgt und hatten nun die Überreste einer Siedlung aus der damaligen Zeit gefunden.

Ganz in der Nähe fanden sie am nächsten Tag eine Schotterstraße nach Westen, welche bis in die Ebene des Niltales führen müsste. Immer wieder kamen ihre Gespräche auf das rätselhafte Verschwinden von Krüger. Was war da vor zwei Tagen wirklich passiert?

Falls sie wieder nach Hause kommen sollten, wie wollten sie dann das Ganze erklären? Wer würde ihnen schon Glauben schenken? Doch um darüber nachzudenken, war jetzt keine Zeit.

Hubers Knöchel hatte sich etwas gebessert und sie kamen nun auch rascher voran. Die Berge der schroffen Felswüste hatten sie hinter sich gelassen. Eine schier unendliche Schotterlandschaft, mit einigen angewehten Sandflecken durchsetzt, lag da vor ihnen. Aber immerhin war da zumindest ein Weg, dem sie folgen konnten. Nach Jansens Karte sollte er direkt zu einer Stadt in der Nähe des Nils führen.

Vielleicht würden sie auf ihrem Marsch sogar auf Menschen treffen. Tatsächlich stießen sie am Nachmittag auf eine kleine Beduinenkarawane mit einigen Kamelen, welche sie bis an den Nil mitnahm.

Dort war dann die kleine Stadt mit Namen Kift. Sie war zu unbedeutend für die Engländer, um hier einen dauerhaften Kontrollposten zu errichten.

Es drohte ihnen deshalb auch keine Gefahr von dieser Seite und die Araber waren freundlich und hilfsbereit. Diese einfachen Bauern dort wussten kaum, ob Briten oder Deutsche die Besatzer waren. Die drei beschafften sich von den Einheimischen arabische Kleidung, um im Falle eines Kontaktes mit Engländern nicht sofort als Deutsche erkannt zu werden.

Ein alter Kapitän eines ebenso betagten Segelkahnes, mit welchem er mithilfe des Nordwindes von Kairo aus verschiedene Güter nach Oberägypten brachte, erklärte sich bereit, die Soldaten bis nach Kairo mitzunehmen. Als sie nach zwei Tagen zur Stadt Assyut kamen, stockte ihnen fast der Atem. Ganz nah glitt ihre Felukke an einem englischen Kanonenboot vorbei. Doch aufgrund ihrer Beduinenkleidung nahm niemand von ihnen Notiz. Unbehelligt erreichten sie nach sechs Tagen Kairo und konnten sich mit viel Glück in den darauf folgenden Wochen durch die Sandwüste abseits der Verkehrswege bis nach Tobruk in Libyen durchschlagen, wo sie auf eine Panzereinheit des deutschen Afrikakorps stießen und somit in Sicherheit waren. Ihr Bericht über das Verschwinden ihres Kameraden am „Gebel Semna" wurde dort mit äußerster Skepsis aufgenommen und eine entsprechende Depesche an den Heeres-Nachrichtendienst übermittelt.

Kapitel II

▲

DEUTSCHLAND / OBERSALZBERG –
NOVEMBER 1941

Ein eisiger Nordwestwind jagte über die Terrasse des Berghofes. Im Inneren des luxuriösen Domizils Hitlers, am Obersalzberg bei Berchtesgaden, im äußersten Süden Deutschlands, spürte man freilich nichts von der klirrenden Kälte, die draußen herrschte. Der Führer stand vor dem riesigen versenkbaren Fenster und schaute gedankenverloren auf den Untersberg hinüber. Die düstern Wolken über dem Gebirge kündeten weitere Schneefälle an. Himmler, der Reichsführer SS, betrat das große Arbeitszimmer.

„Mein Führer, wir haben soeben eine interessante Mitteilung vom Heeres-Nachrichtendienst, betreffend die Panzergruppe Afrika, erhalten. Dort in Tobruk sind am 30. Oktober drei Männer der Besatzung einer vermissten HE 111 vom 26. Kampfgeschwader aufgetaucht. Der Kommandant der Maschine, ein gewisser Leutnant Jansen, hat eine haarsträubende Geschichte über einen verschwundenen Obergefreiten erzählt. Der Mann soll in einen grünen Nebel gegangen und plötzlich weg gewesen sein. Seine beiden Kameraden konnten dieses Vorkommnis allerdings bestätigen. Das Ganze soll sich bei einem Felsportal in den Bergen der ägyptischen Ostwüste zugetragen haben."

„Grüner Nebel, ein verschwundener Soldat?" Hitler starrte noch immer aus dem Fenster. „Das erinnert mich an die Geschichten vom Untersberg, hier soll so etwas ja früher auch schon vorgekommen sein.

Suchen Sie den fähigsten Mann für eine Fahrt durch die Libysche Wüste und schicken Sie zwei Agenten zu diesem Steinportal. Ich will wissen, was dort los ist und ob dort etwas versteckt ist."

Himmler, der selbst auch neugierig war, ob an dieser Sache etwas dran sei, streckte die rechte Hand zum Gruß aus und mit einem „Jawohl, mein Führer", verließ er den Raum.

Hier am Obersalzberg hatte sich Hitler eine feudale Alpenfestung mit zahlreichen Bunkeranlagen errichten lassen. Ihn hatte schon vor vielen Jahren diese idyllische Berggegend in der Nähe von Salzburg in ihren Bann gezogen.

Doch es war nicht nur seine Vorliebe für die Berge, er war auch von den mystischen Erzählungen der germanischen Geschichte, die auch den Untersberg einschloss, zutiefst angetan. Insbesondere die Legende um den Heiligen Gral, wie sie auch der Komponist Richard Wagner in seinem Stück „Parzival" darstellte, waren für ihn von großem Interesse.

Diese Überlieferungen bewogen Hitler, nach dem Heiligen Gral, dem Schatz der Templer, suchen zu lassen. Im Reichsführer SS, Heinrich Himmler, hatte er einen treuen Vasallen gefunden, welcher von mystischen Dingen ebenso angetan war wie er selbst. Seine Suche im Jahre 1939 konzentrierte sich auf Südfrankreich. Dort in den Pyrenäen, am Montségur, hatte sich früher die größte Burg der Tempelritter befunden.

Der unermessliche Reichtum und die Macht des Templerordens, der ja seit der Eroberung Jerusalems im Jahre 1120 im Besitze dieses Grals sein sollte, war der Kirche im Mittelalter ein Dorn im Auge. Die Burg am Montségur und viele andere Stätten der Templer wurden daher von der Inquisition zweihundert Jahre später zerstört und in der Folgezeit fast alle Tempelritter hingerichtet. Jener geheimnisumwobene Gegenstand, der Gral, wurde hingegen nie gefunden.

Aber auch in der Nähe seines Berghofes am Obersalzberg gab es etwas, das den Führer geradezu magisch anzog. Der Untersberg, zwischen Berchtesgaden und Salzburg gelegen, welcher im Norden als letzter einzelner Gebirgsstock der Kalkalpen wie eine dreieckige Speerspitze gegen Osten ragte. Um diesen Berg rankten sich zahlreiche Geschichten und Mythen von Zeitverschiebungen, Erscheinungen, grünem Nebel und einem wundertätigen Stein, der im Berg verborgen sein sollte. Hitler ließ daher diesen Berg so gut es ging unberührt und verhinderte sogar, dass eine Seilbahn zu seinem Gipfel hinauf gebaut wurde. Auf der Terrasse seines Hauses hatte er ein Teleskop aufgebaut, mit welchem er, sooft es seine Zeit erlaubte, den Untersberg betrachtete.

Hitler kannte natürlich auch die alte, überlieferte Geschichte aus dem dreizehnten Jahrhundert. Ein Kreuzritter sollte damals einen schwarzen Stein aus dem Orient zum Untersberg gebracht und dort in einer Höhle versteckt haben. Der Ritter hatte in den Ruinen von Ninive in Mesopotamien eine Vision – eine weibliche Erscheinung, welche später „Isais" genannt wurde. Sie wies ihn an, einen runden, schwarzen Stein, den sie ihm zeigte, zum „Berg des alten Gottes" in seiner Heimat zu bringen und dort in einer Höhle tief im Inneren des Berges zu verstecken. Der Kreuzritter erkannte in dem beschriebenen Ort den Untersberg bei Salzburg und brachte nach einer langen Fahrt diesen schwarzen Stein zum Berg. Er fand ein sicheres Versteck in Form einer kleinen, verborgen gelegenen Höhle und deponierte ihn dort. Er ließ eine Komturei, ähnlich einem kleinen Kloster, in der Nähe des Verstecks errichten. Diese wandelte sich nach einigen Jahrhunderten zu einer katholischen Wallfahrtskirche. Insbesondere deshalb, weil sich dort immer wieder Erscheinungen der „Isais" zeigten. Isais wurde jedoch von der christlichen Bevölkerung für eine Erscheinung der Heiligen Jungfrau Maria, der Mutter Gottes, gehalten. Seit dieser Zeit kursierten dann auch Sagen und Erzählungen über verschwundene Menschen in dieser Gegend. Diese Leute tauchten dann oft erst nach langer Zeit wieder auf und behaupteten, sich nur kurz in einer der unzähligen Höhlen des Berges aufgehalten zu haben.

Viel später, zu Beginn des 20. Jahrhunderts, wurde in Wien sogar ein Kreis zur Erforschung dieser Isai-Geschichte gegründet und nannte sich: „Die Herren vom schwarzen Stein".

Auch ein Orden mit Sitz in Venedig, auf der Insel Murano, der „Ordo Bucintoro", befasste sich intensiv mit diesen Vorkommnissen und war angeblich im Besitz von alten Dokumenten und Gegenständen, welche all diese Geschehnisse erklären sollten.

Konnten diese Dinge etwas mit dem Stein, welcher der Sage nach im Untersberg versteckt sein sollte, zu tun haben? Und würde es sich bei diesem Phänomen in Ägypten auch um so einen Stein handeln, der vielleicht der Auslöser für das Verschwinden des Soldaten war? Dieser Sache sollte so rasch als möglich nachgegangen werden, denn Hitler wollte den Stein, sollte es dort in Ägypten wirklich auch einen geben, um jeden Preis haben.

Hitler schaute noch immer zum Untersberg hinüber, er musste an seinen väterlichen Freund und Mentor Dietrich Eckhart denken. Der Führer erinnerte sich, dass Eckhart bis zu seinem Tode auch so einen runden, schwarzen Stein besessen hatte, welchen er „meine Kaaba" nannte und den für einen Meteor hielt. Hitler wusste zu wenig von Eckharts Stein und auch nicht, was damit später geschah. Fragen konnte er seinen Freund nicht mehr, denn Eckhart war schon seit fast zwanzig Jahren tot. Aber möglicherweise gab es da einen Zusammenhang zwischen diesen Steinen und den seltsamen Phänomenen.

Himmler hatte mittlerweile schon einen geeignet scheinenden Mann im Visier. Leutnant Almasy, ein ehemals ungarischer Graf, Testpilot und Wüstenforscher, der die ägyptische Sahara so gut wie kein anderer kannte, wurde von ihm ausgewählt, zwei deutsche Agenten über Libyen bis an den Nil bei Assyut in Mittelägypten zu bringen. Die beiden sollten sich anschließend alleine bis zum Fuße des mächtigen „Gebel Semna" vorarbeiten und das, was hinter diesem steinernen alten Eingang am Fuße des Berges war, mitnehmen und nach Deutschland transportieren. Zwei U-Boote wurden sofort in Marsch gesetzt. Sie sollten die beiden Männer nach dem Ende ihrer Mission an der Küste des Roten Meeres aufnehmen und in einer langen Fahrt rund um Afrika wieder zurück nach Deutschland transportieren. Eine Rückkehr der zwei Agenten durch Ägypten schien aufgrund der Gefahren durch die dort stationierten britischen Truppen zu gefährlich.

Kapitel III

▲

Operation Salam

Die Vorbereitungen für dieses Unternehmen, welches unter dem Codenamen „Operation Salam" geführt wurde, waren rasch abgeschlossen und die drei Männer wurden mit einem Fernaufklärer über Sizilien nach Tobruk an der afrikanischen Küste gebracht. Sie übernahmen dort zwei mittlerweile bereitgestellte, wüstentaugliche Wagen mit einem großen Vorrat an Benzin, Wasser, Lebensmittel und einige Reservereifen. Almasy war diese Strecke bereits zweimal gefahren. Er war der erste Mensch, der die große Sandsee der Länge nach mit einem Fahrzeug durchquert hatte. Viele Monate hatte er bereits in diesem Wüstengebiet zugebracht, um dort die Spuren der Armee eines vor 2500 Jahren verschwundenen persischen Königs namens Kambyses zu finden. Doch Almasys Suche war vergeblich. Es zeigte sich nicht der geringste Hinweis auf diese verschollene Armee.

Die Dünen der großen Sandsee waren bis zu einhundert Meter hoch und teilweise dreihundert Kilometer lang. Sie mussten eine Strecke von über eintausend Kilometern zurücklegen, bevor sie wieder auf menschliche Siedlungen trafen. Bis dahin waren sie auf sich allein gestellt.

Auf ein Kurzwellenfunkgerät hatten sie verzichtet, da es dem Feind eine Peilung ermöglicht hätte und somit ihr Unternehmen gefährdet gewesen wäre.

Die Fahrt durch die Sandwüste gestaltete sich nicht besonders schwierig, was aber nur auf die ausgezeichnete Ortskenntnis von Almasy zurückzuführen war.

Major Clarsen, der ältere der beiden Agenten, war nicht das erste Mal in der Wüste. Durch einen Einsatz im Sudan im Jahr zuvor hatte er schon einige Erfahrung in abgelegenen Wüstenteilen und war die enormen Temperaturunterschiede in der Sahara bereits gewohnt.

Hauptmann Mahler hatte eine Archäologenausbildung und war schon vor dem Krieg im Irak bei Ausgrabungen in der Nähe von Bagdad mit dabei gewesen. Allen dreien machten also die Strapazen dieser langen Wüstenfahrt nicht viel aus und sie erreichten die Oase Kufra in weniger als sieben Tagen. Von dort ging es über Sandpisten weiter, bis zu den südlichen Ausläufern der dünn besiedelten Kharga-Senke, von wo aus sie nach weiteren zwei Tagen die Stadt Assyut am Nil erreichten.

Dort verließ Almasy die beiden Agenten und kehrte mit einem der Fahrzeuge wieder auf demselben Wege zurück.

Die beiden Männer, die fließend die arabische Sprache beherrschten, ließen sich südlich der Stadt von einem Bauern mit seinem Kahn über den Nil rudern. Sie besorgten sich anschließend von den Einheimischen zwei Pferde und etwas Ausrüstung für einige Tage und brachen so rasch es ging in die Ostwüste in Richtung zum „Gebel Semna" auf. Engländer waren außerhalb der größeren Städte und abseits der Verbindungsstraßen weit und breit keine zu sehen, nur einheimische Feldbauern und Beduinen, die aber kaum Notiz von ihnen nahmen. Clarsen und Mahler bewältigten die ersten achtzig Kilometer im flachen Land ziemlich rasch und am Abend des zweiten Tages kamen sie an die Ausläufer der Bergwüste.

Mit ihrem genauen Kartenmaterial erreichten sie bereits am darauf folgenden Tag den von Leutnant Jansen beschriebenen, tiefen Brunnen und das Tal der Hieroglyphen mit den Felszeichnungen. Dort füllten sie nochmals ihre Wasserreserven auf und erreichten am folgenden Abend die Absturzstelle des deutschen Bombers. Das Wrack der HE 111 war mittlerweile schon größtenteils mit Flugsand bedeckt, es war aber eindeutig als die Maschine von Jansen zu identifizieren.

Das durch die Explosion des Flugzeuges halb freigelegte, steinerne Portal war deutlich zu sehen. Allerdings war da keine Spur eines grünen Nebels.

Vor ihrem Einsatz war ihnen gesagt worden, dass ein ähnlich beschriebener Nebel am Untersberg bei Salzburg nur bei extrem trockener Luft auftritt und bei solchen Gelegenheiten sollen dann auch schon Menschen verschwunden sein. Mit einer Magnetfeldverschiebung und einem damit verbundenen Zeitphänomen sollte das zu tun haben. Manchmal wären diese Leute nach Tagen oder Wochen wieder aufgetaucht und behaupteten, sie wären nur für Minuten fort gewesen. Mehr konnte ihnen von der SS-Spezialabteilung nicht gesagt werden, da das Zeitphänomen am Untersberg noch nicht genau lokalisiert werden konnte. Ebenso wenig wusste man über die Ursache dieser Zeitverschiebung, nur eben, dass sie meistens bei starker Trockenheit auftrat. Es gab also nur Vermutungen.

Im Februar war es in der Nacht in der ägyptischen Wüste besonders kalt. Die Temperaturen konnten bis gegen null Grad sinken. Am Tag in der Sonne wurde es ziemlich warm und deshalb entstand am Morgen auch immer eine Dunstschicht, welche sich zwar rasch auflöste, aber immerhin eine gewisse Luftfeuchtigkeit bedeutete.

Sie warteten also bis zum Tagesanbruch und gingen dann zum Portal. Major Clarsen meinte, Wasser könne ihnen in keinem Fall schaden, und warf seine vollgefüllte, geöffnete Feldflasche mit einem weiten Wurf direkt in die halb Meter große Öffnung des alten Steintores.

Scheppernd hörte man die Bakelitflasche auf den Steinboden im Inneren des Ganges fallen.

Sie warteten noch eine kleine Weile und versuchten dann, die mittlerweile durch herabgefallene Steine schon wieder kleiner gewordene Eingangsöffnung etwas zu vergrößern, indem sie einige Felsbrocken und Geröll wegschafften.

Als der Durchgang schließlich groß genug war, kroch zuerst Hauptmann Mahler durch die Öffnung in den Berg hinein.

Auch Clarsen nahm seine Taschenlampe und folgte seinem Kameraden. Durch den niedrigen Gang kamen sie in einen kleinen quadratischen Raum. Die Wände waren nur roh behauen und es waren keinerlei Verzierungen oder Inschriften zu sehen. In der Mitte des Raumes stand ein tischgroßer Steinquader und dahinter war ein Relief des Totengottes Osiris in die Felswand gemeißelt. Es war ein erhabenes Relief mit plastischen Zügen. Sie übersahen fast den kleinen, runden, schwarzen Stein, der die Form und Größe einer abgeflachten Orange hatte und der genau in der Mitte des Steinquaders in einer leichten, schalengleichen Vertiefung lag. Es sah fast so aus, als wachte das Bildnis des Osiris über diesem Stein.

Sollte dieser kleine, schwarze Stein wirklich die Ursache für den grünen Nebel und das Verschwinden von Obergefreiten Krüger sein? Ansonsten war aber rein gar nichts in dem roh behauenen Raum zu sehen. Clarsen und Mahler suchten noch eine Weile, nahmen dann den schwarzen Stein, wickelten ihn vorsorglich in feuchte Tücher und verstauten ihn in einer Munitionsdose. Beinahe hätten sie die Abbildung der löwenköpfigen Gestalt am Ende der Wand des Ganges übersehen. „Das ist Sechmet, die Kriegsgöttin, die bringt den Hauch des Todes", sagte Mahler, der als Archäologe natürlich auch in der altägyptischen Mythologie bestens bewandert war.

„Zufall", meinte Clarsen, „auf dem abgestürzten Flugzeug ist doch auch ein Löwe abgebildet."

„Ja, du hast recht, ein interessanter Zufall, das war ein Bomber vom Löwengeschwader, soweit ich gehört habe." Mahler machte mit seiner Kamera noch zahlreiche Aufnahmen, welche er zur Dokumentation mit nach Hause bringen wollte. Dann machten sie sich auf den Rückweg. Draußen war es mittlerweile schon recht heiß geworden.

Clarsen studierte im Schatten eines überhängenden Felsens die Karten, während Mahler die Pferde versorgte. Ihr Ziel war jetzt die Küste des Roten Meeres nördlich der kleinen Stadt Al Quseir.

Bis dorthin waren es aber noch zwei Tagesritte durch die Wadis. Vor Engländern brauchten sie in dieser abgelegenen Bergwüste keine Angst zu haben. Hierher verirrten sich nicht einmal Beduinen. Sie erreichten schließlich die Küste, dort sollte dann ein deutsches U-Boot auf sie warten. Das vereinbarte Zeichen war ein Lagerfeuer, welches nachts am Strand gemacht wurde, und danach Blinkzeichen mit einer Taschenlampe. Sie mussten noch zwei Tage warten, doch auch diese liefen planmäßig ab und in der dritten Nacht, nachdem sie mit Lagerfeuer und Lampe die Signale gegeben hatten, sahen sie dann den Turm des U-Bootes in einer Entfernung von nur einhundert Metern aus den pechschwarzen Fluten des Meeres auftauchen. Ein kleines Schlauchboot holte die beiden Männer vom Ufer ab. Sofort, nachdem sie an Bord genommen wurden, tauchte das Boot wieder und nahm Kurs auf das Horn von Afrika.

Nach einundvierzig Tagen auf See traf das U-Boot in Brest in Frankreich ein.

Die beiden Agenten hatten den Stein in der Munitionsdose vorsorglich immer wieder mit Wasser befeuchtet, um ganz sicher zu sein, dass kein unvorhergesehenes Zeitphänomen auftreten würde. Nach der Ankunft im

U-Boot-Bunker von Brest in der Bretagne wurden die beiden unverzüglich zum Flugplatz gebracht, wo schon eine JU 52 mit einer startbereiten Besatzung wartete.

„Dieser Stein muss einen besonderen Wert haben, sonst würden wir nicht mit einem eigenen Flugzeug hier abgeholt werden", sagte Clarsen, der nicht einmal wusste, wohin der Flug gehen sollte.

Mit dem dreimotorigen Flugzeug wurden die zwei Agenten mit dem Stein in der Dose zum Alpenflugplatz Ainring in Süddeutschland gebracht. Sie wurden anschließend mit einem von der Waffen-SS eskortierten Wagen direkt zum nur wenige Kilometer entfernten Berghof des Führers auf den Obersalzberg hinaufgefahren.

Hitler persönlich empfing die beiden wie Staatsgäste in der großen Halle. Clarsen hob die Hand zum Gruß:

„Mein Führer, melde gehorsam Auftrag ausgeführt, gesuchtes Objekt sichergestellt", und überreichte Hitler mit diesen Worten die Munitionsdose mit dem darin befindlichen schwarzen Stein. Dieser nahm die Metalldose entgegen und öffnete sie langsam.

Beinahe ehrfurchtsvoll hielt er den schwarzen Stein mit beiden Händen, als würde er die Macht, welche davon ausging, spüren.

Ausführlich und mehrmals ließ sich der Führer von den beiden Agenten das Portal, den Gang und das Osiris-Bildnis beschreiben. Mahler übergab Hitler die Kamera mit dem Rollfilm, auf welchem zahlreiche Aufnahmen vom Portal und der Umgebung aufgenommen waren.

„Meine Herren, Sie haben dem deutschen Volk in diesen schweren Stunden durch Ihren tapferen Einsatz einen großen Dienst erwiesen, dessen Tragweite Sie sich heute nicht bewusst sein können." Auf sein Zeichen kam eine Ordonnanz mit einem Kissen herein, auf welchem zwei Orden lagen.

Beide, Major Clarsen und Hauptmann Mahler, wurden mit dem Ritterkreuz mit Eichenlaub, Schwertern und Brillanten ausgezeichnet. Sie wurden in die Waffen-SS übernommen und in den Rang eines Obersturmbannführers befördert.

Hitler, der fest überzeugt davon war, nun mit diesem Stein ein geheimnisvolles Instrument der Macht in seinen Besitz gebracht zu haben, wusste auch schon, wo dieser schwarze Stein aufbewahrt werden würde.

Bereits im Jahre 1938 hatte er, nachdem seine Nachforschungen bezüglich des sagenhaften Steines im Untersberg erfolglos verlaufen waren, ein unterirdisches Gewölbe unweit seines Berghofes auf einer ebenen Waldlichtung errichten lassen. Es war kein Bunker, nein, es war eine Art Kreuzgewölbe mit sechs wuchtigen, gedrungenen Säulen und erinnerte fast an eine Gruft.

Darüber wurde als Tarnung ein großes, hölzernes Bienenhaus gestellt.

Dieses Bauwerk stand auf den Meter genau auf einer gedachten Linie mit der Marien Wallfahrtskirche am Fuße des Untersbergs und dem Berghof Hitlers, nur eben in der Gegenrichtung am Obersalzberg. Hitler wusste also mit Sicherheit auch um die Geschichte von dem Tempelritter, der den schwarzen Stein in der Nähe der Wallfahrtskirche im Untersberg versteckt haben sollte.

Der Führer hielt sich recht oft in diesem unterirdischen Bauwerk auf. Doch niemand wusste, was dort wirklich geschah.

Hitler machte ausgedehnte Spaziergänge auf einer nur für ihn angelegten Straße durch den Wald, welche fast unmittelbar am Gewölbe vorbeiführte. Er blieb dann manchmal stundenlang in dem düsteren Bauwerk, welches wohl über einen Kaminofen und einen Toilettenraum verfügte, jedoch keinen elektrischen Stromanschluss hatte. Fackeln an den Wänden erhellten gespenstisch das Gemäuer. Niemand durfte dieses Gewölbe betreten. Nicht einmal Bormann, der Sekretär des Führers und Befehlshaber des gesamten Obersalzberges, war jemals in diesen Räumen unter dem „Bienenhaus". Nur eben Hitler und zuweilen in seiner Begleitung Himmler begaben sich dorthin.

So hatte der Führer einen würdigen Platz für den schwarzen Stein gefunden, der nun in der Mitte dieses unterirdischen Raumes aufbewahrt werden sollte.

Hitler glaubte mithilfe der Macht dieses Steines, den er mit dem Gral gleichsetzte, die Weltherrschaft leichter erreichen zu können.

Aber er wusste nicht, wie und wann dieser Stein seine Kraft entfalten würde.

Kapitel IV

▲

General Kammler

Im selben Jahr 1942 wurde vom Reichsführer SS, Himmler, ein tüchtiger, hochintelligenter Techniker zur SS berufen. Dr. Ing. Hans Kammler wurde zum Leiter der rüstungstechnischen Fabriken ernannt. Die meisten dieser Anlagen wurden unterirdisch gebaut und waren seinem Stab unterstellt. In den darauf folgenden Monaten wurde Kammler auch die Weiterentwicklung der Strahlflugzeuge und der Raketen übertragen. Im gesamten Reichsgebiet wurden viele riesige Fertigungshallen unter der Erde errichtet, in welchen, absolut geschützt vor dem Bombenhagel der Alliierten, neue Hochtechnologie-Waffensysteme hergestellt werden konnten. Es wurden Tausende von Häftlingen aus den vielen Konzentrationslagern sowohl für den Bau der Anlagen als auch für die Fertigung der Vernichtungswaffen eingesetzt. Kammler hatte die seltene Fähigkeit, auch Bereiche, die nicht seiner Ausbildung entsprachen, sehr rasch zu verstehen und unter seine Kontrolle zu bringen. Die Nuklearforschung, die Interkontinentalraketen für einen Angriff auf die USA sowie die großtechnische Herstellung von synthetischen Treibstoffen wurden rasch vorangetrieben. Dadurch, dass Dr. Kammler über all diese Projekte bestens informiert war, erhielt er immer größere Befugnisse und ging schließlich im engsten Kreis des Führers ein und aus. Dem nüchternen Technokraten blieben die mystischen Neigungen Hitlers und Himmlers natürlich nicht verborgen. Für solche „Spinnereien", wie er es nannte, hatte er kein Verständnis. Nur, was tatsächlich zu beweisen war, zählte. Er glaubte auch, dass der Krieg mithilfe der neu entwickelten „Wunderwaffen", wie sie gerne genannt wurden, absolut zu gewinnen war, aber nicht mit Hitler und seinen okkulten Vorstellungen. Kammlers Position war bereits die eines Obergruppenführers der SS, welche einem General gleichkam. Er suchte nach einem Verbündeten, den er schließlich in der Person seines ehemaligen Vorgesetzten, des Rüstungsministers und Architekten des Führers, Albert Speer, fand. Speer war auch der Leiter des Jägerstabes und arbeitete daher an der Entwicklung und Fertigung der neuen ME 262 Strahlflugzeuge mit Kammler eng zusammen. Es gab sogar schon Überlegungen der beiden, Hitler zu beseitigen und selbst die Macht zu ergreifen.

Kammler war einige Male beim Führer am Obersalzberg und erfuhr von diesem natürlich auch die Geschichten um den Untersberg und den damit verbundenen Zeitphänomenen. Aber für Kammler waren höchstens die Steinbrüche am Fuße des Untersberges, wo wunderschöner roter Marmor gebrochen wurde, interessant. Alles andere verwies er in den Bereich der Fabeln und Legenden. Das waren für ihn nur Ammenmärchen und Sagen, welchen höchstens einfältige Menschen etwas abgewinnen konnten. Dass der Führer und Himmler aber für so etwas empfänglich waren, galt ja hinlänglich als bekannt. Ein Grund mehr für ihn, Hitler nicht für voll zu nehmen. Aber Hitler war schließlich der Führer und keiner durfte es wagen, sich seinen Anordnungen auch nur ansatzweise zu widersetzen.

Im Zuge der Planung und des begonnenen Baues der Reichsautobahn von Salzburg nach Kärnten wurde in einem Tunnel durch die Alpen eine eigenartige Veränderung des Zeitflusses festgestellt. Arbeiter verschwanden und tauchten erst nach Tagen wieder auf.

Sie behaupteten aber, nur für Minuten in einem der neu erbauten Vortriebsstollen gewesen zu sein.

Von Himmler hörte Kammler von ebensolchen Vorfällen im Bereich um die Wewelsburg.

Als nüchtern denkender Techniker glaubte er diese Geschichten zwar nicht, beschloss aber, diese Phänomene, wenn sie tatsächlich existieren sollten, untersuchen zu lassen. Vielleicht ließ sich etwas finden, was für die Kriegsführung von Interesse sein könnte.

Die Nachforschungen und Versuche im Autobahntunnel bewahrheiteten die Aussagen der Arbeiter und zeigten seltsame Ergebnisse, welche Kammler dazu bewogen, in einer unterirdischen Anlage in Thüringen ein Gerät zur Manipulation der Zeit konstruieren zu lassen. Unter den Codenamen „Laternenträger" und „Chronos" wurde dort eine Apparatur in der Form einer großen Glocke gebaut. Das Raum-Zeit-Gefüge sollte mittels enormer Massebeschleunigung verändert werden. Kammler war mit seinen Überlegungen auf dem richtigen Weg, doch fehlte ihm die Zeit dazu, diese Maschine zu vollenden. Viele der Techniker, welche an der „Glocke" mitarbeiteten, kamen dabei ums Leben. Als Kammler sah, dass seine Versuche mit der „Zeitmaschine" nicht in absehbarer Zeit ein brauchbares Ergebnis bringen würden, erinnerte er sich wieder an den Untersberg. Dort sollten ja solche Zeitverschiebungen, wie er sie künstlich erzeugen wollte, auf natürliche Weise aufgetreten sein. Er ließ daher am Untersberg bei Salzburg danach suchen. Doch der Führer wäre seiner Ansicht nach nie bereit gewesen, an diesem Berg Grabungen und Sprengungen durchführen zu lassen. Deshalb wurden auf der dem Berghof abgewandten Nordwestseite des Untersbergs verschiedene Versuche angestellt, bei denen sich sehr schnell zeigte, dass es tatsächlich eine gewisse Zeitverlangsamung an bestimmten Orten am Berg gab. Das Maximum dieser Zeitverlangsamung lag bei etwa 1:300 und das hieß: Eine Minute Aufenthalt an so einer Stelle bedeutete dreihundert Minuten, also fünf Stunden in der normalen Außenwelt. Kammler hatte schon eine gewisse Vorstellung, weshalb gerade hier an diesem Berg eine Verlangsamung der Zeit auftreten sollte. Aber es war eben nur eine Vermutung. Was aber tatsächlich die Ursache für dieses Phänomen war, konnte eigentlich niemand sagen.

Die genauen Stellen, wo Zeitphänomene auftraten, wurden rasch lokalisiert und in Karten präzise eingezeichnet.

Kammler, der mittlerweile auch schon wusste, dass der Krieg so gut wie verloren war, ließ daraufhin dort oben am Berg einen komfortablen Bunker, eine Station mit Lebensmittel und Brennstoff, für einige Jahre einrichten. Er konnte es sich ausrechnen, dass ihm für den Fall, dass er von den Siegermächten gefasst würde, allein aufgrund der Tatsache, dass er als Obergruppenführer ein immenses Machtpotenzial innehatte, vor ein Tribunal gestellt werden würde. Einige Zeit spielte er zwar noch mit dem Gedanken, sich durch Übergabe der Geheimwaffen sowie durch die Preisgabe der Ergebnisse der letzten Forschungen an die Alliierten irgendwie freikaufen zu können, verwarf aber die Gedanken daran nach kurzer Zeit wieder. Er war ja nicht der Wissenschaftler, nein, ihm oblag eigentlich ja nur die Koordination der Forschungen. Diese funktionierte auch anstandslos, aber wenn die Alliierten erst einmal im Besitz aller Pläne und Unterlagen waren und auch die dazugehörenden Wissenschaftler im Gewahrsam hätten, dann wäre er nicht mehr wichtig.

Eine Unterkunft also, in der er die nächsten einhundert Jahre abwarten könnte und dafür nur einige Monate im Berg verbringen müsste, das war doch das ideale Versteck. Wer sollte nach dieser langen Zeit, wenn überhaupt, noch Interesse an seiner Person haben?

Vorhandene Straßen zu alten Marmor-Steinbrüchen wurden ausgebaut und für die Baufahrzeuge verwendet. Sogar eine alte Schienenstrecke hoch oben am Berg, welche zum Abtransport der dort früher gewonnenen Marmorblöcke errichtet worden war, konnte noch genutzt werden. Der ansässigen Bevölkerung wurde nur knapp erklärt, dass wieder roter Marmor gebrochen würde, und außerdem wäre dieses Areal ab sofort Sperrgebiet der SS. Die Menschen in dem kleinen Dorf am Fuße des Berges nahmen aber davon kaum Notiz, zu groß war bereits die Not durch den grausamen Krieg. Für die Arbeiten wurden ausnahmslos ausländische Arbeitskräfte eingesetzt, derer man sich nach der Fertigstellung der Anlage kurzerhand wieder entledigte. So erfuhr auch niemand von dem geheimen Bauvorhaben, welches Kammler einen einzigartigen Fluchtweg in die Zukunft bieten sollte.

Der Eingang zur unterirdischen Station wurde direkt an einer Zeitsprungstelle errichtet und war daher erst dann zu sehen, wenn man unmittelbar davorstand.

Doch zu dieser Zeit stand auch der Zusammenbruch des Großdeutschen Reiches unmittelbar bevor.

Kammler wurde jetzt, im April 1945, immer mehr bewusst, dass es keine Möglichkeit mehr gab, den Krieg zu gewinnen, auch nicht mit den neu entwickelten Hochtechnologie-Waffen, welche zu dieser Zeit eben noch nicht einsatzbereit waren. In einem letzten Versuch ließ er über fünfhundert Mann der geistigen Elite der Raketen-Waffenentwicklung von Nordhausen nach Süddeutschland evakuieren. Andere, hoch spezialisierte Wissenschaftler, welche um seine geheimen Forschungen und Versuche mit der „Glocke" wussten, wurden kurzerhand von SS-Einheiten in Lastkraftwagen von Böhmen abgeholt. Sie durften der Roten Armee nicht in die Hände fallen. Kammler hatte da einen Plan ...

Doch da, im April 1945, überstürzten sich die Ereignisse. Er fuhr noch zu den unterirdischen Raketen- und Treibstoffwerken „Zement", nahe dem Ort Ebensee in Österreich, wählte dort einige zuverlässige, hochrangige

SS-Führer für sein Vorhaben aus und besprach mit diesen noch alle notwendigen Vorkehrungen. Sie sollten ihn in sein Versteck begleiten. Rasch begab er sich dann ein weiteres Mal zur Hochburg des reichsdeutschen Technologiezentrums in Prag, zu den Skoda-Werken, und holte von dort persönlich wenige Stunden vor dem Einmarsch der Sowjet-Truppen die wichtigsten Pläne und Unterlagen der neuesten Forschungen ab.

Die letzte Station, wo der General der Waffen-SS, Dr. Ing. Hans Kammler, mit seinem Adjutanten, Obersturmbannführer Stark, dann noch gesehen wurde, war das Benediktinerkloster Ettal, bei Oberammmergau ...

Kapitel V

LINDA UND WOLF 2006

Sie kamen sehr spät zum Airport in München. Fast zu spät, in letzter Minute erreichten die beiden noch den Check-in. Schnell die Koffer auf das Band und mit den Tickets durch den Zoll. Linda musste ihre Tasche öffnen und der Zollbeamte wurde fündig. Er hielt ein kleines Metallteil in der Hand, neigte seinen Kopf etwas zur Seite und sagte zu Linda:

„Die müssen Sie leider zurücklassen."

„Hast du vergessen, die Nagelfeile aus dem Handgepäck zu nehmen? Aber ich glaube kaum, dass du sie diesmal brauchen wirst", meinte Wolf und lenkte aber gleich wieder ein, „ich werde dir im Hotel eben eine neue kaufen."

„Halte hier keine Volksreden, beeilen wir uns lieber, dass wir zum Gate kommen, bevor es schließt", erwiderte die unausgeschlafene Linda nicht gerade freundlich, während sie ihre Handtasche wieder einräumte.

„Die werden nicht ohne uns wegfliegen, wir haben ja bereits die Bordkarten und somit wissen die ja, dass wir schon hier sind."

„Ich wäre mir da nicht so sicher und jetzt beeil dich!"

„Die letzten beiden Passagiere des Fluges 668 mit Condor nach Hurghada möchten sich umgehend zu Gate 34 begeben."

„Ich glaube, die meinen uns", sagte Wolf, während sie an der Glaswand entlanghasteten. Gate 34 lag ganz weit hinten links. Den Stau auf der Autobahn hatten sie eben nicht einkalkuliert. Sie waren wirklich die letzten Passagiere und wurden mit missmutigen Blicken der bereits im Flugzeug sitzenden Reisenden gemustert. Die Triebwerke liefen bereits. Kaum hatten sie sich festgeschnallt, startete die Boeing 757 auch schon in Richtung Ägypten.

Die beiden hatten das Land am Nil schon viele Male besucht und jedes Mal gab es neue Erlebnisse. Wolf, der sein Berufsleben eigentlich fast nur am Schreibtisch verbrachte, verwandelte sich auf seinen Reisen in einen Abenteurer, auch wenn er ganz und gar nicht danach aussah. Er hatte leichtes Übergewicht und schütteres Haar, was zu seinem Alter von fünfzig Jahren auch dazu passte. Wolf war Privatpilot mit einer Lizenz für Sportflugzeuge, passionierter Edelsteinsammler und hatte eine Leidenschaft für antike Dinge. Er war nicht der unüberlegte Draufgängertyp, für seine Reisen hatte er sich immer gut vorbereitet und trotzdem lief bei ihm nie etwas nach Plan.

Diesmal sollte die Fahrt zum ersten Mal mit einem Mietwagen, ganz alleine und auf eigene Faust, durch die Felswüste vom Roten Meer bis zum Nil gehen. Wolf hatte lange gebraucht, um die widersprüchlichen Informationen über das Autofahren für Fremde einordnen zu können. Normalerweise durften Touristen nur in einem von der Polizei begleiteten Konvoi durch die Wüsten fahren, egal ob im Taxi, Bus oder mit Mietwagen, welche es ohnehin nur in drei Städten in Ägypten zum Ausleihen gab. Würde es klappen, würden die Polizisten an den Checkpoints ihren Wagen passieren lassen?

Wie sah es dann an den weiteren Kontrollpunkten aus?

Solche Gedanken gingen Wolf durch den Kopf, als das Flugzeug die Reiseflughöhe über den Alpen erreicht hatte. Der Flug würde noch knappe vier Stunden dauern. Linda lehnte sich bequem in den Flugzeugsitz und hörte Rachmaninov über den Kopfhörer.

Müde schaute Wolf aus dem Fenster, die lange Fahrt zum Flughafen, so zeitig in der Früh, und die Hektik am Airport hatten ihm etwas zugesetzt. Er sah die Landschaft tief unter ihm langsam vorbeiziehen und war in Gedanken versunken. Er dachte an vergangene Ägyptenreisen und wusste, dass sich in diesem Land kaum jemand an exakte Vorschriften hielt und es sicherlich möglich sein müsste, auch auf eigene Faust und ohne Taxifahrer die entlegenen Teile der Ostwüste zu erkunden. Vielleicht ging es mit Bakschisch? Damit war vieles möglich in Ägypten. Aber ob die Polizisten Bakschisch nehmen würden? Abwarten, sie würden ja sehen.

Bei Aladin, dem Autovermieter, hatte er schon vor Wochen telefonisch einen neutralen Wagen bestellt, wenn möglich mit einem Kennzeichen von Unterägypten. Das würde die Posten an den Checkpoints etwas verwirren und sie würden in so einem Fall eher glauben, dass Wolf und Linda sogenannte „Residents", also in Ägypten Ansässige, seien, als dass sie auf den Gedanken kämen, das wären Touristen.

Wolf und Linda waren schon seit ihrer ersten Ägyptenreise vor vielen Jahren vom Tempel der Pharaonin Hatschepsut, der „Herrin beider Länder", wie sie auch genannt wurde, fasziniert. Noch mehr aber beeindruckte die beiden die Person der Königin selbst. Diese große Frau am Thron der Pharaonen hatte einige Expeditionen in das sagenumwobene Land „Punt" gesandt. Laut Überlieferungen sollte es im heutigen Somalia gelegen haben. Um dorthin zu gelangen, ließ Hatschepsut Schiffe am Nil bauen, welche dann, in mehreren Teilen zerlegt, durch die Felswüste bis ans Rote Meer transportiert wurden. Dort baute man die Schiffe wieder zusammen und fuhr an der Küste entlang, weit hinunter nach Süden. Inschriften und Reliefs im Totentempel der Hatschepsut in Luxor besagten, dass damals mehr als viertausend Leute für eine solche Expedition unterwegs waren.

Diese Geschichten bewogen Wolf schon vor Jahren, auf den Spuren der Pharaonin Hatschepsut den Weg zu suchen, welchen diese Leute damals durch die Berge genommen hatten.

Kapitel VI
▲

DER GAZELLENEINTOPF

Zwei asphaltierte Straßen schlängelten sich nun vom Nil bis ans Rote Meer, doch dieser Route, die heute mit einem Fahrzeug in wenigen Stunden befahren werden konnte, waren die Ägypter zur Pharaonenzeit sicherlich nicht gefolgt. Für diesen mehr als 250 Kilometer langen Weg hatten die Menschen zur damaligen Zeit bestimmt länger als eine Woche gebraucht. Zur Durchquerung dieser Felswüste war aber Wasser notwendig und das war nur an wenigen Stellen in den Bergen zu finden. Dafür wurde ein wesentlich längerer Weg in Kauf genommen, an dem sich jedoch im Abstand von Tagesreisen Brunnen befanden.

Diesen Weg versuchte Wolf zu finden, denn darüber war sehr wenig bekannt und in den ägyptologischen Nachschlagwerken fanden sich nur spärliche Hinweise auf mögliche Routen.

An der Küste des Roten Meeres, in der Nähe der kleinen Hafenstadt Quseir, hatte er bereits Ruinen aus der pharaonischen Zeit entdeckt. Sogar bis zu fünfzig Kilometer landeinwärts, in den Bergen am Rande eines Wadis, eines trockenen Flusslaufes, waren Reste von Bauten und Keramikscherben aus der damaligen Zeit zu finden.

Wolf dachte an eine Fahrt im vergangenen Jahr mit einem Landrover, welchen er samt einem nubischen Fahrer mit Namen Mohammed gemietet hatte. Mittels vom Computer ausgedruckter Satellitenkarten und GPS suchte er einen möglichen Verlauf des Weges der pharaonischen Expeditionen und dirigierte den Fahrer des Geländewagens über unwegsames Gelände tief ins Innere der Ostwüste Ägyptens. Einige Male mussten sie am Ende eines vermeintlichen Wadis umkehren, da hohe Felsen den Weg versperrten. Nach einem halben Tag Fahrt trafen sie auf eine in den offiziellen Landkarten nicht eingezeichnete Eisenbahnlinie, welche erst in den letzten Jahrzehnten erbaut worden sein durfte. Sie diente ausschließlich dem Transport von Phosphat, welches an vielen Orten in Ägypten abgebaut wurde. Dieser Schienenstrang führte von den Oasen westlich des Nils über eintausend Kilometer direkt an das Rote Meer zu den Verladehäfen. Der Fahrer wollte der Eisenbahnlinie folgen und lenkte den Wagen der Einfachheit halber auf den hohen Bahndamm hinauf. Dort fuhr er auf den Schwellen dahin, bis die Schienen nach einigen Kilometern plötzlich in eine sehr enge Schlucht einbogen.

Ein mulmiges Gefühl überkam Wolf. Sollte ein Zug zwischen den Felswänden entgegenkommen, so gab es nur die Möglichkeit das Fahrzeug so rasch als möglich über den steilen, zehn Meter hohen Damm hinunterzulenken. Was das bedeuten würde, daran wollte keiner der beiden denken. Aber Züge würden hier wohl eher selten fahren, so einmal die Woche, meinte Mohammed. Am Ende der Schlucht konnten sie den Bahndamm dann endlich über eine Rampe wieder verlassen und waren sichtlich erleichtert. Nach einigen weiteren Durchbrüchen zwischen den bizarren Bergen kamen sie zu einer verlassenen Bergwerkssiedlung. Von Weitem sahen sie zwei Hunde herumstreunen. „Dort müssen Menschen sein", sagte Mohammed. Tatsächlich sahen sie hinter einer alten Abraumhalde eine kleine dürftige Hütte, vor der zwei dunkelhäutige Ägypter saßen und Tee tranken. Sie stellten den Landrover vor der Behausung der Araber ab und mit einem Schwall an arabischen Begrüßungsfloskeln kamen die zwei auf den Wagen zu. Wolf, der nur einige Brocken Arabisch konnte, verstand so gut wie nichts von dem Kauderwelsch. Mohammed übersetzte, dass die beiden vor zwei Tagen eine Gazelle erlegt und diese zu einem Eintopfgericht verarbeitet hatten. Wolf und der Fahrer wären gerne zum Essen eingeladen. Die zwei Wächter des alten Bergwerkes sahen äußerlich nicht gerade vertrauenerweckend aus. Wilde Gestalten, wie sie sonst nur in Abenteuerfilmen zu sehen waren.

Aber die zwei waren echt. Einer der beiden fachte das Feuer, welches unter der verrußten Teekanne dahin gloste, mit ein paar Holzstücken an und stellte einen Tontopf darüber, in welchem sich eine undefinierbare Masse von Gazellenfleisch, Kartoffeln und sonstigem Gemüse befand.

Als Wolf fragte, wie sie denn das Tier zur Strecke gebracht hätten und Mohammed das übersetzte, zog der ältere der beiden Araber plötzlich einen großen Dolch unter seiner Djelabeja hervor und fuchtelte damit wild in der Luft herum. Wolf wurde es zwar nicht bange, aber es wirkte doch irgendwie bedrohlich.

Der Gazelleneintopf sah nicht sehr appetitlich aus, schmeckte aber vorzüglich. Zu trinken hatten sie Wasser, aber das stand bestimmt schon lange Zeit in den offenen Tonkrügen dort und war für den europäischen Verdauungsorganismus wohl nicht ganz geeignet. Wolf fragte, ob er etwas Tee haben könnte. Das Wasser dafür wurde in einem verrußten Behälter heißgemacht, aber wenn es gekocht war, dann konnte man es trinken. Danach saßen alle vier um den dampfenden Teekessel herum und die Wächter erzählten in blumigem Arabisch so manche fantastische Geschichte, die wohl eher aus ihrer langen Einsamkeit in dieser gottverlassenen Gegend herrührte und kaum der Wahrheit entsprach. Pausenlos musste Mohammed übersetzen. Sie redeten von Bergwerksstollen aus der Pharaonenzeit, von Schächten, in denen Dschinns, also Geister, hausen sollten, und von Eingängen, in denen schon Verwandte von ihnen verschwunden wären. Wolf kannte die Fantasie der Araber. Wenn man nur der Hälfte ihrer Erzählungen Glauben schenken würde, so war das immer noch zu viel. Das Geheimnisvollste, von dem der ältere der beiden Wächter zu berichten hatte, war jedoch der sogenannte Stein des Osiris.

Diesen Stein, der gar nicht besonders groß sein sollte, hätte zwar noch niemand in seiner Sippe gesehen, es ging aber das alte Gerücht herum, dass jeder, der in seine Nähe kommen sollte, verschwinden würde. Alles nur Aberglaube, wie er für die meisten Araber typisch war, dachte Wolf und machte sich vorerst keine weiteren Gedanken über das soeben Gehörte.

Nach einer überschwänglichen Abschiedszeremonie mit sämtlichen Segenswünschen Allahs fuhren Wolf und Mohammed wieder mit dem Landrover weiter. Sie waren nun etwas ausgeruht von der doch beschwerlichen, langen Fahrt und amüsierten sich köstlich über die Einfältigkeit der beiden Bergwerkswächter. Die Fahrt ging dann weiter in Richtung Westen.

Am späten Nachmittag, als die Sonne bereits recht tief stand, erreichten sie dann über eine Schotterpiste die Verbindungsstraße nach Luxor. Auf dieser Straße fuhren sie nun wieder zurück in Richtung Küste zum Sheraton Hotel. Das rötliche Licht der untergehenden Sonne erzeugte eine eindrucksvolle Stimmung über den Bergen, welche eben nur zu dieser Tageszeit zu beobachten war. Das Ergebnis dieser Fahrt war aber weniger beeindruckend. Außer einer kleinen Ruinensiedlung mitten in den Bergen und ein paar Tonscherben fanden sie auf dieser beschwerlichen Fahrt nichts, wonach Wolf eigentlich suchte. Aber da war doch noch etwas, was Wolfs Interesse geweckt hatte. Der „Stein des Osiris", von welchem einer der Wächter im Phosphat Bergwerk gesprochen hatte ...

Eine Ansage des Flugkapitäns riss Wolf aus seinen Gedanken – sie hatten die Adria erreicht und in Kürze sollte es etwas zu essen geben. Hähnchen mit Broccoli und Püree oder eine Lasagne.

Wolf wählte für sich das Hähnchen und für Linda die Lasagne.

Sie war beim Musikhören eingeschlafen.

Kapitel VII

▲

ABYDOS

Wolf war selbst auch Pilot, aber nur für kleine Privatflugzeuge. Vor zwei Jahren hatte er mit Linda in Luxor ein Wasserflugzeug gechartert, eine alte sechssitzige Cessna 206 mit riesigen Schwimmern. Einen Flug nach Abydos hatte er geplant und dieser drohte damals an der orientalischen Bürokratie der Ägypter beinahe zu scheitern. Doch nach telefonischer Rücksprache mit dem Luftfahrtministerium in Kairo und diversen Faxsendungen wurde die Erlaubnis dann letztendlich doch erteilt. Allerdings mussten die beiden zwei Tage darauf warten.

Der Safety-Pilot hieß Per, ein Deutscher, der in Luxor mit der alten Maschine Touristen hoch über den Tempeln herumflog. Per war erst zweiunddreißig Jahre alt, aber schon ein erfahrener Pilot. Er erklärte Wolf die Eigenheiten des alten Flugzeuges und nach einem atemberaubenden Flug über den Hatschepsut-Tempel und das Tal der Könige, welches direkt auf der Flugroute lag, landeten sie nach einer guten Stunde Flugzeit bei der kleinen Stadt El Balyana auf dem Nil. Zwei Polizei-Schlauchboote eskortierten die Cessna nach der Landung zu einem Ausstiegsplatz, wo das Flugzeug am Ufer vertäut wurde.

Hunderte Schaulustige waren auf den Dächern der Häuser und säumten das Ufer des Nils. Die Menschen bestaunten das Wasserflugzeug, als wäre soeben ein Ufo gelandet. Die Polizisten begleiteten die drei mit mehreren Fahrzeugen, mit Blaulicht und Sirene zum nahe gelegenen Osiris-Tempel von Abydos.

„Du weißt ja, hier in diesem Tempel, ganz hinten, soll sich der Geschichte nach das Grab des Osiris befinden", sagte Wolf zu Linda.

„Osiris, dessen Statue du bei dir zu Hause in der Glasvitrine stehen hast?"

„Ja, dieser Osiris, welcher hinter meinem schwarzen Stein aus der Cheops-Pyramide steht."

Als sie dann beim Tempel angekommen waren, wurden sie wie Staatsgäste behandelt. Die Beamten hatten ja keine Ahnung, wer die drei Leute mit dem Flugzeug wirklich waren. Normale Touristen, wenn überhaupt, kamen stets mit Bussen und manchmal mit dem Taxi. Es musste sich ihrer Meinung nach um höhergestellte, wichtige Personen handeln. Dieser Eindruck wurde von Per noch verstärkt, der ja seine Kapitänsstreifen an Hemdaufschlägen trug und somit den Anschein erweckte, als sei er der Privatpilot von Wolf und Linda.

Der Tempel wurde kurzerhand von den vorauseilenden Polizisten geräumt und ein eigener Führer für die drei abgestellt. Ein ganzer Bus mit Touristen musste am Parkplatz warten, bis sie wieder aus dem Tempel herauskamen.

Auch die Rückfahrt zum Nil, zur Anlegestelle des kleinen Flugzeuges, verlief ähnlich. Kaum kam der kleine Konvoi irgendwo in den engen, staubigen, nicht asphaltierten Straßen der Stadt wegen eines Ochsengespannes oder einer Menschenansammlung ins Stocken, wurde die Sirene eingeschaltet und die Polizisten fuchtelten wie wild mit ihren Kalaschnikows herum. Im Nu war dann die Straße wieder frei. Die Polizisten brachten sie wieder mit Schlauchbooten zum Flugzeug und halfen ihnen beim Einsteigen auf dem Wasser. Mit den zwei Schlauchbooten eskortierten sie dann die Cessna zur Startposition in der Mitte des Nils. Wolf schob den Gashebel nach vorne, das Triebwerk heulte auf und erst nach fast einem Kilometer hob das Flugzeug vom Wasser ab. Nach einer Ehrenrunde über der kleinen Stadt nahmen sie wieder Kurs auf Luxor.

Am nächsten Tag war in der ägyptischen Tageszeitung Al-Ahram ein Artikel über die erste Landung eines Wasserflugzeuges in Abydos seit Ende des Zweiten Weltkrieges zu lesen.

▲▲▲

Die Stewardess brachte das Essen.

Hühnchen in Sauce mit Püree und ein kühles deutsches Bier.

Auch Linda war inzwischen wieder munter geworden und ließ sich das Essen genussvoll schmecken.

Nachdem die Stewardess die Tabletts wieder abgeräumt hatte, lehnte sich Wolf an das Fenster des Flugzeuges und war schon wieder in Gedanken in Ägypten.

Kapitel VIII

Major James

Die Eindrücke von seinen früheren Ägyptenreisen zogen wie ein Film an Wolfs geistigem Auge vorüber.

Es war vor drei Jahren, sie waren eben mit dem Taxi von Assuan nach Luxor zurückgekommen. Es war der Vorabend des islamischen Opferfestes. Vor den Häusern in Luxor waren fast vor jeder Türe Schafe oder Truthähne angebunden, welche schaurige Klagelaute von sich gaben, sollten sie doch am nächsten Morgen geschlachtet werden. Sie ließen sich vom Fahrer des Taxis zu einem großen Beduinenzelt, welches eigens für touristische Zwecke aufgestellt wurde, bringen. Sie waren die einzigen Gäste. Es war Februar und am Abend empfindlich kalt. Dick eingemummt im Anorak saß Linda auf einer Sitzbank im Zelt, Wolf versuchte gerade eine „Schischa" – eine Wasserpfeife, zu rauchen. Dann tranken beide heißen, frischen Pfefferminztee, als plötzlich ein gut gekleideter, älterer Herr ins Zelt kam und sich an einen Nachbartisch setzte.

Es dauerte nicht lange, da fragte er in gutem Deutsch mit leichtem englischem Akzent, ob er sich zu Wolf und Linda an den Tisch setzen dürfe. Der Mann war um die sechzig Jahre alt, hatte grau meliertes Haar und eine sportliche Figur. Er sei britischer Major außer Dienst und war lange Zeit im Irak und in Jordanien bei der Royal Navy tätig gewesen, erzählte er den beiden. Seine letzten Dienstjahre hatte er jedoch in Wiesbaden in

Deutschland verbracht, deshalb sein ausgesprochen gutes Deutsch.

Rasch kamen sie mit ihm ins Gespräch. Archäologie war das Hobby des Engländers und er berichtete von seinen vielen kleinen Funden in der Wüste. Der Major sprach auch von geheimen Verstecken, welche von den Pharaonen weitab in der Bergwüste geschaffen worden waren. Bis heute sei nur ein Bruchteil gefunden worden.

Es war ein recht interessantes Gespräch und sie verabredeten sich mit ihm für den nächsten Abend, mitten im Basar von Luxor, im „Lotos Restaurant". Eine schwer zu findende Gaststätte im ersten Stock eines unscheinbaren Hauses. Die Küche in dem Lokal sollte jedoch vorzüglich sein. Der Engländer war bereits dort, als sie die Treppe hinaufkamen. Wieder berichtete der Major von seinen Forschungen. Es war für die beiden interessant zuzuhören, was er zu erzählen wusste.

Diesmal wurde über das lange Bestehen der ägyptischen Kultur gesprochen. Major James, wie sich der Engländer nannte, war der Ansicht, dass die Herrscher der damaligen Zeit über uns heute unbekannte Mittel verfügt haben mussten, um ihre Macht über eine solch lange Zeitspanne zu erhalten und in dieser Zeit jedem Feind zu trotzen. Er selbst, so sagte er, sei bei seinen Überlegungen auch noch zu keinem endgültigen Resultat gekommen, aber es deute eben vieles darauf hin, dass es mächtige Hilfsmittel für die Pharaonen gegeben haben müsste.

Major James hatte da eine Theorie, für welche es bislang aber noch keine stichhaltigen Beweise gab. Vielleicht war es möglich, so meinte er, dass die Herrscher des alten Ägyptens mit Relikten aus einer längst vergangenen Epoche Gegenstände der Macht besaßen, welche sie aber vor dem gewöhnlichen Volk versteckt hielten. Er machte dann eine Andeutung über den „heiligen Schrein" der Ägypter, in dem so ein geheimes

„Ding" aufbewahrt worden sein könnte. Es sollte sich um den „Stein des Osiris" handeln, was immer das gewesen sein mag.

Wolf stutzte, diesen Ausdruck hatte er ja schon irgendwo gehört. Ja, von den zwei alten Ägyptern, die das Phosphatbergwerk bewachten, auch sie hatten von einem „Stein des Osiris" gesprochen. Major James fuhr fort in seiner Erzählung. Dieser heilige Schrein war seiner Meinung nach mit der „Bundeslade" der Israeliten zu vergleichen. Die Israeliten waren ja vor ihrem Auszug aus Ägypten lange genug im Land am Nil gewesen. Möglicherweise kamen sie auf irgendeine Weise in den Besitz eines solchen Stückes. Vielleicht gelang ihnen deshalb die Flucht aus Ägypten? Oder waren das alles nur Sagen? Fragen, auf welche es eben keine Antworten gab. Major James suchte manchmal, wenn er mit dem Pferd in der Westwüste unterwegs war, in den Bergen, hinter dem Tal der Könige, nach Spuren aus der Pharaonenzeit.

Er hatte schon so manche, schön bemalte Keramikscherbe und auch Bruchstücke von mit Hieroglyphen beschrifteten Felsplatten gefunden.

Auch von seiner Zeit im Irak erzählte er. Er hatte dort als Nachrichten-Offizier bei der Royal Navy gedient und kam damals des Öfteren in Kontakt mit Archäologen, welche in den Ruinen von Ninive, in der Nähe von Bagdad, mit Ausgrabungen beschäftigt waren. Seit damals war er fasziniert von den Relikten der dortigen Hochkulturen. Aber jetzt erst, im Ruhestand, konnte er sich dieser Tätigkeit, welche für ihn zu einer wahren Leidenschaft wurde, widmen.

Linda hörte dem Mann begeistert zu. Er hatte die Gabe, alles sehr plastisch und lebendig zu erzählen.

Sie bestellten sich Lammkoteletts und der Major wählte ein Steak. Das Essen hier im Basar war wirklich gut und ein Glas Rotwein hätte dem Dinner noch eine spezielle Note verliehen, aber Wein, hier im Souk von

Luxor, den gab es einfach nicht. Alkohol bekam man nur in den großen Hotels der Stadt. So tranken sie eben frisch gepressten Zitronensaft mit Soda.

▲▲▲

Die Stewardess kam noch einmal und brachte abermals Getränke.

Wolf sah auf die Uhr, sie hatten noch etwa zwei Stunden bis zur Landung in Hurghada vor sich. „Na, hast du deine Müdigkeit schon überwunden? In zwei Stunden sind wir in Afrika. Was meinst du, wird es recht heiß sein beim Aussteigen aus dem Flugzeug?"

„Lassen wir uns überraschen, die Winterjacke werde ich aber bestimmt nicht brauchen", lachte Linda.

▲▲▲

Für sie war es diesmal schon die sechste Reise, welche sie mit Wolf nach Ägypten führte. Immer wieder neue Erlebnisse, jedes Mal anders. Nie lief etwas nach Plan, aber meistens gab es aufregende Erlebnisse, welche zwar nicht immer ungefährlich waren, aber durchaus ihren Reiz hatten.

Linda war als behütetes Einzelkind aufgewachsen. Sie war Tochter eines angesehenen Baumeisters und Absolventin einer Klosterschule. Der Beruf als Lehrerin in der Grundschule war ihr wie auf den Leib geschrieben. Sie war als eher zurückhaltend einzustufen. Ihre zierliche Figur, ihre blauen Augen und das blonde Haar passten einfach perfekt zu ihrem Wesen.

Sie war für Wolf stets der gute Geist bei den gemeinsamen Unternehmungen und bedachte ihn, wann immer es nötig war, mit guten Ratschlägen. Manchmal aber auch dann, wenn es nicht notwendig war, und nur deshalb, weil sie es eben für gut erachtete. Das brachte ihr Lehrberuf so mit sich, aber Wolf bisweilen zur Weißglut.

Sie war ein praktischer Typ, so sorgte sie zum Beispiel immer für einen ausreichenden Trinkwasservorrat, den Wolf fast jedes Mal konsequenterweise zu vergessen schien. So ergänzten sich die beiden auf Reisen bestens, auch wenn sie nicht immer einer Meinung waren.

Kapitel IX

▲

Die weisse Wüste

Bringen Sie mir bitte eine Cola und einen Orangensaft für die Dame." Die Stewardess quittierte die Bestellung nur mit einem Kopfnicken, dafür servierte sie aber die Getränke wirklich rasch. Wolf nippte an seinem Becher und war mittlerweile in Gedanken bei der letzten Reise im vorigen Februar angelangt.

▲▲▲

Diesmal war es die Weiße Wüste, weit im Westen, an der libyschen Grenze, welche das Ziel der beiden war.

Mit einem gemieteten Bus samt Chauffeur fuhren sie von Luxor aus über die Oasen Kharga und Dakhla bis nach Farafra. Achthundert Kilometer durch die karge und vollkommen vegetationslose Landschaft.

Nach dreihundert Kilometern Wüstenfahrt und einer Besichtigung von Ruinenfeldern in Kharga blieb ihr kleiner Bus einfach im Sand stecken.

Der Fahrer hatte sich bei einer der historischen Stätten einfach zu weit in den tückischen Sand hineingewagt.

Nach zwei Stunden verzweifelter Ausgrabungsarbeiten des Busfahrers mit bloßen Händen ließ ein ägyptischer Polizist einen schweren Bagger kommen, der den Bus kurzerhand mit seiner Schaufel aus dem Sand heraushob. Das war eben ägyptisch!

Am nächsten Tag erreichten sie die Oase Dakhla. Ein Bad in einer vierzig Grad heißen Quelle, deren Wasser rotbraun war und nach Blut schmeckte, war schon ein echtes Omen.

Dakhla war, so hatte Wolf bei seinen Vorbereitungen für diese Fahrt recherchiert, die Geburtsstätte des mythologischen Gottes Seth, dem Bruder und späteren Mörder des Osiris. Als die beiden am frühen Morgen des folgenden Tages die Oase besichtigten, kamen sie zu einer großen, halb verfallenen Speicherburg. Davor saß ein alter, blinder Mann im Staub, welcher tönerne Abbilder des Seth in Form eines Hundes verkaufen wollte. Als Wolf an ihm vorbeikam, nahm der Blinde plötzlich eine dieser hässlichen Figuren, tastete mit einem Stock nach Wolf und drückte ihm die Tonfigur in die Hand. Er murmelte dabei etwas Unverständliches auf Arabisch, von Allahs Segen oder so ähnlich, wollte aber kein Geld für den tönernen Hund haben. Wolf nahm die Figur und wickelte sie in Servietten. Er wusste nicht recht, wie ihm geschah.

Der ägyptische Fahrer klärte Wolf auf. „Der blinde Mann hat gesagt, du wärest ein Hüter der Steine des Osiris und deshalb erhältst du stellvertretend den ‚Seth in Hundegestalt'. Als Opfergabe an Osiris sozusagen, damit ihm, dem Blinden, nichts zustoßen möge, wo er doch Figuren des Brudermörders Seth verkauft." Das war auch für Linda nur schwer zu verstehen. Weshalb sollte Wolf etwas mit Osiris und den schwarzen Steinen zu tun haben? Und noch dazu konnte der Alte mit seinen erloschenen Augen Wolf ja gar nicht sehen. Die Araber hatten, so dachte sie, zuweilen eine blühende Fantasie. Wolf lachte:

„Ich habe schließlich eine echte Osiris-Statue zu Hause in der Vitrine stehen und auch ein runder, schwarzer Stein aus der Cheops-Pyramide liegt davor. Der Alte hat das eben gespürt, der hat eben einen Sinn für wahre Größe."

„Sei nicht so eingebildet! Aber das mit der Größe stimmt eigentlich, wenn man deinen Bauchumfang ansieht", konterte Linda etwas zynisch.

Am folgenden Abend erreichten sie dann nach einer endlos langen, eintönigen Fahrt über menschenleere Pisten die „Weiße Wüste". Bei einer Polizeistation am Rande der letzten Oase wartete bereits ein vor Tagen bestellter Geländewagen auf sie. Das Gepäck wurde umgeladen. Mit dem Allradfahrzeug ging es nun tief in dieser einen Mondlandschaft gleichenden Gegend hinein. Haushohe, von der Natur geschaffene Skulpturen in gleißendem Weiß und riesigen Pilzen ähnelnd standen da in großer Zahl. Manche der Kalkfelsen glichen Tieren oder menschlichen Köpfen. Pausenlos klickte Wolfs Kamera. Nach etlichen Stunden Fahrt durch dieses Wunderland hielt der Fahrer den Wagen an und begann, das Nachtlager aufzuschlagen. Sie sollten in dieser Wüste unter freiem Himmel schlafen. Der aufgehende Mond sah riesig und unwirklich aus. Wolf wollte sich die Landschaft in aller Ruhe ansehen.

„Ich weiß, dass Wölfe den Vollmond anheulen", sagte Linda zu Wolf, der oben auf einem Kalkfelsen, abseits des Lagers, saß und in die hereinbrechende Nacht schaute, „aber du könntest jetzt von deinem Felsen zu uns herunterkommen, Abdul hat das Essen fertig."

Wolf stieg hinunter zum Lager, er blickte argwöhnisch auf Abdul, der gerade den Topf vom Feuer nahm und auf die am Sand ausgebreitete Matte stellte. „Gott sei Dank, dass es schon dunkel ist und dass wir Hunger haben, da siehst du wenigstens nicht, was du isst, und es schmeckt trotzdem gut."

„Ich weiß, hast du übrigens den Kunststoffkanister mit der braunen Brühe dort drüben gesehen?", fragte Linda und wollte damit Wolfs Appetit etwas zügeln. Weniger essen würde ja seiner Linie kaum schaden.

„Ja, warum? Ist das nicht der Reservekanister mit dem Dieseltreibstoff?", fragend schaute Wolf Linda an.

„Nein, das sieht bloß so aus, das ist das Wasser für den Tee, den wir gerade trinken", gab sie mit gespielter Gelassenheit zurück. Er verzog keine Miene, der Pfefferminztee war schließlich gut. Das Lagerfeuer gab seinen wärmenden Schein und als er nach dem Essen noch etwas Mineralwasser zu trinken haben wollte, fiel dem ägyptischen Fahrer ein, dass er die Flaschen in der Oase vergessen hatte. Mittlerweile war es stockdunkel geworden, da heranziehende Wolken den Vollmond verdeckten. Abdul wusste angeblich, wo andere Geländewagen standen, und machte sich auf den Weg in die Wüste, um Wasser zu holen. Lampe hatte er keine dabei. Schon nach wenigen Schritten hatte ihn die Dunkelheit verschlungen. Linda wurde es nun doch etwas mulmig zumute. Von Skorpionen und Schlangen hier in der Wüste wurde ja immer wieder berichtet. Hörte man da nicht ein Heulen von irgendwoher? Ja, es sollte Schakale geben, Goldschakale, denen der altägyptische Gott Anubis nachempfunden war. Wolf nahm noch etwas heißen Pfefferminztee vom Feuer, als das schaurige Geräusch abermals zu hören war. Nun rückte Linda, welche ansonsten absolut nicht furchtsam war, doch näher an Wolf heran. Und wieder hörten sie etwas, aber diesmal klang es wie ein Pfeifen und Zischen. In der nächsten Minute wussten sie, was es war. Ein Sandsturm! Binnen kürzester Zeit konnte keiner der beiden mehr die Augen offenhalten. Der Sand war überall. Würde Abdul bei diesem Sturm und in absoluter Dunkelheit überhaupt noch zurückfinden? Der Zündschlüssel des Landrover steckte. Aber wo sollte man den armen Kerl am nächsten Morgen suchen, falls der Sturm bis dahin überhaupt aufgehört hatte?

So rasch als möglich wurde die Ladefläche des Fahrzeugs zu einer Schlafstätte umgebaut. Sie hielten sich jetzt Tücher vor den Mund, denn das Atmen war bei diesem Sandsturm fast nicht mehr möglich.

Linda hatte sich einen Pashmina-Schal um den Kopf geschlungen und war von einer Beduinenfrau kaum mehr zu unterscheiden. Nur an den blitzblauen Augen, welche durch den schmalen Schlitz zu sehen waren, konnte man Linda erkennen.

Der Wind hatte das Feuer ausgeblasen und es war völlig dunkel, als Abdul nach einer Stunde mit sechs Flaschen Mineralwasser wieder beim Fahrzeug auftauchte. Linda saß mit Wolf im Landrover und ein Schluck aus der Whiskyflasche, welche Wolf jedes Mal aus dem Duty Free Shop am Airport besorgte, spülte nicht nur ihre Angst, sondern auch den Sand, den beide mittlerweile im Mund hatten, hinunter.

Nach Mitternacht hörte der Sturm ebenso plötzlich auf, wie er gekommen war. Auch die Wolken hatten sich wieder verzogen. Gespenstische Stille, ein mit Sternen übersätes Firmament und das gleißende Mondlicht verwandelten die soeben noch tosende, finstere Nacht in ein Szenario, welches die zwei noch nie in ihrem Leben gesehen hatten. Es war wie in einem Märchenland, ähnlich einer Winterlandschaft, aber fernab jeder Zivilisation, ja wie auf einem fremden Planeten. Zahllose große, weiße Gebilde ragten in der Wüste empor und warfen im Mondlicht bizarre Schatten. Fast andächtig schauten beide aus dem Fenster des Wagens.

„Beweg dich nicht, halte dich ganz still", Wolf versuchte, diese Worte in ruhigem Ton zu sagen. Linda, nur halb wach, erschrak aber trotzdem. Mit einer raschen Bewegung öffnete Wolf die Hecklappe des Geländewagens von innen und streifte einen großen schwarzen Skorpion von Lindas Fuß, der in weitem Bogen zum Wagen hinausfiel.

„Das hätte schlimm ausgehen können, wir sind anscheinend die halbe Nacht mit dem Skorpion hier im Wagen gelegen." Linda, die das Tier gar nicht bemerkt hatte und sich der Gefahr auch nicht bewusst war, scherzte:

„Der wollte es eben auch warm haben."

Am nächsten Morgen gab es Frühstück und Abdul war sichtlich erheitert, als Wolf ihm sagte, dass sie sich um ihn Sorgen gemacht hätten.

„Von wegen Sandsturm, das war doch nur ein kleiner Wind gewesen, so etwas gibt's hier immer", meinte er. Bei einem richtigen Sturm wäre der Landrover am nächsten Morgen vermutlich nicht mehr zu sehen gewesen. Mit einem „Hamdulillah", was so viel wie „Gott sei Dank" bedeutete, goss er den Pfefferminztee in die mit Wüstensand ausgeriebenen Becher.

Nach dem ausgiebigen, arabischen Frühstück wurde das Lager abgebaut und nach einigen Stunden Rückfahrt erreichten sie die Oase Farafra. Ein kleines Dorf, sechshundert Kilometer von Kairo und fast achthundert Kilometer von Luxor entfernt. Die heiße Dusche im einzigen Hotel war eine echte Wohltat nach dieser eisigen, sandigen Nacht. Nach dem Essen wollte Wolf den Künstler Ali Moghny Abdul Bard besuchen. Dieser Mann sollte sehr schöne Kunstwerke aus Stein anfertigen, hatte er gelesen.

Kapitel X
▲

Der Künstler Bard

Abdul brachte die beiden mit dem Landrover zum Haus des Bard. Es war ein Gebäude mit vielen Treppen, Kammern, Gängen und überall waren die Exponate des Künstlers ausgestellt. Bard war ein bärtiger, gebildeter Mann in mittleren Jahren und arbeitete wie ein Bildhauer mit Steinen, er malte aber auch Bilder. Seine Exponate waren weit bekannt und er hatte sogar schon Ausstellungen in Europa. Bard suchte sich seine Steine selber in der Wüste und kam aus diesem Grunde in sehr entlegene Teile dieser schon so einsamen Gegend.

Bis in die „Große Sandsee", die riesige Wüste an der libyschen Grenze, brachten ihn seine Fahrten. Als er sah, dass Wolf und Linda Interesse für seine Werke zeigten, war er offenbar nicht so sehr aufs Verkaufen aus, sondern fing zu erzählen an.

Bard schilderte, wie er seine Steine aussuchte, wo sie zu finden waren und welche Eigenschaften sie hatten. Er sah die Steine als etwas Lebendiges an und schrieb ihnen bestimmte Eigenheiten und Wirkungen zu. Die Kunstwerke, welche er geschaffen hatte, waren wirklich von einer Ausdruckskraft, welche direkt auf die Psyche des Menschen einwirkte. Schnell bemerkte er, dass die zwei ihn zu verstehen schienen, und lud sie mit arabischer Gastfreundschaft zum Abendessen ein. Seine Frau hatte mittlerweile Feuer in einer Art offenen Kamin entfacht und sie setzten sich alle um einen sehr niedrigen, runden Tisch auf dicke Polster am Boden.

Wolf erzählte Bard von seinen Steinen zu Hause. Seit Jahren sammelte er geschliffene Edelsteine und konnte Bard nur bestätigen, dass diese Kristalle, ob Saphir, Rubin und Diamant oder Amethyst und Topas, eine starke Wirkung auf manche Menschen hatten. Bard bemerkte, dass er es mit einem Gleichgesinnten zu tun hatte, und es freute ihn jetzt offensichtlich, dass ihn die beiden besucht hatten.

Wolf fragte ihn, ob er auf seinen Fahrten in die „Große Sandsee" auch schon das berühmte Wüstenglas gesehen hätte. Bard stand wortlos auf, ging zu einer Truhe und nahm zwei Stücke dieses extrem seltenen Meteoritenglases heraus. Das seien die einzigen, die er je gefunden hatte, meinte er, nahm das kleinere der beiden Gläser und gab es Wolf als Geschenk. Es hatte ihn bisher noch niemand danach gefragt, sagte Bard, und begann zu erzählen.

„Vor einigen Jahren, als ich ganz alleine weit über hundert Kilometer von der Oase entfernt in der Wüste nach Steinen suchte, da fand ich die zwei gelb-grünlichen Glassteine am Rande einer hohen Sanddüne. An dieser Stelle schlug ich mein Lager für die Nacht auf, kochte mir einen Tee und kroch, als es kalt wurde, in meinen Schlafsack. Das Firmament nachts in der Sahara bot wie immer ein grandioses Schauspiel. Zum Greifen nahe waren die Sterne. In Gedanken versunken schaute ich zum Himmel und ich war bereits im Begriff, einzuschlafen.

Da ließ mich ein ganz leises Geräusch aufhorchen und ich sah einen Fenek, einen Wüstenfuchs, mit seinen großen Ohren. Der Fuchs war neugierig und kam näher. Das Tier war schon bis auf zwei Meter zu mir herangeschlichen, als es unverwandt zu einem Felsvorsprung am Rande der Düne lief.

Ich glaubte, in der Dunkelheit dort unter dem Felsen einen grünlichen Nebel am Boden zu sehen, verwarf den Gedanken aber sogleich wieder. Woher sollte hier in der vegetationslosen Wüste auch ein Nebel kommen? Und noch dazu ein grünlicher und nur an einem kleinen Fleck? Der Fuchs lief geradewegs darauf zu und war im nächsten Moment verschwunden.

Ich rieb mir die Augen und kroch aus dem Schlafsack. Im Schein meiner Lampe blickte ich auf die Spuren, die das Tier beim Herankommen hinterlassen hatte. Langsam folgte ich den kleinen Abdrücken des Fuchses im Sand und als ich einige Meter vor dem grünen Dunst beim Felsen stehen blieb, konnte ich erkennen, dass da nichts mehr war. Keine Spur von dem Fenek und auch dessen Fährte hörte hier plötzlich auf. Es war seltsam, ich erkannte, dass der grüne Nebel direkt aus einem kleinen, nur fingerbreiten Spalt neben dem Felsen kam. Wieder zurück in meinem Schlafsack, konnte ich lange nicht einschlafen, ununterbrochen musste ich über diese seltsame Begebenheit nachdenken.

Am nächsten Morgen war da kein Nebel mehr. Man konnte nur den Spalt im Felsen und immer noch die Spuren des Fuchses sehen.

Weshalb und wohin der Fuchs verschwunden war, konnte ich mir absolut nicht erklären."

Wolf und Linda hörten gebannt zu. Sie nahmen nur manchmal einen Schluck vom Pfefferminztee.

„Aber mir fällt gerade eine Parallele dazu ein", fuhr Bard fort.

„Vor mehr als zweitausendfünfhundert Jahren zog ein persischer Herrscher namens Kambyses mit seinem Heer vom Osten kommend durch die Wüste und wollte die Oase Siwa erobern. In Siwa war damals eine der berühmtesten und reichsten Orakelstätten der Antike.

Doch dort, in der „Großen Sandsee", etwa zweihundert Kilometer südlich der Oase Siwa, verlor sich damals jede Spur von Kambyses und seinem Heer. Früher hieß es, ein gewaltiger Sandsturm hätte die fünftausend Leute begraben. Das klang einleuchtend und wäre ja auch durchaus möglich gewesen. Doch vor einigen

Jahren wollte man nach diesem Heer suchen. Untersuchungen wurden mit Flugzeugen und von Satelliten aus durchgeführt, welche absolut kein Ergebnis brachten. Man versuchte, mittels Magnetfeldmessgeräten, mit denen man bis tief in die Ozeane metallene Gegenstände orten konnte, die Schilde, Lanzen und Rüstungen dieser Armee zu lokalisieren. Man fand aber gar nichts und so blieb das Verschwinden des Kambyses ein bis heute unerklärliches Phänomen. Genauso, wie bei dem verschwundenen, kleinen Fuchs", lachte Bard.

„In den Monaten danach fragte ich Beduinen, die ich in der Wüste zuweilen antraf, ob sie jemals merkwürdige Erlebnisse in dieser Gegend hatten. Die einfachen Leute erzählten mir von seltsamen schwarzen Steinen, rund und so groß wie eine etwas abgeflachte Orange.

Solche Steine sollten nach alten Überlieferungen schon oft die Ursache für das Verschwinden von Menschen gewesen sein. Diese schwarzen Steine, von denen noch keiner der Beduinen selber einen gesehen hatte, gab es aber angeblich nur in derselben Region, in welcher auch das Wüstenglas zu finden war. Es war dieselbe Gegend, in der auch Kambyses mit seinem Heer und auch der kleine Fuchs verschwunden waren.

Das Wüstenglas", so meinte Bard, „war zumindest seit dem Pharao Tut Ankh Amun bei den alten Ägyptern hochgeschätzt. Ein Skarabäus im Amulett des jungen Pharaos war aus diesem wunderschönen Glas gefertigt worden."

Damit stand aber fest, dass die Leute zur damaligen Zeit bis zu den Fundstätten dieses Wüstenglases gekommen waren. War es dann nicht auch möglich, dass auch sie so einen schwarzen Stein oder sogar mehrere davon fanden?

Wenn das so war, und vieles sprach dafür, dann wussten sie bestimmt auch um die seltsame Macht, die von ihm ausging.

Die Frage, woher diese Steine, wenn sie es wirklich gab, wohl kommen mochten und ob sie etwas mit dem gelb-grünen Wüstenglas zu tun hatten, ob sie eventuell desselben Ursprungs waren, konnte niemand beantworten. Waren sie bei einem Einschlag eines Meteors entstanden oder infolge einer gewaltigen Explosion mit großer Hitzeentwicklung?

Wodurch sollte aber vor Jahrtausenden eine Explosion ausgelöst worden sein? Fragen über Fragen, auf die es eben keine Antworten gab. Bard erwähnte dann noch die Geschichte des Gottes Osiris, der der Sage nach von seinem Bruder Seth ermordet, zerstückelt und über ganz Ägypten verstreut worden war. Isis, die Gemahlin des Osiris, sammelte die einzelnen Stücke wieder zusammen. Dadurch wurde die Macht des Totengottes wieder hergestellt. Bard erzählte auch davon, dass Isis lange zuvor von ihrem Schwager Seth eine Tochter empfangen hatte. Ein geheimes Kind mit Namen Isais. Das war für Wolf etwas zu viel auf einmal.

Was um alles in der Welt hatte Isais, die mesopotamische Göttin, mit den Ägyptern zu tun? Sollte sie eine Tochter von Isis und Seth sein? Und war die Osiris-Legende nur ein Gleichnis für die in ganz Ägypten versteckten, schwarzen, runden Steine? Wie aber nützten die Pharaonen die Macht dieser Steine? Wozu wurden diese verwendet? Bard meinte, dass es da noch eine uralte Überlieferung gab, welche unter den Beduinen kursierte – wenn mehrere dieser überaus seltenen Steine zusammengelegt würden, so könnte dies eine umwälzende Veränderung riesigen Ausmaßes bedeuten.

Bard wollte sich aber an die bekannten Fakten halten und sagte, dass auf vielen Reliefs in Gräbern und Tempeln eben solche runden Gegenstände dargestellt sind.

„Das sind doch Sonnenscheiben", warf Wolf ein, „das weiß doch jeder."

„Es ist aber auch bekannt, dass die alten Ägypter alle ihre Bilder und Reliefs in zweidimensionaler Form dargestellt hatten, also könnte es sich bei den vermeintlichen Sonnenscheiben durchaus auch um eine abgeflachte Kugel handeln", entgegnete Bard.

„Was die Hohen Priester der Pharaonen in ihrem heiligen Schrein aufbewahrt hatten, wissen wir heute nicht mehr, aber wenn es so etwas wie dieser schwarze Stein war, dann ließen sich damit viele bis heute ungelöste Fragen vielleicht beantworten."

Bards Frau brachte einen großen Teller mit orientalischen Vorspeisen und eine Schüssel mit Aish Baladi, dem Fladenbrot.

Bard, der in Kairo studiert hatte, sah nachdenklich auf das Feuer im offenen Kamin, legte ein paar Holzstücke hinein und begann abermals zu erzählen.

„An der Al Aksar Universität in Kairo lernte ich in meiner Studienzeit einen koptischen Priester kennen, der mir seltsame Geschichten über das Plateau von Gizeh erzählte. Die große Pyramide sei entgegen der Meinung der Ägyptologen bereits viele Tausend Jahre zuvor errichtet worden und das ganze Gelände sei ein riesiges unterirdisches Labyrinth, sagte dieser. Eines Nachts nahm mich der Priester hinter die kleine Pyramide des Mykerinos mit. Rund zweihundert Meter daneben war ein kleiner, alter Abgang, mitten im Geröll, und dort stieg er mit mir tief unter die Erde. Gänge, Kammern, zum Teil mit seltsamen, recht alten Hieroglyphen ausgeschmückt waren da und dazwischen immer wieder viele, sehr tiefe Schächte. Von all dem war in der Ägyptologie nichts zu hören, obwohl dieser Eingang frei sichtbar und eigentlich für jedermann zugänglich war. Nur ging dort normalerweise niemand hin. Erst nach Stunden kamen wir kurz vor der Morgendämmerung wieder an die Oberfläche. Seit damals war ich mir dessen bewusst, dass viele Dinge aus der altägyptischen Zeit unter Verschluss gehalten wurden. Der Priester berichtete mir auch von der Königs- und Königinnenkammer in der Cheops-Pyramide, zu denen jeweils von der

Nord- und der Südseite der Außenwand zwanzig Zentimeter kleine und über fünfzig Meter lange Schächte führten. Die Schächte in der Königskammer führten direkt ins Freie, während die in der Königinnenkammer viele Meter vor der Pyramiden-Außenwand aufhörten. Aber innen, in der Kammer selbst, waren die Schächte bis vor knapp zweihundert Jahren nicht zu sehen, sie kamen erst nach dem Ausbrechen der Wände zum Vorschein, nachdem dort zwei Stellen hohl geklungen hatten. Dort, im freigelegten Schacht in der Königinnenkammer, befand sich dann auch so ein schwarzer Stein, etwa so groß wie eine abgeflachte Orange. Aber niemand konnte sagen, warum der Stein dort lag und ob er etwas zu bedeuten hatte.

Dieser Stein befindet sich heute im britischen Museum in London."

Kapitel XI

▲

DAS ZEITPHÄNOMEN

Bards Frau brachte frischen Tee und der Künstler fuhr fort zu erzählen.

„Meiner Meinung nach hatten die Ägyptologen schon seit Jahren Kenntnis von den Geheimnissen der Pharaonen, welche aber vor dem Volk, genauso wie auch damals, verborgen gehalten wurden."

Im Hintergrund erklang plötzlich Musik von Mozart. Seine Frau hatte eine CD eingelegt und der Künstler sagte, dass er ein großer Verehrer von Mozart sei und auch schon zweimal Salzburg besucht hatte.

Er war bei seinem Aufenthalt in der Mozartstadt auch mit der Seilbahn auf den Untersberg hinaufgefahren. Dieser Berg strahle etwas aus, was mit dem zu vergleichen war, was er damals an der Düne mit dem kleinen Fuchs verspürt hatte. Er könne das nicht genau erklären, aber er meinte, dass sich dort am Untersberg ähnliche Phänomene zeigen könnten wie in der großen Sandsee, dort, wo der Fuchs verschwunden war.

Das war wie ein Stichwort für Wolf, der ihm daraufhin seine Erlebnisse mit dem Untersberg erzählte:

„Vor über zwanzig Jahren war ich mit einer großen Gruppe auf dem Untersberg, ganz oben im Schutzhaus. Wir hatten dort eine Feier und übernachteten auch am Berg. Am Abend kamen noch vier fremde Leute, ein Mann und drei Frauen aus München, dazu und erkundigten sich beim Hüttenwirt nach Geschichten über

Zeitphänomene, die sich alten Sagen nach dort abspielen sollten. Die vier machten einen seriösen Eindruck und hörten sich vom Wirt einige der alten Geschichten an.

Ich habe damals mit den Leuten gesprochen und der Mann hat mir erzählt, dass er sich schon seit vielen Jahren mit den Berichten über die Zeitverschiebungen am Untersberg beschäftige.

Ein paar Jahre danach wurde im Rundfunk und in den Zeitungen gemeldet, dass vier deutsche Wanderer auf dem Untersberg seit dem 15. August vermisst wurden. Viele Tage lang wurde nach ihnen mit über hundert Mann gesucht und sogar mehrere Helikopter waren daran beteiligt. Man fand aber keine Spur von den Leuten. Ihr Auto stand auf einem Parkplatz vor dem Berg, sogar der Reisepass einer der drei Frauen war im Wagen. Von der deutschen Polizei wurde die Wohnung des Münchners durchsucht und zahlreiche Unterlagen, Skizzen und Berechnungen über das Zeitphänomen am Untersberg wurden dort gefunden. Der Mann galt als absolut zuverlässiger Mitarbeiter in seiner Firma und laut Auskunft seines Arbeitgebers und seiner Bank gab es auch keinerlei Hinweis auf finanzielle oder sonstige Probleme. Acht Wochen nachdem die Suche eingestellt worden war, im Oktober, meldeten sich die vier von einem Schiff im Roten Meer und erzählten dann folgende Geschichte, welche auch in den Zeitungen und Illustrierten veröffentlicht wurde:

Sie stiegen am 15. August am Fuße des Untersberges aus ihrem Wagen, gingen aber nicht auf den Berg, sondern zur nächsten Bushaltestelle und fuhren zehn Kilometer zum Salzburger Bahnhof. Dort lösten sie sich Fahrkarten nach Villach in Kärnten und fuhren mit der Bahn dorthin. Von dort wiederum ging es mit dem Bus fünfzehn Kilometer weiter zum Fuße des Grenzgebirges nach Jugoslawien, den Karawanken. Dieses überquerten sie und fuhren per Anhalter mit einem Fernlaster bis Griechenland, von wo aus sie mit einem Schiff über Piräus und Alexandria und schließlich durch den Suezkanal bis ins Rote Meer kamen. Von dort aus meldeten sie sich über Schiffsfunk via Norddeich Radio bei ihren Angehörigen und nach Rücksprache mit der deutschen Botschaft in Ägypten erhielten sie Flugtickets für die Heimreise.

Viele Leute in Salzburg, welche schon insgeheim eine geheimnisvolle Story erwartet hatten, waren damals etwas enttäuscht über diese doch sehr banale Geschichte."

Linda nahm sich ein Stück vom Fladenbrot, tauchte es in eine weiße Soße und hörte interessiert zu, obwohl sie die Geschichte eigentlich schon kannte. Wolf fuhr fort zu erzählen:

„Ich habe das Auto der vier Münchner damals selbst auf dem kleinen Waldparkplatz gesehen und dachte sofort an die Leute, welche seinerzeit bei unserer Feier am Berg nach dem Zeitphänomen gefragt hatten. Über das Kennzeichen des Fahrzeuges konnte ich den Namen des Halters ermitteln. Es war tatsächlich, wie sich herausstellte, jener Informatiker, mit dem ich damals am Berg gesprochen hatte und welcher seit Jahren dem ‚Zeitsprung' am Untersberg nachging und dieses erforschen wollte.

In einem der darauf folgenden Sommer wollte ich dann ebenfalls dieses Phänomen ergründen. Ich nahm meine damals sechzehnjährige Tochter Sabine mit und wir machten deshalb einen kleinen Ausflug am Fuße des Untersberges. Um auf einfache Weise zu kontrollieren, ob eine Zeitverschiebung existieren sollte, stellten wir einige Tage vorher die Sekundenzeiger unserer Uhren genau gleich ein und verglichen diese immer wieder. Es waren so gut wie keine Differenzen festzustellen. Sollte bei einem von uns beiden die Zeit rascher oder langsamer vergehen, so könnten wir dies an kleinsten Abweichungen unserer Uhren erkennen. An einem schönen Sommertag stiegen wir also durch den Bergwald über steile Wiesen und Gebüsche einige hundert Meter den Berg empor und gingen immer im Abstand von etwa zehn bis zwanzig Meter durch das unwegsame Gelände. Wir kamen an einen alten, überwachsenen Weg und kurz danach an eine verfallene Schienenstrecke in einer Schlucht. Den Gleisen folgend, erreichten wir nach einiger Zeit einen alten, verlassenen Steinbruch, der wohl seit vielen Jahrzehnten nicht mehr in Betrieb war. Zwischen großen Marmorblöcken wucherten Gras und Gebüsche. Wir stiegen weiter den Berg empor.

Plötzlich war Sabine nicht mehr da. Ich rief viele Male laut ihren Namen, suchte nach ihr und konnte sie aber nirgendwo finden. Nach ungefähr zwei Minuten stand sie nur wenige Meter neben mir und fragte erstaunt, warum ich so laut rufe. Sie hatte mich jedoch nur ein einziges Mal rufen gehört. Außerdem sagte sie, sie hätte mich höchstens nur ein paar Sekunden lange aus den Augen verloren. Ein sofortiger Vergleich unserer Uhren zeigte eine Abweichung von fast zwei Minuten!

Es musste also wirklich eine Zeitverschiebung dort oben geben.

Da fiel mir wieder der Vorfall mit den vier Deutschen ein und ich beschloss, der Sache nun auf den Grund zu gehen. Über das Einwohnermeldeamt konnte ich die Adresse des Deutschen ausfindig machen. Ich fuhr dann einfach nach München und besuchte den Informatiker. Ich erinnerte ihn an unser erstes Treffen vor vielen Jahren in der Schutzhütte am Untersberg und auch von meinem Erlebnis oberhalb des alten Steinbruchs mit meiner Tochter Sabine. Der Mann wollte anfangs nicht darüber sprechen und meinte, alles wäre so gewesen, wie es in der Illustrierten zu lesen war. Damit gab ich mich aber nicht zufrieden und sagte ihm, dass ich weiterforschen wolle. Er sah mich prüfend an und erzählte mir dann seine Geschichte, welche sich dann etwas anders anhörte als vor vielen Jahren in den Zeitungen:

‚Damals, am 15. August, es war nebelig und regnerisch. Es war kein guter Tag für eine Bergwanderung. Doch wir hatten uns eben dieses Datum, den 15. August, für diese Tour ausgesucht. Denn nach den Überlieferungen sollten sich die Zeitphänomene gerade an diesem Tag besonders leicht zeigen. Wir standen recht früh auf und fuhren schon um sieben Uhr vom Campingplatz weg. Wir kamen dann so gegen halb acht am sogenannten Rositten Parkplatz am Fuße des Berges an. Noch etwas müde stiegen wir den rechten der beiden steilen Wege, den «Reitsteig», hinauf, gingen aber nur einige hundert Meter, um dann auf einem alten Jägersteig nach Westen weiterzugehen. Das Wetter war, wie bereits gesagt, nicht besonders gut und es nieselte leicht. So beschlossen wir, bei einem Felsüberhang Schutz vor dem Regen zu suchen und uns mit einer Jause zu stärken. Als wir nach einer guten halben Stunde wieder weitergehen wollten, wurde uns plötzlich recht kalt und wir meinten, dass eben ein kühler Wind durch den Wald ziehe. So beschlossen wir, wieder zurück zum Fahrzeug zu gehen. Als wir vom Nadelwald in den Mischwald kamen, fiel uns auf, dass kaum Blätter an den Bäumen waren und viel braunes Laub am Boden lag. Auch waren keine Wanderer auf dem Steig unterwegs. Alles war irgendwie anders. Am Parkplatz angekommen, sahen wir entsetzt, dass unser Wagen nicht mehr da war. War das Auto vielleicht gestohlen worden? Uns überkam eine schreckliche Ahnung. Wir gingen etwa einen Kilometer auf der Straße in Richtung der Stadt Salzburg und nahmen an einer Kreuzung eine Tageszeitung aus einem Ständer. Unser Schreck war groß, als wir auf das Datum sahen – es war der 21. Oktober! Zudem musste es später Nachmittag sein, es würde bald dunkel werden. Wir mussten also, ohne es bemerkt zu haben, in eine massive Zeitverschiebung geraten sein.

Wenn wir uns nun bei der Polizei melden würden, wären wir mit großer Wahrscheinlichkeit zur Untersuchung in die Psychiatrie gekommen. Ebenso, wenn wir bei unseren Angehörigen in München angerufen hätten. Wir mussten doch seit fast zwei Monaten als vermisst gegolten haben. Wahrscheinlich hatte man auch nach uns gesucht. Nun war guter Rat teuer. Unsere Bekleidung war für mehr oder weniger sommerliche Temperaturen ausgelegt und nicht für den nasskalten Spätherbst. Bargeld hatten wir auch nicht sehr viel dabei und zu unserem Wohnzelt am Campingplatz bei Berchtesgaden zurückzukehren oder an ein Abheben mit der Kreditkarte, daran war nicht zu denken. So kamen wir auf die Idee, auf billigstem Wege in den wärmeren Süden zu fahren – mit Bus und Bahn. Doch spätestens an der Grenze zu Jugoslawien wäre für uns Endstation gewesen, hatte doch Kerstin, eine der beiden Freundinnen meiner Frau, ihren Reisepass im PKW liegengelassen. So überquerten wir die grüne Grenze von Österreich nach Jugoslawien über die Berge zu Fuß und fuhren von dort mit einem Fernfahrer, der Kerstin in seinem Lastwagen hinter dem Ladegut versteckte, bis nach Griechenland. Wir fanden dort in Piräus auch ein Schiff, welches uns für wenig Geld und ohne Formalitäten mit nach Ägypten und weiter durch den Suezkanal bis in das Rote Meer mitnahm. Von dort aus konnten wir uns dann getrost zu Hause melden, um zu sagen, wir hätten uns einen Scherz erlaubt. Eigentlich mussten wir uns sogar von dort aus melden, da uns zu diesem Zeitpunkt endgültig das Geld ausgegangen war und ein Kontakt mit der deutschen Botschaft in Alexandria unumgänglich wurde.'

Manfred, so hieß der Informatiker, schaute mich nachdenklich an und sagte, dass es seiner Ansicht nach sicher besser war, die Geschichte so, wie sie damals in den Zeitungen erschienen war, zu belassen, als die

Wahrheit darüber zu erzählen. Er hatte das Zeitphänomen am eigenen Leib erlebt und er würde jeden davor warnen, da es unvermutet auftritt und man es selber nicht einmal bemerkt.

Ich sagte ihm noch zum Abschied, dass ich dennoch versuchen würde, die Ursachen für diese Zeitphänomene zu erforschen.

Falls ich mehr darüber herausfinden könnte, würde er von mir hören."

Bard war gar nicht so besonders erstaunt über Wolfs Erzählungen, es war fast so, als ob er etwas Ähnliches erwartet hätte und sich in seiner vorher geäußerten Vermutung über den Untersberg bestärkt fühlte.

Er wiederholte seine Ansicht, dass dies höchstwahrscheinlich mit dem schwarzen Stein etwas zu tun hätte.

Das Phänomen der Zeitverschiebung sei aber nur eine der Wirkungen des Steines, meinte er. Der Stein könne noch viel mehr bewirken, wenn er richtig benutzt und vor allem richtig aufbewahrt und gelagert würde.

Er berichtete uns dann über so einen schwarzen Stein, den angeblich der Prophet Mohammed einst in der Arabischen Wüste gefunden hatte und in dem er, als einen vom Himmel gefallenen Meteor, eine Träne Allahs zu erkennen glaubte. Die genaue Geschichte über die Wirkung dieses Steines von Mohammed ist heute nirgendwo mehr aufgezeichnet. Fest steht nur, dass der Prophet so sehr von der Kraft dieses schwarzen Steines überzeugt gewesen war, dass er ihn in der linken unteren Ecke neben der Türe in der Kaaba, dem größten Heiligtum der Moslems in Mekka, einmauern ließ. Nur ein kleines Stück ragte der Stein sichtbar aus dieser Mauerecke heraus und ist mit einem Silberrand eingefasst.

Bard, der selbst auch der islamischen Religion angehörte, hatte diesen Stein selber schon anlässlich einer Pilgerreise, welcher jeder gläubige Moslem zumindest einmal in seinem Leben machen sollte, gesehen. Er meinte, dass dort wirklich eine große Kraft zu spüren war, konnte aber nicht genau sagen, ob diese direkt vom Stein ausgehe oder etwas mit den gewaltigen Menschenmassen der Pilger zu tun hatte.

Fünfhundert Jahre nach Mohammed sollten angeblich Kreuzritter in den unterirdischen Gängen des Tempelberges in Jerusalem, wo sie versteckte Schätze vermuteten, in einer mit dünnem Goldblech ausgeschlagenen Truhe ebenfalls so einen schwarzen Stein gefunden haben.

Diese Kreuzritter, die sich in der Folgezeit dann „Tempelritter" nannten, brachten diesen Stein angeblich nach Frankreich. Der Überlieferung nach sollten sie ihn in einem Hostienkelch transportiert haben, da sie diesen für einen würdigen Behälter für dieses vermeintliche Kleinod hielten. Eine andere Überlieferung besagt, dass die goldbeschlagene Holzkiste schlicht zu groß und zu auffällig gewesen wäre und deshalb der Kelch verwendet wurde. Zudem sei der Hostienkelch für die Leute der damaligen Zeit auch ein geheiligtes Symbol gewesen, ein Tabu also, das nicht so ohne Weiteres von jedermann angefasst werden durfte. Somit war es ein sicheres Transportgefäß.

Es mag sein, dass aus diesem Grunde seit damals der Gral für einen Kelch gehalten wurde.

Fest steht jedoch, dass der Orden der Tempelritter ab diesem Zeitpunkt zu unermesslichem Reichtum und großer Macht gelangt war und erst Jahrhunderte später durch die römisch-katholische Kirche entmachtet und zerstört worden war.

Es ist auch überliefert, dass die Kurie in Rom ebenfalls im Besitz eines solchen Steines gewesen war und auch bis heute noch ist.

Dieser schwarze Stein, der sich heute im Vatikan in Rom befinden soll, war angeblich von Kaiser Octavian kurz nach Christi Geburt aus Ägypten, genauer gesagt von der Oase Siwa nach Rom, gebracht worden. Er wurde dort im leerstehenden Grabmal von Alexander dem Großen gefunden.

„Mir als Araber fällt es nicht schwer, zu glauben, dass die Israeliten, welche in der Pharaonenzeit Jahrhunderte eng mit dem ägyptischen Volk zusammenlebten, einige solcher Steine mit nach Palästina nahmen und diese später in den Besitz der Zionisten übergingen.

Es wird gesagt, dass diese Zionisten bis heute mehr oder weniger die Finanzmärkte der Welt beherrschen. Wer weiß, vielleicht haben dann diese Steine auch etwas mit dem enormen Machtpotenzial dieser jüdischen Bewegung zu tun.

Wann und wo immer in der Welt eine außerordentliche, massive Zunahme von Einfluss, Macht und Geld festzustellen war, könnte dies mitunter auf das Vorhandensein eines solchen Steines schließen lassen. Aber wie gesagt, das ist eben nur eine Theorie.

Es gab in der altägyptischen Mythologie den ibisköpfigen Gott Thoth, der als Hüter der Weisheit und des Wissens galt. Dieser wurde später von den Griechen „Hermes Trismegistos", der dreimal größte Hermes, genannt. Nach der Überlieferung stammt von diesem die sogenannte „Tabula Smaragdina", die Smaragdtafel, eine sehr alte Schrift, auf welcher die Handhabung des „Steines der Weisen" beschrieben wird. Ob damit diese schwarzen Steine gemeint waren, weiß ich nicht, aber es würde jedenfalls irgendwie dazu passen."

Bard deutete auf einen kleinen Anhänger, den Wolf an einem Lederband um den Hals trug, und fragte:

„Woher hast du diesen Stein? Er ist mir die ganze Zeit über schon aufgefallen."

„Dieser Anhänger ist ein Geschenk eines alten Professors, der an Ausgrabungen in der Nähe von Bagdad beteiligt war. Als der Golfkrieg begann, mussten die Forscher den Irak Hals über Kopf verlassen und hatten nicht einmal mehr die Zeit, in das archäologische Institut in der Hauptstadt zurückzukehren. Sie wurden aufgrund der plötzlichen Kampfhandlungen direkt vom Ausgrabungsort zum Flughafen von Bagdad gebracht, um so rasch als möglich ausgeflogen zu werden. Sie hatten daher noch viele kleine Fundstücke in ihrem Gepäck."

Wolf nahm den Anhänger vom Hals, reichte ihn Bard hinüber und sagte:

„Der Professor, mit dem ich seit vielen Jahren befreundet bin und der wusste, dass ich mich in der Freizeit mit Altertümern und der Antike beschäftige, gab mir dieses babylonische Siegel in Form einer schwarzen, durchbohrten Halbkugel, die auf der flachen Seite eine eingravierte, zwölfstrahlige Sonne zeigt. Es sei seiner Meinung nach über 5200 Jahre alt und habe etwas mit der babylonischen Göttin Isais zu tun." Dabei dachte sich Wolf, dass die ägyptische Isis der Legende nach mit der viel früheren „Isais" aus Mesopotamien zu tun haben könnte oder dass es sich dabei vielleicht um ein und dieselbe Göttin handelte.

Bard drehte den Anhänger in seiner Hand und sagte:

„Du ziehst die Dinge an, sie kommen zu dir, genau wie das Wüstenglas, das ich dir vorher gegeben habe. Auch die Geschichten von den schwarzen Steinen habe ich noch niemandem so erzählt wie jetzt dir. Mir scheint, du bist der richtige Adressat dafür. Im Übrigen, was hast du da für einen Ring auf deiner linken Hand, ich habe da im Schein des Feuers eine Reflexion auf dem Stein gesehen, waren das zwölf Strahlen?"

„Ja", erwiderte Wolf, „das ist ein zwölfstrahliger, schwarzer Sternsaphir mit dreizehn Karat, ich habe diesen Edelstein vor einigen Jahren von einem Händler in den Bergen Sri Lankas gekauft."

Wolf streifte den Ring vom Finger und gab ihn Bard in die Hand, der sich seine Brille aufsetzte und den Stein im Schein des Feuers nochmals genau betrachtete.

„Dieser Händler wiederum hat den Saphir direkt im Dschungel von Minenarbeitern erworben. Geschliffen wurde er auch dort im Urwald, von Hand aus. Es soll sich dabei um eine ziemlich seltene Varietät des normalerweise nur sechsstrahligen Sternsaphirs handeln. In Salzburg habe ich dann den Stein von einem Juwelier in diesen Weißgoldring fassen lassen. Seither trage ich ihn eigentlich jeden Tag."

„Die zwölfstrahlige Art des Sternsaphirs ist extrem selten und es ist anscheinend bezeichnend, dass gerade du zu so einem Stück gekommen bist. Es passt genau zu deinem zwölfstrahligen Anhänger aus Mesopotamien. Wie gesagt, du ziehst die Dinge an."

Linda erzählte dann noch von der Begegnung mit dem Blinden vor der Speicherburg in der Oase Dhakla und dass dieser alte Mann Wolf als einen Wächter der „Steine des Osiris" bezeichnet hatte. Nachdenklich schaute Bard auf Wolf und sagte:

„Irgendetwas hast du an dir, das hat auch dieser blinde Mann in der Oase Dhakla gespürt, ich kann dir auch nicht sagen, was es ist, aber ich spüre es auch."

„Jetzt, weil du solche Dinge sagst", entgegnete Wolf, „fällt mir ein, dass ich vor über dreißig Jahren im Schaufenster eines Pfandleihhauses eine sehr schöne ägyptische Bronzefigur sah. Ich ging hinein und konnte die kleine Statue um erstaunlich wenig Geld kaufen. Viele Male war sie bereits zur Versteigerung angeboten worden und nie hatte jemand darauf geboten, so wurde der Preis ein jedes Mal heruntergesetzt und schließlich wurde sie zum Direktverkauf freigegeben. Ein befreundeter Museumsdirektor, dem ich später diese Figur zeigte, konnte mir bestätigen, dass es sich um ein echtes Artefakt aus der 17.–18. Dynastie handelte. Dieser Osiris steht heute bei mir im Glasschrank und ‚bewacht' meine altägyptischen ‚Funde', ich meine damit meine kleinen bemalten und glasierten Scherben und Tellerchen, welche ich von jeder Reise mitgebracht habe."

Bard griff sich an seinen schwarzen Kinnbart, schaute Wolf an und sagte:

„Ich erzähle dir jetzt noch etwas, weil es einfach dazu passt, wie ich glaube. In Kairo damals hat mir ein Imam, ein Schriftgelehrter unserer Religion, etwas sehr Interessantes erzählt. Er sprach von einem sprechenden Kopf aus der Sahara. Dieser Kopf soll aus Stein sein und wurde angeblich in einer gebirgigen Gegend zwischen dem heutigen Tunesien und Algerien gefunden. Es sollte sich um eine Art Widderkopf gehandelt haben. Dort in der Nähe der Bergoasen war einst eine uralte Kultur zu Hause, viel älter als jene der Pharaonen. Dieser Kopf wäre aus demselben Material wie die ‚schwarzen Steine des Osiris'. Die Templer sollen angeblich in den Besitz dieses Stückes gekommen sein und diesen Kopf als das ‚Haupt des Baphomet' wie ein Heiligtum aufbewahrt und verehrt haben. Auch darüber soll es in eurer abendländischen Kultur viele Geschichten geben."

Wolf wurde nun neugierig. „Wo genau soll diese Bergoase sein?", fragte er Bard.

„Ich weiß es nicht, aber ich kann dir den Namen des Imams sagen, welcher mir das Ganze erzählt hat, der könnte dir genauere Auskunft geben", meinte der Künstler, „er lebt jetzt in Kairouan, das ist die viertheiligste Stätte unseres Glaubens nach Mekka, Medina und Jerusalem."

Wolf wusste, Kairouan lag mitten in Tunesien, er war vor vielen Jahren einmal anlässlich einer Rundreise dorthin gekommen.

Aber selbst, wenn er wirklich nach Tunesien fahren würde, wie sollte er den Imam dort in dieser Stadt so einfach finden?

Bard nahm Wolfs Blick wahr und kam seiner Frage zuvor:

„Du musst nur in der Sidi Oqba Moschee nach Sheik Mohammed Abdul Jussuf fragen. Jeder Moslem in der gesamten Gegend kennt ihn.

Und falls du einmal dorthin kommst, dann sieh dich um in der Moschee, der Gebetsstuhl des Imam stammt aus Mesopotamien und hat zwölf Stufen, das erinnert mich wieder an dein zwölfstrahliges Sonnensiegel aus Bagdad, welches du um den Hals trägst. Der Imam spricht übrigens sehr gutes Englisch und wird dir sicher Auskunft geben, soweit es in seiner Macht steht. Du kannst ihm dann schöne Grüße von mir bestellen, wir sind gute Freunde und er wird dir sicher auf deiner Suche behilflich sein."

Wolfs Neugier war wieder einmal geweckt und er notierte sich den Namen des Imam.

„Wie dem auch sei, du wirst sicher noch einige Dinge dazubekommen, du brauchst nur dein Interesse zeigen, alles andere ergibt sich bestimmt von selbst", erwiderte Bard. „Ich denke auch, dass du noch auf die eine oder andere Weise mit Osiris und den Steinen konfrontiert werden wirst", sagte er verheißungsvoll.

„Und solltest du eines Tages das Geheimnis der schwarzen Steine ergründen, so möchte ich dich ersuchen, mir davon zu berichten."

Inzwischen war es schon ziemlich spät geworden. Wolf und Linda verabschiedeten sich herzlich von Bard und seiner Frau mit dem Versprechen, sie wieder einmal zu besuchen.

▲▲▲

Ein Gong riss Wolf aus seinen Erinnerungen. Die Zeichen für das Anschnallen des Sitzgurtes leuchteten auf und der Flugkapitän kündigte den Landeanflug auf Hurghada an.

Kapitel XII

▲

KAIRO/DIE PYRAMIDE VON ABU ROASCH

Ja, er würde Bard davon berichten, sollte er wirklich hinter das Geheimnis der schwarzen Steine kommen, sofern es überhaupt ein Geheimnis gab. Wolf musste plötzlich an ein Gespräch mit einem Ägypter in Kairo denken, das er vor einigen Jahren geführt hatte. Ibrahim hieß der Mann und verdiente sich als Taxifahrer sein Geld. Er war eigentlich Maschinenbau-Ingenieur und hatte viele Jahre in London bei einer Ölfirma gearbeitet. Nachdem er zu seiner Familie in Kairo zurückgekehrt war, kaufte er sich einen Wagen und wurde Taxifahrer. Um in seinem Beruf weiterzuarbeiten, hätte er wieder Hunderte Kilometer von seiner Familie getrennt an das Rote Meer zu den Ölplattformen gehen müssen, was er aber nicht mehr wollte. So hatte er zumindest in Kairo ein bescheidenes Einkommen, er war eben hier zu Hause.

Es war bereits dunkel und sie saßen mit ihm in einem kleinen Café an der Alexandria Road. Ibrahim hatte zuvor Wolf und Linda zu einer Ausgrabungsstätte am Rande Kairos gefahren. Wolf kannte diese Stelle schon von früher und lotste Ibrahim zielsicher über Schotterwege dorthin.

Abu Roasch, das waren Überreste einer Pyramide auf einem Hügel, ungefähr fünfzehn Kilometer nördlich von Gizeh. An Feiertagen wurde dort bei den Ausgrabungen nicht gearbeitet, das wusste Wolf, und so konnten die beiden ungehindert die Stätte ausgiebig besichtigen. Sie blieben bis zum Sonnenuntergang dort. Allmählich verfärbte sich der Himmel orangerot, die Sonne versank langsam am Horizont. Gebannt und regungslos verfolgten beide dieses atemberaubende Schauspiel. Die Geschwindigkeit, mit der die Sonnenscheibe versank, kannten sie aus ihrer Heimat nicht. Plötzlich hörte man aus Hunderten, ja vielleicht Tausenden von Moscheen und deren Minaretten der Millionenstadt Kairo den Aufruf der Muezzine zum Gebet. Es war ein ergreifendes Szenario im letzten Licht der über der Wüste untergehenden Sonne.

Es war dann binnen weniger Minuten dunkel geworden und sie mussten den steilen Weg hinunter zur Schnellstraße langsam zurückfahren. Und nun saßen sie mit Ibrahim, welcher eine Schischa rauchte, beim Tee.

Ibrahim war ein vielseitig interessierter, gebildeter Mann, der sich auch schon mit der pharaonischen Vergangenheit seiner Heimat beschäftigt hatte. Wolfs Interesse an diesen Dingen ermunterte ihn, ihm einiges zu erzählen, als die Rede auf Dr. Hamam, einem ägyptischen Staatsarchäologen, kam. Dieser Dr. Hamam, der früher archäologischer Ausgräber in Kairo gewesen war, hatte schon vor vielen Jahren geheime Untersuchungen unter der großen Sphinx und in der Cheops-Pyramide durchführen lassen. Doch da in Ägypten die Geheimhaltung so eine Sache für sich ist, wurde sehr bald viel publik, was dann posthum als Fantasie der Leute abgetan wurde. So zum Beispiel kursierte die Geschichte, sagte ihnen Ibrahim, dass Hamam in einem großen Raum tief unter der Sphinx Aufzeichnungen über die Cheops-Pyramide gefunden hatte. Er ließ in der Folge den kleinen südlichen Schacht in der Königinnenkammer von einem deutschen Ingenieur mit einem kleinen Roboter mit einer Videokamera untersuchen.

Dieser stellte dann fest, dass sich am Ende dieses Schachtes eine Tür befand. Hamam ließ daraufhin das Projekt stoppen und schickte den deutschen Ingenieur unter Vorwänden wieder nach Hause. Er ließ in der Pyramide am oberen Ende der „Großen Galerie" einen Stollen durch die Felsblöcke schlagen, um zu dieser auf den Videobildern gesehenen Türe zu gelangen, während dieser Zeit war die Cheops-Pyramide dann einfach „wegen Restaurierungsarbeiten" für Besucher gesperrt.

Etwa zur selben Zeit wurden im Tempel von Dendera, in der Nähe von Luxor, in einer unterirdischen Krypta, die sich in drei Stockwerken tief unter dem Tempel erstreckte, Abbildungen entdeckt, welche von solcher Brisanz waren, dass selbst Ägyptologen von deren Existenz nichts erfahren durften. In einer Nacht- und Nebel-Aktion wurden diese Reliefs heraus gemeißelt. Zum Abtransport dieser Steintafeln wurden einfache Arbeiter eingesetzt, welche, so glaubte man, mit dem Gesehenen nichts anzufangen wüssten. Einer dieser Arbeiter war ein entfernter Verwandter von Ibrahim und erzählte ihm davon. Ibrahim war aufgrund dieser Berichte überzeugt davon, dass Hamam etwas sehr Wichtiges gefunden haben musste, was aber mit der Lehrmeinung der Ägyptologie nicht mehr zu vereinen war.

Zu dieser Zeit, im Jahre 1997, kam dann für Hamam der furchtbare Terroranschlag beim Hatschepsut-Tempel in Luxor, bei welchem siebenundfünfzig Menschen den Tod fanden, sehr gelegen. Von höchster Stelle wurde in der Folge eine sogenannte „Konvoi Polizei" mit über 40 000 Leuten eingerichtet, welche zum Schutze der Touristen überall im Land Kontrollpunkte errichtete und den freien Reiseverkehr der Besucher auf ein Minimum einschränkte.

Alle Touristen, ob im eigenen Fahrzeug, im Reisebus oder im Taxi, durften ab sofort nur noch in diesen von der Polizei begleiteten Konvois und nur auf ganz bestimmten Routen unterwegs sein.

„Eigenartigerweise", so sagte Ibrahim, „sind eigentlich nur die Straßen im oberen und mittleren Ägypten und in der östlichen Felswüste von dieser Konvoi-Regelung betroffen. Eben dort, wo noch viel Verborgenes vermutet wird. Die entlegenen Oasen der Westwüste, die eigentlich wesentlich gefährlicher zu befahren sind und für die Touristen auch größere Risiken bedeuten, kann aber jedermann ohne Weiteres bereisen." Die Kohlenglut in Ibrahims Schischa war mittlerweile erloschen und es wurde auch empfindlich kalt. Sie bedankten sich bei dem Taxifahrer für seine interessanten Informationen und ließen sich zum Hotel bringen.

Kapitel XIII

▲

SAFAGA/DER FISCHER RAGHAB

Sanft setzte die Maschine auf der Landebahn in Hurghada auf und nach wenigen Minuten würden Linda und Wolf wieder einmal die trockene, warme Luft der ägyptischen Wüste spüren. Direkt aus der Kälte des europäischen Winters in wenigen Stunden so plötzlich in diese absolut andere Umgebung zu gelangen, war jedes Mal von Neuem beeindruckend.

▲▲▲

Wolf dachte daran, dass er auch diesmal wieder Raghab, den alten Fischer, treffen würde. Raghabs ältester Sohn Ahmed hatte zwei Wochen zuvor bei ihm angerufen und halb arabisch, halb englisch erzählt, dass sein Vater ihm in den Bergen etwas zeigen möchte. Der Fischer wusste, dass sich Wolf für Zeugnisse aus der pharaonischen Zeit brennend interessierte.

Vor Jahren schon hatte er Raghab auf seiner ersten Fahrt in die östliche Felswüste kennengelernt. Wolf war damals mit seiner Tochter Sabine mit einem Taxi in die Berge gefahren. Der Fahrer, Osama, ein dunkelhäutiger Nubier aus der Gegend von Assuan, welcher die Wege, oder besser gesagt, die Pisten in diese entlegenen Gebiete kaum kannte, war trotzdem bereit, die beiden dort herum zu fahren. Es war ihm absolut unverständlich, was die beiden Touristen dort sehen wollten. Wolf aber hatte schon damals bestimmte Vorstellungen von den Routen der alten Ägypter, nach welchen er suchte. Manchmal mussten sie umkehren, weil plötzlich ein Berg die Weiterfahrt unmöglich machte. Es war ausgerechnet am ersten Weihnachtsfeiertag, als sie auf einer langen, geraden Straße einen Mann mit einer Kiste auf den Armen dahingehen sahen. Sabine sagte zu Osama:

„Bleib stehen, wir nehmen diesen Mann mit, wir haben ja genug Platz. Wer weiß, wie weit der noch zu gehen hat, es ist nirgendwo ein Haus zu sehen." Osama hielt an und erklärte dem Alten auf Arabisch, dass er mitfahren könne. In der Kiste hatte er frisch gefangene Fische, welche er vom Meer, das hier nur einige Kilometer entfernt war, zu seinem Dorf bringen wollte. Es dauerte noch eine ganze Weile, bis sie bei der kleinen Siedlung „Umm Uweitat" ankamen. Es war eine sehr einfache Behausung, in welcher der Fischer wohnte. Als Zeichen seiner Dankbarkeit lud er Wolf, Sabine und Osama ein, mit ihm und seiner Familie Tee zu trinken. Raghab, wie der Fischer hieß, verstand kein Wort Englisch oder Deutsch und so musste Osama den Dolmetscher machen. Sie saßen alle auf einem Teppich am gestampften Lehmboden des Hauses und tranken ein Glas Pfefferminztee. Am Vormittag war Raghab zum Fischen an das Meer gegangen, dort warf er, bis zum Bauch im Wasser stehend, sein Netz aus und holte es nach einiger Zeit wieder ein. Nach ein paar Stunden hatte er auf diese Art neun kleine Fische gefangen. Es war ein guter Tag für ihn und er pries Allah. Jetzt im Winter war es schwierig, überhaupt etwas zu fangen. Die Fische kamen zu dieser Jahreszeit nur selten nahe an das Ufer, aber für heute, so sagte er, hatte er genug gefangen. Wolf und Sabine waren schockiert von der Armut, in der Raghab mit seiner Familie lebte, und der dennoch eine zufriedene Heiterkeit ausstrahlte.

Er wollte den beiden noch etwas Schönes in der näheren Umgebung zeigen, sagte er zu Osama.

Sie standen auf und fuhren mit dem Wagen in ein Bergtal, wohin selbst Osama noch nie gekommen war. Von einem Weg war schon lange keine Rede mehr, es waren nur noch vereinzelt Reifenspuren zu sehen. Eine karge Gegend und doch von einer bizarren, schroffen Schönheit geprägt, ragten die Berggipfel ringsum empor. Nach einer Weile deutete Raghab auf ein schmales, steil ansteigendes Seitental, dorthin müssten sie. Osama ließ den Wagen neben der Schotterpiste stehen und alle vier gingen den felsigen Weg hinauf. Nach kurzer Zeit schon standen sie vor einem kleinen Naturwunder.

Aus einem Spalt im Gestein kam ein Rinnsal Wasser heraus und sammelte sich in einem natürlichen Becken, das von einem leicht ausgehöhlten Felsen gebildet wurde. Raghab beugte sich hinunter und trank daraus, um zu zeigen, dass es sich um sauberes Wasser handelte.

Merkwürdig war, wo dieses Wasser herkam. Die Berge ringsum waren nicht sehr hoch und Regen gab es dort nur höchstens einmal im Jahr, und dann nur ein paar Tropfen für wenige Minuten.

Einen richtigen Regen sollte es nach Raghabs Angaben nur alle fünfzehn bis zwanzig Jahre geben. Dann würde es sogar einige Stunden richtig herunterprasseln. Er selbst hatte so etwas auch erst einmal in seinem Leben gesehen. Aber dann, so erzählte er, würde es wirklich gefährlich werden in den Wadis. Da aufgrund der jahrelangen Trockenheit das Wasser nicht so schnell im Boden versickern kann, würden die Bergtäler zu Todesfallen für Mensch und Tier. Wer sich bei so einem Ereignis nicht rasch genug in Sicherheit bringen konnte, würde von den Wassermassen einfach mitgerissen und kam meistens im knietiefen, reißenden Wasser ums Leben.

Raghab versuchte ihnen über ihren Dolmetscher Osama zu erklären, dass das Wasser, welches hier aus den Felsen kam, aus dem tiefer liegenden Talgrund nach oben gepresst wurde.

Ein artesischer Brunnen also, bei dem das Grundwasser unter Druck an die Oberfläche gelangt. Die Beduinen nannten die Quelle eine Träne Allahs und betrachteten sie als Wunder.

Kapitel XIV

KAIRO/DAF

Der Chef des DAF, der deutschen archäologischen Forschungsstelle in Kairo, Dr. Robert Hüttmann, hatte gerade eine Unterredung mit seinem Mitarbeiter Clemens Müller.

Dieser leitete schon seit Langem die Ausgrabungen und Forschungen des DAF in Oberägypten. Müller sollte von Luxor aus zwei Gruppen Archäologen mit Allradfahrzeugen in die Felswüste zwischen den Städten Safaga und Quseir begleiten. Berichten von Beduinen zufolge, sollte dort in den Bergen ein Schacht oder ein Grabeingang entdeckt worden sein. Hüttmann gab Müller noch einige Instruktionen, es wurde nämlich vermutet, dass auch Said Hamam, der ägyptische Staatsarchäologe, seine Leute in dieses Gebiet entsandt hatte, um den Berichten der Bergbewohner nachzugehen. Hüttmann wollte aber, dass seine Archäologen als Erste dort eintreffen würden. Sollte an dieser Geschichte wirklich etwas dran sein, wäre es eine Sensation. Es wurde erzählt, dass dort an der Fundstelle Personen verschwunden seien. Vielleicht waren das, wie so oft, übertriebene Darstellungen der Ägypter, die ja sehr gerne Ereignisse massiv auszuschmücken pflegten. Aber immerhin, es gab uralte Aufzeichnungen über dieses Gebiet, von dem die Beduinen-Berichte stammten. Waren doch vor einigen Jahren in den Hallen unter der Sphinx und auch in dem der Öffentlichkeit nicht bekannten Gang über der großen Galerie in der Cheops-Pyramide Papyri gefunden worden. Es war darin von „schwarzen Steinen" die Rede. Sollte es diese „schwarzen Steine des Osiris", wie es in den alten Aufzeichnungen hieß, tatsächlich geben, so stünde vielleicht eine phänomenale Entdeckung bevor. Und diesmal sollte das DAF endlich einmal als Erster am Fundort sein. Müller sollte mit drei Mitarbeitern und zwei Landrovern über die Städte Assyut und Qena in die Bergwüste fahren, um dort an der beschriebenen Stelle selbst Nachforschungen anzustellen. Noch am selben Abend fuhren die beiden Fahrzeuge in Kairo los.

Kapitel XV

Sheraton Hotel Abu Soma

Nachdem die Visa-Formalitäten am Flughafen erledigt und die Koffer vom Band genommen waren, kam ihnen schon von Weitem Osama, der Nubier, mit einem breiten Lächeln im Gesicht entgegen. Osama war einer der vielen limousine drivers des Sheraton Hotels. „Abu Dip, Wolf, Madam, Marhaba in Masr", mit diesen Worten begrüßte der dunkelhäutige Osama die beiden. Er packte die Koffer in den Wagen. Sie fuhren die fünfzig Kilometer zum Hotel in der klimatisierten Limousine und Osama erzählte von seinem zweijährigen Aufenthalt in den Emiraten, wo er als Taxifahrer gearbeitet hatte.

Die etwa halbstündige Fahrt zum Sheraton Hotel verging mit Osamas Erzählungen wie im Fluge und schon bogen sie in die Sphingen Allee ein, welche die Einfahrt zum Hotel bildete. Diese zwanzig Sphingen waren denen des Karnak-Tempels in Luxor nachempfunden. Das Sheraton Soma Bay Hotel war im Grunde genommen einem großen ägyptischen Tempel nachgebaut worden und war eine der ersten Adressen in Ägypten. Eine stilisierte, neunblättrige Lotosblüte war das Emblem des Hauses. In dem vornehmen, schönen Hotel angekommen, wurden die beiden von Franz, dem Manager, auf das Herzlichste begrüßt. Franz, ein Österreicher wie Wolf und Linda, hatte internationale Erfahrung als Hoteldirektor und führte das Haus in bewundernswerter Weise.

Er hatte ihnen eine Suite reserviert. Franz wusste, dass Wolf auch in diesem Jahr wieder in die Bergwüste auf Entdeckungsreise gehen würde. „Was wirst du dieses Mal suchen?", war seine erste Frage an Wolf. „Den Stein des Osiris!", war Wolfs karge Antwort, da er wirklich nicht wusste, was er zu Franz sagen sollte. Der Hoteldirektor lächelte gequält, was mochte er mit dieser Antwort schon anfangen. Aber Wolf hatte ihm schon einige Male nette Fundstücke in Form von antiken Amphoren mitgebracht. So war er sicher, dass Wolf auch dieses Mal ein reales Ziel vor Augen hatte. Franz würde sich einfach überraschen lassen. Bestimmt gab es nach der Rückkehr der beiden wieder einige spannende Geschichten zu hören.

Wolf und Linda gingen die breite Treppe aus rotem Assuan-Granit hinunter zum Restaurant. Unten vor dem Eingang stand ein riesiger, steinerner Horusfalke, welcher dem Original im Tempel zu Edfu in keiner Weise nachstand.

Nach einem vorzüglichen Abendessen samt einer guten Flasche ägyptischen Weines machten sie noch einen Rundgang durch die gepflegte Anlage. Über eine Pyramide aus rotem Granit rieselte das kristallklare Wasser in den wohltemperierten Pool, an dessen Ende riesige Sphingen wie Wächter auf steinernen Podesten ruhten. Dahinter erstreckte sich der saubere Sandstrand mit seinen Palmen und im ruhigen Meer spiegelte sich das Mondlicht. Dieses Hotel hier, in dieser traumhaft ruhigen Lage, war wirklich ein Juwel. Schon viele Urlaube hatte Wolf hier verbracht. Es war für ihn der Ausgangspunkt für seine Erkundungsfahrten durch die östliche Felswüste. Linda und Wolf tranken an der Bar noch einen Cocktail und lauschten der angenehmen Musik. Dann legten sich die beiden zur Ruhe, denn der nächste Tag sollte aller Voraussicht nach recht lange dauern.

Am frühen Morgen stand bereits der Leihwagen aus Hurghada vor dem Hotel. Es war ein schöner Mittelklasse-Wagen mit Air Condition. Sie nahmen kein Gepäck mit, denn es sollte ja nur ein Tagesausflug werden.

Als Erstes fuhr Wolf zur Tankstelle, denn die ägyptischen Leihautos wurden stets mit fast leerem Tank übergeben.

Kapitel XVI

DAS PORTAL

Danach ging es weiter über die Wüstenstraße in Richtung Raghabs Haus. Doch vorher mussten sie Safaga, eine der wenigen ägyptischen Städte an der Küste des Roten Meeres, durchqueren. Am Vormittag war wie immer Markt in der kleinen Hafenstadt. Lebende Ziegen und Hühner, Gemüse und Früchte sowie Hausrat, einfach alles, wurde auf der staubigen Schotterstraße zum Verkauf angeboten. Touristen gab es dort so gut wie keine. In einem der winzigen Läden, welche die Straße säumten, kauften die beiden noch sechs Flaschen Trinkwasser.

Nach vierzig Minuten Fahrt erreichten die zwei die einfache Behausung des alten Fischers am Rande von Safaga. Groß war die Wiedersehensfreude. Wolf und Linda verteilten Geschenke an die Kinder Raghabs und er selbst erhielt, wie immer, einen ansehnlichen Geldbetrag, der ihm das Leben etwas erleichtern sollte.

Nach den üblichen arabischen Begrüßungen und Segenswünschen holte Raghab seinen ältesten Sohn Ahmed, der ein wenig Englisch sprach, herbei und ließ ihn übersetzen:

„In den Bergen, tief hinter den Ruinen der alten Bergwerkssiedlung von Umm Uweitat, ließ die staatliche Phosphat-Gesellschaft vor einigen Wochen einen Teil eines Berges einfach wegsprengen, da dort größere Vorkommen des begehrten Minerals vermutet wurden. Die übliche Vorgangsweise mit Stollenbau hätte zu lange gedauert und da weit und breit keine Behausungen in der Nähe waren, entschloss man sich kurzerhand für eine Sprengung. Es zeigte sich aber anschließend, dass die Ergiebigkeit nicht so groß war wie ursprünglich angenommen. Die Arbeiten wurden deshalb auch rasch wieder eingestellt. Auf der gegenüberliegenden Seite des Berges jedoch löste die gewaltige Erschütterung der Explosion einen Bergrutsch aus, durch welchen ein altes Steinportal aus der ägyptischen Frühzeit freigelegt wurde."

Wolf und Linda hörten Ahmed interessiert zu. Aber es kam noch besser.

„Beduinen aus der Gegend, welche ja von Natur aus neugierig sind, wollten durch dieses Portal in den dahinterliegenden Gang hineinsteigen. Einige von ihnen sollen bei diesem Versuch verschwunden sein." Ob da „Dschinns", wie die Araber die Geister nannten, am Werk seien oder die Leute einfach nur ihrer Fantasie freien Lauf ließen, könne er nicht sagen.

Ahmed machte eine Pause und erklärte, dass sie sein Vater noch heute dorthin begleiten würde. Es wären bloß an die siebzig Kilometer. Diese Strecke mit einem PKW und ohne Straße in der Wüste zurückzulegen, würde aber sicherlich einige Stunden dauern.

Wolf war schon gespannt, was da wieder auf sie zukommen würde, und bedankte sich auf Arabisch bei Raghab für dieses Angebot.

Mit den zuvor gekauften Wasserflaschen und drei Melonen, welche ihnen die Frau Raghabs noch als Proviant mitgab, fuhren sie los.

Die ersten zwanzig Kilometer ging es noch auf der schönen asphaltierten Küstenstraße am Roten Meer entlang und auch danach war die Straße noch eine Weile gut befahrbar, bis kurz vor Erreichen des alten Bergwerksdorfes von „Old Umm Uweitat" nur mehr eine Schotterpiste zu sehen war. Sie verließen sich ab nun nur noch auf die Orientierung von Raghab, der diese Gegend bestens kannte. Durch endlose Wadis und enge Passagen zwischen hohen Felswänden hindurch, erreichten sie nach mehr als zwei Stunden Fahrt den Damm der Phosphat-Eisenbahnlinie, welche auf keiner Landkarte zu sehen war. Raghab deutete auf einen Berg weit rechts vorne und Wolf steuerte den Wagen vorsichtig in diese Richtung, als sie plötzlich von Ferne einen Zug herannahen sahen. Wolf hielt den Wagen an, nahm das Fernglas und konnte erkennen, dass es sich nicht um einen normalen Phosphattransport-Zug handelte. Nein, es war nur eine Diesellokomotive mit einem einzigen Waggon, auf dem ein Militärjeep stand.

Der Zug wurde langsamer und blieb stehen. Mehrere Uniformierte legten Rampen an den Waggon und der Jeep wurde abgeladen. Anschließend fuhr das Fahrzeug über den steilen Bahndamm in das Wadi und dann weiter genau in Richtung des Berges, auf den Raghab zuvor gedeutet hatte. Was sollte dies bedeuten? War es nur ein Zufall oder waren bereits andere auch auf der Suche nach dem alten Portal?

Wolf beschloss, stehen zu bleiben, und wollte erst einmal abwarten. War es doch für Touristen absolut verboten, sich ohne eine spezielle Genehmigung abseits der Hauptstraßen zu bewegen. Falls man sie entdecken würde, könnte das für sie alle mit erheblichen Unannehmlichkeiten verbunden sein.

Nach einer Weile waren die Soldaten mit dem Jeep aus ihrem Blickfeld verschwunden. Nur eine sich rasch auflösende Staubwolke zeigte noch die Richtung an, die der Wagen genommen hatte.

Wolf machte einen Schluck aus der Wasserflasche und sie setzten ihre Fahrt über die Geröllpiste fort. Raghab hatte eine Idee und deutete in ein kleines Seitental mit einer Anhöhe am Ende, wo sie den Wagen ohne Weiteres zwischen großen Felsen verstecken konnten. Falls die Soldaten wieder zurückkommen würden, war für sie der Pkw an diesem Punkt nicht zu sehen. Sie erreichten nach kurzer Zeit die Stelle an der Kuppe am Ende des Tales, wo sie ihr Fahrzeug stehen ließen. Von dort ging es über steile Geröllhalden zu Fuß weiter. Dunkle Wolken schoben sich langsam über die Berge und auch ein starker Wind war mittlerweile aufgekommen. Der Sand kratzte Wolf und Linda bereits in den Augen. Raghab hatte sich sein Kopftuch um das Gesicht geschlungen und war in seinem blauen Gewand nun von einem waschechten Tuareg nicht mehr zu unterscheiden. Seine Djelabeija, sein Umhang, flatterte im Wüstenwind und er sah aus wie Moses vor der Überquerung des Roten Meeres. Sie kamen nach kurzem Anstieg auf einen kleinen Bergkamm und von dort konnten sie die Staubfahne des Geländewagens erkennen, mit welchem die Soldaten schon fast an der Rückseite des gesprengten Berges beim mittlerweile gut sichtbaren Steinportal angelangt waren. Der Jeep wurde langsamer und Wolf meinte, mit dem Feldstecher direkt vor dem alten Eingang in den Berg einen grünlichen Dunst am Boden zu erkennen. Die Soldaten fuhren geradewegs darauf zu und im nächsten Augenblick war das Fahrzeug mitsamt den Insassen verschwunden. Wolf konnte kaum glauben, was er da soeben gesehen hatte. Er reichte Linda das Fernglas und danach konnte sich auch Raghab davon überzeugen, dass da eine Fahrzeugspur abrupt aufhörte und von den Soldaten und ihren Jeep nichts mehr zu sehen war.

Dunkle Wolken zogen vom Westen über die bizarren, rötlich schimmernden Berggipfel und das Spiel von Licht und Schatten machte das Gesehene nur noch unwirklicher. „Glaubst du an Dschinns?", fragte Wolf Raghab auf Arabisch. Raghab nickte nur und murmelte ganz verstört einige Sätze, in denen er Allah pries und um Schutz anflehte. Sie waren jetzt nur noch zweihundert Meter von dem Steinportal entfernt. Sie stiegen höher auf den Bergkamm hinauf und sahen von der Ferne zwei Geländewagen quer durch das Wadi auf der anderen Seite ebenfalls auf das Portal zukommen. Die Fahrzeuge waren noch etwa drei Kilometer entfernt und würden bestimmt noch eine geraume Weile bis hierher benötigen.

Wolf und Linda überlegten, ob sie zum Portal gehen sollten, aber waren doch dort erst die Soldaten mit dem Jeep verschwunden.

Die Entscheidung wurde ihnen jedoch prompt im nächsten Moment abgenommen, als sie den donnernden Lärm der Rotoren eines Helikopters vernahmen. Ein Militärhubschrauber tauchte bedrohlich hinter einem Bergkamm auf. Vermutlich waren die Soldaten im Jeep in Funkkontakt mit der Militärbasis gewesen und als nach dem Verschwinden kein Kontakt mehr zu ihnen bestand, schickte man kurzerhand einen Helikopter zur letzten bekannten Position. Wolf hatte die Geografie dieses Gebietes im Kopf und wusste, dass der nächstgelegene Wüstenflugplatz des ägyptischen Militärs nur maximal fünfzig Kilometer Luftlinie entfernt war. Der Hubschrauber konnte aber wegen der Enge des Bergtales nicht direkt beim Portal landen. Deshalb drehte er mit einer steilen Linkskurve ab, um draußen im flachen Teil des Wadis niederzugehen. Langsam, wegen des starken Windes, kam die Maschine in einer Entfernung von etwa einem Kilometer herunter. In einer riesigen Staubwolke, welche rasch vom immer stärker werdenden Wind weggeblasen wurde, setzte der Hubschrauber auf und man sah einige Soldaten herausspringen. Nun war guter Rat teuer. Einerseits waren die drei froh, dass ihr Wagen nicht vom Helikopter aus entdeckt worden war, andererseits würden die Soldaten in wenigen Minuten hier sein. Auch von der gegenüberliegenden Seite kamen die zwei Geländewagen immer näher, was die aufgewirbelten Sandwolken jetzt auch ohne Fernglas zeigten.

Wolf, Linda und Raghab waren mittlerweile bis auf fünfzig Meter an das Steinportal, vor dem der grüne Nebel wie eine ganz dünne Wolke nur wenige Zentimeter über dem Boden lag, herangekommen.

In diesem Moment erhellten Blitze den dunklen Himmel, ein ohrenbetäubendes Donnern folgte und es begann augenblicklich, wolkenbruchartig zu regnen. Binnen Minuten schoss das Wasser von überall her die Felsen herunter, um einem reißenden Wildbach gleich in die Wadis zu fließen.

Es waren erstaunlich große Mengen Wasser, die da zusammenkamen, und binnen kürzester Zeit hatte die erste, meterhohe Flutwelle den Helikopter der Soldaten im Wadi erreicht. Die Wucht der Wassermassen war derart groß, dass sich die Maschine mit noch laufenden Rotoren zur Seite neigte und kippte. Sie konnten noch erkennen, wie die davorstehenden Soldaten vom reißenden Wasser mitgerissen und fortgespült wurden. Auf der anderen Seite des Berges sahen sie, wie einer der beiden Landrover durch die heranschießenden Fluten umstürzte. Es war apokalyptisch, die Wassermassen nahmen blitzartig zu. Die drei Abenteurer mussten sich sofort in Sicherheit bringen, um nicht ebenfalls hinuntergespült zu werden. Als einzige Zuflucht blieb jetzt nur noch der alte Eingang in den Berg. Der grüne Nebel war urplötzlich verschwunden.

Kapitel XVII

▲

DER STEIN DES OSIRIS

Seit der Regen begonnen hatte, war keine Spur mehr vom grünen Dunst am Boden zu sehen. So rasch sie konnten, liefen die drei jetzt auf das Portal zu. Ohne zu zögern, überschritten sie die Schwelle. Es war ein roh behauener Gang, leicht nach unten führend, reichte er etwa zwanzig Meter tief in den Berg hinein. Wolf schaltete seine kleine Taschenlampe, die er immer bei sich trug, ein. Auch Linda hatte ihre Lampe aus dem Rucksack geholt.

Sie leuchteten damit die Wände ab, aber keine Spur von Hieroglyphen, rein gar nichts. Sie mussten nicht weit gehen, bis sie das Ende des Ganges erreichten. Dort erblickten sie ein erhabenes Relief von Osiris, dem Totengott der alten Ägypter, in die Felswand gemeißelt. Rechts daneben war eine eingravierte Kartusche der löwenköpfigen Kriegsgöttin Sechmet zu sehen. Linda, welche etwas zitternd ihre Taschenlampe in der Hand hielt, wusste nicht so recht, ob sie staunen oder sich einfach nur fürchten sollte.

Direkt vor dem Osiris-Relief stand ein fast metergroßer Felswürfel und darauf lag ein kleiner, schwarzer Stein in Form einer abgeflachten Orange. Wolf war fasziniert, hatte er doch vor Jahren schon so einen Stein in der unterirdischen Kammer der Cheops-Pyramide gefunden. Doch es blieb ihm nicht viel Zeit, um darüber nachzudenken. Da der Gang leicht abschüssig in das Bergesinnere verlief, sammelte sich das vom

Eingang hereinfließende Wasser und begann bereits zu steigen.

Der Würfel war bis zur Hälfte im schlammigen Nass verschwunden. Zahlreiche Käfer, Insekten und Reste von verdorrten Pflanzen wurden hereingeschwemmt. Wolf glaubte, sogar einen Skorpion gesehen zu haben. „Wir müssen hier raus, rasch!" Raghab war bereits im knietiefen Wasser ohne Lampe im Dunkeln in Richtung Eingang gelaufen. Linda bekam jetzt einen Anflug von Panik, denn wenn sie etwas gar nicht mochte, dann waren es enge, unterirdische Gänge, aber dass hier auch noch Wasser hereinfloss, das war eindeutig zu viel für sie. Die schmutzigen Fluten, welche sie zuvor gesehen hatte und von welchen auch der Helikopter und die Landrover mitgerissen worden waren, bedeuteten eine lebensbedrohende Gefahr für alle drei. Doch glücklicherweise schossen die Regenmassen, welche vom Berg herunterkamen, zum Großteil wie ein Wasserfall über den Portaleingang hinweg.

Trotzdem stieg der Pegel im Gang stetig, wenn auch langsam. Sie beeilten sich, Raghab, der bereits draußen wartete, zu folgen. Wieder im Freien angekommen, blendete sie aber das Sonnenlicht, welches zwischen den langsam abziehenden Wolkenfeldern hervorkam. So plötzlich, wie das Unwetter gekommen war, verschwand es auch wieder. „Nur alle fünfzehn bis zwanzig Jahre einmal", so hatte Raghab damals vor einigen Jahren an der Quelle erzählt, „regnet es in der Wüste, und dann wird es gefährlich in den Wadis." Nun hatten Wolf und Linda dieses seltene Naturschauspiel zu sehen bekommen und es war wie eine Fügung genau zum richtigen Zeitpunkt gekommen. Raghabs Djelabeja war nun zweifarbig, der obere Teil war blau und der untere hatte eine schmutzig, braune Farbe angenommen. Aber sie waren erleichtert, als sie sahen, dass ihnen jetzt keine Gefahr mehr drohte.

Rasch stiegen sie wieder den Bergrücken hinauf. Hoffentlich hatte der Wolkenbruch ihren Wagen nicht hinuntergeschwemmt. Sie waren erleichtert, nach einigen Minuten ihr Fahrzeug unversehrt hinter einem Felsen zu sehen. Unten im Wadi sah es hingegen fürchterlich aus. Alles war von Schlamm und Schutt bedeckt. Keine Spur mehr vom Helikopter und den Soldaten. Auch von den zwei Landrovern und ihren Besatzungen war nichts mehr zu sehen. Vermutlich waren sie durch die Wucht der Wassermassen mitgerissen und kilometerweit abgetrieben worden.

Sofort starteten sie ihren Wagen, der auch ohne Weiteres ansprang. Raghab versuchte Wolf zu erklären, dass sie eine andere Route zurückfahren sollten.

Mit Sicherheit würde der Hubschrauber bald vom Militär gesucht werden und dann wäre es nur eine Frage der Zeit, bis man sie entdecken würde. Außerdem konnten sie auf dem mit Schlamm bedeckten Boden mit ihrer Limousine unmöglich fahren.

Rasch weg von hier, das war jetzt die Devise. Aber wohin sollten sie fahren? Aufgrund seiner guten Ortskenntnisse hatte Raghab bereits die rettende Idee. Der Weg, den der Fischer meinte, war eine uralte Karawanenstraße durch die Felswüste und vielleicht für Pferde oder Kamele geeignet, nicht aber für Pkw. Es blieb ihnen aber keine andere Wahl.

Im Schritttempo ging es nun nach Süden. Es war aber schon absehbar, dass sie vor der Dämmerung unmöglich die nächste Straße, welche das Rote Meer mit dem Niltal verbindet, erreichen würden. Doch sie hatten ein noch größeres Problem. Es war nicht das Wasser, welches dieses Mal knapp werden würde, nein, das Problem war der Treibstoff. Hier in den Bergen konnte man den Verbrauch nicht nach Kilometer Fahrtstrecke berechnen. Es waren die vielen Stunden der Wüstenfahrt im ersten Gang über Sand und Steine, welche den Tank zusehends leerer werden ließen. Auch Reservekanister hatten sie keinen mit, aber das war in Ägypten ohnehin verboten.

Bei Einbruch der Dunkelheit blieben sie an einer überhängenden Felswand stehen. An ein Weiterfahren war nicht mehr zu denken. Raghab machte Feuer aus ein paar spärlichen Holz- und Wurzelstücken, welche sie unterwegs aufgesammelt hatten. Die zwei Melonen, welche Raghab von zu Hause mitgenommen hatte, waren das Abendbrot. Linda holte aus ihrem Rucksack ein paar Müsliriegel heraus, sie hatte diesmal nicht nur das Trinkwasser dabei. Nachdem sie noch darüber diskutiert hatten, wie weit sie noch von der Straße entfernt waren und ob der Treibstoff ausreichen würde, legten sich Wolf und Linda die Wagensitze um und schliefen im Fahrzeug, während sich Raghab beim Lagerfeuer zur Ruhe begab.

Fröstelnd erwachten die drei am frühen Morgen. Die Temperaturen im Februar waren in der Nacht nahe dem Gefrierpunkt, aber im Wagen während der Fahrt würde es ohnehin rasch warm werden.

Frühstück gab es keines an diesem Tag. Raghab verrichtete leise murmelnd und nach Mekka geneigt sein Morgengebet. Mittlerweile sahen sich Linda und Wolf den schwarzen Stein aus dem Gang genauer an. Dieser war fast identisch mit jenem, den Wolf vor Jahren in der unterirdischen Kammer der Cheops-Pyramide gefunden hatte. Niemandem hatte er je davon berichtet. Er hatte diesem Stein bis jetzt auch keine besondere Bedeutung zugemessen. Er hatte die Form und Größe einer abgeflachten Orange, war dunkel, extrem hart und schwer. Was hatte dieser Stein wohl zu bedeuten? Konnte man ihn tatsächlich mit dem Verschwinden der Soldaten in Verbindung bringen? Die Sonne stieg höher und die Kühle der Nacht wurde schnell von einer sengenden Hitze abgelöst.

Wie weit würde es wirklich noch bis zur Verbindungsstraße sein? Zwei oder drei Stunden, vielleicht auch mehr? Aber für mehr würde das Benzin sicherlich nicht ausreichen. Und zu Fuß über Stock und Stein in dieser Wüste, da würden sie ohne Wasser nicht weit kommen. Raghab murmelte ein „Inshallah" und Wolf versuchte so zu fahren, dass möglichst die direkte Route nach Süden eingehalten werden konnte. Nach zwei Stunden erreichten sie eine Stelle, an der Hieroglyphen aus der Pharaonenzeit an den Felswänden zu sehen waren.

„Wir sind auf der alten Pharaonenstraße", sagte Wolf, der diese Wege ja schon seit Jahren suchte. Hier war er schon einmal gewesen. Es waren die Pfade, welche schon seit den Zeiten der Pharaonin Hatschepsut vom Nil über den Weg der Brunnen durch das Gebirge bis an das Rote Meer führten. Von hier aus konnte es nicht mehr weit bis zur Asphaltstraße sein. Die Tankanzeige stand bereits auf null, als sie von Weitem das Horn eines Trucks vernahmen.

Sie erreichten die Straße mit den letzten Tropfen Benzin und warteten nun auf einen Pkw, von dem sie etwas Treibstoff erbitten wollten. Lkw fuhren zwar mehrere vorbei, doch mit dem Dieseltreibstoff der Lastwagen konnten sie nichts anfangen. Es dauerte eine geraume Weile, da kam ein alter Pick-Up und blieb auch sofort stehen, als Raghab dem Fahrer zuwinkte. Mit einem kleinen Stück Schlauch saugte der freundliche Araber Benzin aus seinem Tank. Mit einer leeren Wasserflasche wurde umgefüllt. Die Menge sollte für die einhundert Kilometer bis zur Stadt Quseir am Roten Meer reichen. Tankstellen gab es dort auch zwei. Zuvor war dann allerdings noch der Checkpoint der Konvoi-Polizei zu passieren. An dem konnte niemand vorbeifahren. Ihre Fahrt war aber nicht angemeldet und aus der Wüste konnten ja Touristen nicht kommen und schon gar nicht mit einem normalen Pkw. „Wir werden ja sehen, irgendwie geht das schon", sagte Wolf, der nun mit zehn Litern Benzin offensichtlich besser gelaunt war. Linda schauderte insgeheim bei dem Gedanken, eventuell eine Nacht auf einer ägyptischen Polizeistation verbringen zu müssen. Von Raghab hörte man nur ein paar Anrufungen zu Allah.

Am späten Nachmittag erreichten sie dann den Quseir Checkpoint. Sie waren das einzige Fahrzeug. Die Polizisten kontrollierten die Wagenpapiere und die Pässe.

Raghab versuchte irgendetwas auf Arabisch zu erklären, was die Beamten aber offenbar nicht sonderlich beeindruckte. Ein Polizist, der ein wenig Englisch sprach, fragte Wolf, woher sie kämen. „Aus Luxor", antwortete dieser, was der Mann aber telefonisch überprüfen wollte.

Da trat plötzlich ein Officer aus der kleinen, betonierten Wachstube neben dem Schranken heraus und ging auf Wolf zu. Als er ihn sah, umarmte er ihn und begrüßte ihn auf Arabisch. „Abu Deep ben Nemsa, marhaba, issayak, hamdulillah, welcome again, Mr. Wolf."

Dem anderen Polizisten, der gerade beim Luxor Checkpoint anrufen wollte, sagte er, dass Wolf hier öfter unterwegs zu den Hieroglyphen-Felsen sei, dass er ihn kenne und alles in Ordnung wäre.

Ein Anruf in Luxor wäre überflüssig.

Die Polizisten waren über den gewaltigen Regen in den Bergen und das Unglück mit den Soldaten offenbar noch nicht informiert worden. Mahmud, so hieß der Officer, hatte Wolf schon des Öfteren auf seinen Fahrten getroffen und bestand darauf, dass die drei noch einen Tee mit ihnen tranken. Sie verabschiedeten sich dann ebenso heftig mit Umarmungen und Segenswünschen, wie es bei der Begrüßung geschehen war.

Nun konnten sie also ungehindert passieren. Linda küsste in einem Anfall von Freude und Erleichterung Mahmud zum Abschied auf die Wange, was dieser etwas verwirrt nicht zu deuten wusste.

Nun war auch die letzte Hürde geschafft. Mit einem sarkastischen „Ich hab's euch ja gesagt, irgendwie geht es immer", und einem heftigen Hupkonzert bei der Abfahrt vom Checkpoint verstärkte Wolf ungewollt sein

Abenteurer-Image bei Linda, was ihr zartes Gemüt wieder einmal ordentlich zum Kochen brachte.

„Du mit deinem ‚Irgendwie geht's immer', nein, mein Lieber, Glück haben wir gehabt, unheimliches Glück", das war alles, was sie über ihre Lippen brachte.

Eigentlich musste ihr Wolf ja recht geben, aber Glück war zuweilen notwendig, besonders dann, wenn man, wie er, immer wieder in solche gefährlichen Situationen gelangte.

Nach fünfzehn Minuten erreichten sie die Stadt Quseir, tankten den Wagen voll, kauften an der Promenade noch ein paar Bananen für den mittlerweile ordentlichen Heißhunger und fuhren dann ohne weiteren Aufenthalt die Küstenstraße nach Safaga hinauf. Es waren noch achtzig Kilometer, die in einer Stunde leicht bewältigt wurden. Das Rote Meer an der rechten Seite und die in der Abendsonne wie Kulissen aussehenden, bizarren Bergspitzen zur linken Hand gaben diesem letzten Abschnitt ihrer Fahrt eine schon fast romantische Note. Bei Einbruch der Dunkelheit erreichten sie Raghabs bescheidene Hütte.

Sie wurden freudig empfangen. Sein Sohn sagte, sie alle hätten sich Sorgen gemacht, da sie auch von dem Unwetter gehört hatten. Raghab erzählte auf Arabisch von den Soldaten im Jeep, den Landrovern und dem Hubschrauber. Alle hörten ihm gespannt zu. Wolf und Linda verabschiedeten sich währenddessen rasch und fuhren die letzten zwanzig Kilometer ins Sheraton Hotel zurück. Es war inzwischen schon dunkel geworden, als sie ihren Wagen am Hotelparkplatz abstellten. Man sah es dem Fahrzeug eigentlich gar nicht an, welche Odyssee es hinter sich hatte. Wohl aber Linda und Wolf, an deren Kleidung waren schon deutliche Spuren der letzten zwei Tage zu sehen. Salonfähig waren die beiden nun wirklich nicht mehr.

Ihre Hosen waren vom Wasser und Schlamm in dem alten Gang ziemlich schmutzig geworden und auch ihre

Schuhe waren nur noch zum Wegwerfen. Linda war es sichtlich peinlich, so in das vornehme Hotel hineingehen zu müssen. Franz, der Hotel Manager, staunte nicht schlecht, als er die beiden in der Eingangshalle so sah.

Nach einer Dusche und in frischem Gewand ging es anschließend in das Restaurant zum Dinner.

Franz setzte sich zu ihnen, er war neugierig, was Wolf erlebt hatte. Wolf und Linda erzählten ihm abwechselnd von der abenteuerlichen Fahrt durch die Geröll- und Felswüste, vom sintflutartigen Regen, von der kalten Nacht in der Wüste, den Hieroglyphen und dem Rückweg über den Checkpoint in Quseir. Doch über das Portal, die verschwundenen Soldaten, den Hubschrauber und über den schwarzen Stein sagten sie nichts zu Franz. Das war alles viel zu fantastisch, um es jemandem glaubwürdig zu erzählen. Der dunkle Stein aber lag inzwischen in einige Blätter Toilettenpapier gewickelt sicher in der Minibar in der Suite.

Als die beiden nach dem Abendessen ins Zimmer zurückkehrten, sah Wolf, bevor Linda das Licht anmachte, dass sich vor dem Minibar-Kühlschrank eine kleine grüne Lache gebildet hatte. „Das ist der Stein, geh bloß nicht zu nahe an den Kühlschrank, sonst verschwindest du", sagte Wolf ganz hektisch zu Linda, die jedoch, ohne ihm zuzuhören, schon mit einem Fuß in dem grünen Etwas stand und die Tür zur Minibar öffnete. „Schade um den guten Absynth." Linda stellte die umgefallene Flasche mit dem grünen, hochprozentigen Likör wieder aufrecht in das Türfach. „Schraub das nächste Mal die Flasche besser zu, wenn du sie in den Kühlschrank gibst", sagte sie zu Wolf, der ganz verdutzt dastand und sich um ein weiteres Abenteuer betrogen fühlte.

Die nächsten Tage wurden dann im Hotel noch zum Erholen genutzt. Wolf gönnte sich eine Thai-Massage, während Linda wie ein Fisch im gut gewärmten Pool herumschwamm.

Zur Sicherheit fuhr Wolf noch einmal mit dem Wagen zu Raghab und ließ ihm über Ahmed, seinen Sohn, ausrichten, dass er die Geschichte mit dem Steinportal und dem Verschwinden der Soldaten besser nicht überall herumerzählen sollte.

Wer weiß, was den Ägyptern sonst noch alles einfallen würde, wenn einmal bekannt wäre, dass Wolf und Linda als Erste in dem Gang drinnen waren und von dort den Stein mitgenommen hatten.

Am nächsten Tag ging es wieder heimwärts. Den Stein im Gepäck und um einige Erfahrungen reicher, saßen Linda und Wolf wieder im Flieger zurück nach München. Was würde das ägyptische Militär wohl unternehmen, wo doch einige Soldaten samt dem Jeep einfach verschwunden waren? Würden die Leute in Safaga Raghab, dem Fischer, seine Geschichte glauben oder würden sie ihn für verrückt erklären, wenn er davon erzählte? Und lag das Geheimnis für das Verschwinden der Soldaten letztendlich wirklich bei dem schwarzen Stein? Oder hatte das Ganze vielleicht mit der geologischen Situation dieser herausragenden Felsen und Berge zu tun?

Was war, wenn Bard, der Künstler aus der Oase Farafra, recht hatte und es war wirklich so, wie er vermutete? Sie würden es ja sehen. Im Wohnzimmer von Wolf, in einer Glasvitrine, wo der schwarze Stein aus der Cheops-Pyramide vor einer kleinen Osiris-Statue stand, hatte sich bisher noch kein grüner Nebel gezeigt und verschwunden war dort eigentlich auch noch niemand.

Wolf wollte jedenfalls dieser Sache auf den Grund gehen.

In der zweiten Woche nach ihrer Rückkehr aus Ägypten erhielt er von Franz, dem Manager vom Sheraton Hotel, eine Mail, in der dieser von einem Unglück in den Bergen schrieb. „Was für ein Glück für euch, dass ihr nicht in dieses Unwetter gekommen seid – ihr müsst ganz in der Nähe gewesen sein, das hat wahrscheinlich keiner überlebt." In der ägyptischen Tageszeitung „Al-Ahram" wurde davon berichtet, aber nur, dass Soldaten bei einer Übung in der Bergwüste von einem starken Unwetter überrascht wurden und einige von ihnen noch vermisst würden. Kein Wort von der Suche nach dem Steinportal.

Auch auf der Homepage der ägyptischen Altertümer-Verwaltung von Dr. Hamam war davon nichts zu lesen. Aber damit hatte Wolf auch nicht gerechnet.

Kapitel XVIII

Das unterirdische Gewölbe

In der Folgezeit durchstöberte Wolf immer wieder das Internet nach brauchbaren Informationen über diese Steine. Doch wonach sollte er eigentlich suchen? Schwarze Steine, Zeitverschiebungen, grünem Nebel? So surfte er, wann immer er etwas Zeit dafür hatte, im Web, um etwas zu finden, was ihm weiterhelfen konnte. Als Erstes fand er Berichte über „DHvSS", das heißt: „Die Herren vom Schwarzen Stein", und weiterführende Links brachten ihn schließlich zur Isais-Sage. Aber das alles spielte sich mehr auf der südlichen Seite des Berges in der Nähe der kleinen Wallfahrtskirche Maria Ettenberg ab, also nicht im Nordosten, wo damals, vor vielen Jahren, die drei Deutschen verschwunden waren. Nach weiteren Recherchen kam er dann zum „Ordo Bucintoro" mit letztem Sitz auf der venezianischen Glasbläserinsel Murano. Nun, Venedig war bloß einige Autostunden entfernt und Wolf wollte schließlich der Sache auf den Grund gehen. Mit Linda fuhr er an einem regnerischen Wochenende in die Lagunenstadt. Sie ließen den Wagen im Parkhaus stehen und fuhren mit dem Vaporetto, einem busähnlichen Transportmittel, durch den Canale Grande direkt hinüber zu der kleinen Insel Murano. Vorbei an Gondeln, die trotz des nebeligen, trüben Wetters Touristen durch die Kanäle ruderten.

Aber gerade dieses Herbstwetter gab Venedig einen Reiz, der nicht mit dem Trubel des Karnevals oder den Touristenströmen im Sommer zu vergleichen war.

Die Serenissima zeigte ihre andere, beinahe mystische Schönheit. Das Boot schaukelte an jeder Anlegestelle und sie genossen den malerischen Anblick der engen Kanäle mit den alten Palazzi. Würde ihnen dieser Ausflug neue Informationen zu den schwarzen Steinen bringen? Am frühen Nachmittag kamen sie in Murano an und da die beiden nach dieser Fahrt hungrig waren, ging es zuerst in ein kleines, feines Restaurant auf venezianische Spezialitäten. Der Wein dazu war ebenfalls vorzüglich. Sie ließen sich vom Besitzer, der angeblich wusste, wo sich die Villa des „Ordo Bucintoro" befand, den Weg beschreiben. Rasch fanden die zwei diese Villa. Der dortige Hausherr, ein alter, kleiner Italiener, welcher wahrscheinlich nicht viel zum Ordo Bucintoro sagen konnte oder vielleicht nicht wollte, meinte nur, dass es angeblich niemanden mehr gäbe, der Auskunft darüber geben könnte.

Wolf, der sich schon ein Stück näher am Geheimnis der „Schwarzen Steine" gewähnt hatte, war jetzt doch irgendwie enttäuscht.

Zumindest war es aber ein netter Ausflug gewesen und sie genossen noch die Rückfahrt durch die Lagune.

Wolf würde weitersuchen, im Internet ließ sich vieles finden.

Eines Tages stieß er bei seiner Suche auf ein geschlossenes Forum, wo interessante Berichte über Wüstenglas und auch über Zeitverschiebungen zu lesen waren.

Der Leiter dieses Forums mit Nicknamen Apollo fand rasch Interesse an Wolfs Erzählungen vom Untersberg und den dortigen Vorkommnissen. Apollo wohnte weit oben in Norddeutschland und hatte nun praktisch einen Informanten vor Ort. Nach einigen Monaten kam Apollo mit seiner Freundin und mit Gero, einem Berliner Polizisten, nach Berchtesgaden, am Fuße des Untersberges, um dort, wie schon oft, seinen Recherchen in den Wäldern nachzugehen. Wolf vereinbarte ein Treffen mit ihnen und Apollo wollte ihm eine interessante Stelle am Obersalzberg zeigen, von der dieser noch nie etwas gehört hatte.

Sie fuhren auf der schönen Panoramastraße von Berchtesgaden hinauf und nach einiger Zeit zeigte Apollo auf eine Abzweigung zu einem Forstweg in den Wald. Dort ließen sie den Wagen stehen und gingen zu Fuß weiter. Nach einer halben Stunde kamen sie in einen sehr dichten, unwegsamen Jungwald. Apollo ging vor und deutete auf eine Stelle, an der von Weitem absolut nichts Außergewöhnliches zu sehen war. Als Wolf bei ihm ankam, konnte er einen Eingang ausmachen, der geradewegs unter den Waldboden führte. Früher musste hier einmal eine Treppe gewesen sein, jetzt ging man über moosbewachsene, heruntergefallene Ziegel und Mauerstücke steil nach unten. Nach zehn Metern standen die drei dann in einem Gewölbe. Ja, es war ein echtes, schönes Kreuzgewölbe, wie man es eigentlich nur in sakralen Bauten findet. Steile Fensterschächte ließen etwas Licht von oben in den düsteren Raum hereinfallen, sodass man nicht in völligem Dunkel stand.

Fünf mächtige, einst vermutlich mit Marmor verkleidete Säulen aus roten Ziegelsteinen erzeugten in dem Gewölbe eine ganz eigenartige Stimmung, welche sich Wolf nicht erklären konnte.

„Stell dich einmal zwischen die vier Säulen in der Mitte des großen gedrungenen Raumes", meinte Apollo zu Wolf. Dieser ging genau an die besagte Stelle und blieb stehen. Das Kuppelgewölbe über ihm schien einen Druck in seinem Kopf zu erzeugen. Oder kam dieses Gefühl von unten? Er konnte es nicht lokalisieren. Doch da war irgendetwas – aber was, das konnte er nicht beschreiben. „Jetzt geh vier Meter zur Seite", sagte Apollo.

Wolf tat, wie ihm geheißen, und da war nun der Druck im Kopf augenblicklich vorbei. Gero, der Polizist, sagte ihm, dass er das auch jedes Mal gespürt hatte, wenn er zwischen den Mittelsäulen stand.

Natürlich kam nun von Wolf die Frage, was das für ein Bauwerk sei und wozu es gedient hatte. Das aber konnte ihm weder Apollo noch Gero beantworten.

Wolf musste dieses Gemäuer unbedingt Linda zeigen. Er würde ihr aber keinesfalls von dem seltsamen Platz zwischen den Säulen etwas sagen. Er war neugierig, ob auch sie etwas spüren würde.

Kurzerhand fuhren sie eine Woche später den Berg hinauf und gleich weiter über die gesperrte Forststraße bis in die unmittelbare Nähe des Gewölbes. Als Linda dann im Mittelpunkt an der besagten Stelle stand, überkam sie eine unerklärliche Panik. Ein Druckgefühl in der Magengegend, welches sich schnell steigerte.

Sie musste augenblicklich wieder hinaus aus diesem für sie so beklemmenden, unterirdischen Raum. Noch Stunden später klagte sie über Schmerzen in Bauch und Brust.

Wolf wollte das, wie es seine Art war, unbedingt erforschen. Mit Geigerzähler, Erd-Magnetfeld-Messgerät und diversen anderen technischen Geräten ausgerüstet, fuhr er einige Wochen danach mit Werner, dem Freund seiner jüngeren Tochter Alexandra, zu dem unterirdischen Gewölbe. Werner, der Polizist war, hatte starke Scheinwerfer mitgenommen, welche dort unten für ausreichend Licht zum Fotografieren und für Videoaufnahmen sorgten.

Auffallend war, dass dort im Bereich von einigen hundert Metern die Radioaktivität etwa doppelt so hoch war als in der Umgebung. Es zeigten sich aber keinerlei signifikante, magnetische Abweichungen.

In dem Schutt, im Inneren des Gewölbes, welcher sich am Boden durch den über die Jahrzehnte herabgefallenen Wandverputz aufgetürmt hatte, fand Wolf einen rostigen Halter, der zum Befestigen einer Fackel gedient haben könnte. Aber nirgendwo fand sich ein Hinweis, wofür dieses Gemäuer damals gebaut worden war.

Mittlerweile suchte Werner draußen im Wald den Boden rund um das unterirdische Gewölbe mit einem Minensuchgerät ab, was aber zu keinem brauchbaren Ergebnis führte. Dann nahm er eine kleine Eisenstange und bohrte diese wie eine Sonde immer wieder in den mit Moos bedeckten Boden, als er plötzlich auf etwas Hartes stieß. Er lokalisierte auf diese Weise eine Betonplatte mit einem Meter Breite unter dem Waldboden, welche wie ein Zugangsweg direkt zu dem Gemäuer führte. Mit seinem kleinen Klappspaten brauchte er nur wenige Zentimeter zu graben und legte damit ein Stück dieser Betonplatte frei. Gut erhalten erstreckte sich diese über mehrere Meter knapp unter der Erde. Sollte diese Platte früher ein betonierter Weg gewesen sein? Niemand konnte etwas dazu sagen.

Es würde hier oben noch eine Menge zu erforschen geben. Wolf setzte sich in der folgenden Woche kurzerhand in ein Sportflugzeug, eine viersitzige Cessna 172, und überflog das Gebiet um den Berg einige Male. Dabei fiel ihm eine Mauer am felsigen Kamm oberhalb des Obersalzberges auf. Nicht weit entfernt vom „Kehlsteinhaus" oder, wie die Amerikaner es nannten, das „Eagles nest". Dieses Gebäude samt einer Zufahrtsstraße im hochalpinen Gelände war mit enormem Aufwand als Geburtstagsgeschenk für Hitler errichtet worden. Nur einige hundert Meter dahinter erstreckte sich diese seltsame Mauer. Sie hatte die Form eines riesigen, mehr als einhundert Meter langen Ypsilons und war auf den Grad genau nach Osten ausgerichtet.

Wieder zu Hause suchte Wolf anhand von Satellitenaufnahmen diese Mauer, zeichnete aufgrund einer dumpfen Ahnung eine Linie vom Fußpunkt des Ypsilon zur Stelle, an der früher der Berghof des Führers gestanden hatte, und siehe da, die Linie ging auf den Meter genau auch durch das unterirdische Gewölbe und weiter genau mitten durch die Marien Wallfahrtskirche am Fuße des Untersberges. Das konnte nun absolut kein

Zufall mehr sein! Das riesige, steinerne Ypsilon sah aus wie eine germanische Rune, welche genau nach Osten ragte. Das war eindeutig die Handschrift Himmlers und Hitlers.

Kapitel XIX

Der Mond-Kristall

Wieder war es das Internet, durch welches Wolf einen weiteren Hinweis zur Erforschung dieser Bauten erhielt. Eine ihm vollkommen unbekannte Person, welche im Forum von Apollo mitgelesen hatte, schrieb Wolf, dass angeblich zur damaligen Zeit ein Bienenhaus als Tarnung auf der Waldlichtung über dem Gewölbe gestanden sei. Dieses Gewölbe sei Hitlers geheimes Versteck für einen schwarzen Stein gewesen, den er aus der Wüste Ägyptens nach Deutschland bringen ließ. Doch Hitler sollte angeblich den Stein später im Untersberg deponiert haben. In der Höhle, in welcher auch der schwarze Stein des Ritters Hubertus lag. Der Unbekannte erklärte auch, wie diese Höhle zu finden wäre. Hoch oben am Berg wurde damals mittels eines Spiegels und eines Kristalls das Mondlicht gebündelt und durch einen Lichtschacht in das Gewölbe geleitet, von wo es dann zu einem bestimmten Punkt am Untersberg reflektiert wurde. An diesem Punkt wäre der Eingang zum Versteck der schwarzen Steine zu finden.

Die Höhle, in welche auch der Kreuzritter vor über siebenhundert Jahren seinen Stein aus dem Orient gebracht hatte, sollte sich in der Nähe der Marien Wallfahrtskirche am Fuße des Untersberges befinden. Der Kristall hingegen wäre auf einer kleinen Plattform, welche sich auf einem Felsvorsprung am Obersalzberg befand, gestanden.

Die Lage dieses Felsens wurde von dem Unbekannten sehr genau beschrieben.

Der Schreiber im Internet behauptete außerdem, dass Hitler vom Film „Das blaue Licht" der bekannten Regisseurin Leni Riefenstahl so sehr beeindruckt war, dass er ein System, das mittels Mondlicht und Kristallen einen Punkt markieren konnte, konstruieren ließ.

Die ganze Sache klang etwas mystisch. Was hatten Hitler und Himmler über die Wirkung dieses Steines herausgefunden und vor allem, wozu sollten sie ihn in der Höhle im Berg verstecken?

Nun, der Kreuzritter sollte seinen Stein ja auch in die Höhle gelegt haben. Waren dort drinnen nun beide Steine? Der des Kreuzritters und derjenige, den Hitler erhalten hatte?

Für Wolf als Ortskundigen war es nicht schwierig, die Stelle, an der damals der Kristall gestanden haben sollte, zu finden. Die Anlage von damals existierte natürlich nicht mehr. Er würde also stattdessen eine starke Lichtquelle benötigen. Wie aber sollte das technisch zu bewerkstelligen sein?

Zu Hause hatte Wolf einen sehr leistungsstarken, transportablen, grünen Laser. Dieses kleine Gerät erzeugte einen so starken Strahl, dass man damit Papiertaschentücher entzünden und Luftballons zum Platzen bringen konnte. Dieser grüne Laser war ideal für dieses Vorhaben geeignet. Er würde ohne Weiteres über die einige Kilometer weite Distanz einen scharf gebündelten Strahl aussenden.

Mithilfe von Werner peilten sie eines Nachts von dort oben mit dem Laserstrahl den südlichen Lichtschacht des Gewölbes an.

Ein kleinerer Baum stand just davor und wurde kurzerhand einfach umgeschnitten. Nun leuchtete der Laser genau in das Zentrum von Hitlers unterirdischem Bauwerk und ließ es in einem geheimnisvollen, intensiven Grün erstrahlen. Tausende kleinste Kondenswassertröpfchen an den roten Ziegelwänden funkelten durch das intensive Laserlicht und erzeugten einen unwirklichen, märchenhaften Anblick. Für diese Nacht sollte es vorerst genug sein.

In den darauf folgenden Wochen wurden Vorbereitungen getroffen, den Laserstrahl mittels eines Spiegels oder eines Kristalls im Gewölbe umzulenken, um ihn direkt zum Untersberg zu reflektieren. Auf diese Weise wollten sie die Stelle, an der sich die verborgene Höhle mit dem schwarzen Stein befinden sollte, ausfindig machen.

Wieder fuhren Wolf und Werner in einer dunklen Nacht zum Obersalzberg. Diesmal war Linda auch mit dabei. Werner sollte oben am Berg den Laser bedienen. Wolf, mit einer Schutzbrille ausgestattet, würde den Kristall im unterirdischen Gewölbe so positionieren, dass am Untersberg ein sichtbarer Lichtpunkt entstehen würde. Lindas Aufgabe war es, mit einem Spezialfernglas das Auftreffen des Laserstrahls zu bestätigen und die genaue Stelle auf die Landkarte zu übertragen.

Mit einem kleinen Handfunkgerät gab Wolf aus dem unterirdischen Raume an Werner, der oben am Felsplateau stand, genaue Anweisungen. Wolf hatte sich einen kleinen Klapptisch in der Mitte zwischen den vier wuchtigen Säulen aufgestellt. Eine kleine Neonlampe erhellte das Innere des unheimlichen Gemäuers nur schwach. Sie gab aber ausreichend Licht, um alle Vorbereitungen zu treffen. Wolf stellte einen großen, säulenförmigen Bergkristall auf eine drehbare Unterlage auf den Tisch. Dann gab er per Funk an Werner das Kommando, den Laser einzuschalten. Als der Strahl den Kristall traf, wurde der ganze Raum in ein diffuses Grün getaucht. Für Wolf sah jetzt, obwohl er eine Schutzbrille trug, alles wie verzaubert aus. Wie in einen grünen Schleier getaucht leuchtete der ganze Raum und weit drüben, auf der anderen Talseite, zeigte sich ein deutlicher Lichtpunkt am Untersberg.

Linda markierte so gut es ging diese Position auf der Karte. Am nächsten Tag wurde die Auswertung angesehen. Die Stelle, an welcher der Laserstrahl am Untersberg aufgetroffen war, erwies sich als unscheinbar. Sie lag am Rande eines kleinen Gebirgsbaches, der von Gebüschen umsäumt war. Doch bei genauer Untersuchung vor Ort, nach einigen Tagen, entdeckten die drei dann einen kleinen Höhleneingang.

Wolf ging am nächsten Tag nochmals hinauf zu der Stelle am Bach und nahm einen Feldspaten mit, mit dem er den Eingang etwas vergrößerte.

Die Höhle schien doch tiefer in den Berg zu reichen, als er ursprünglich vermutet hatte.

War das wirklich die Höhle, in der der Sage nach der schwarze Stein aus dem Orient vom Kreuzritter versteckt worden war? Und weshalb hatte Hitler diese Kristall-Markierung, welche exakt den Weg zur Höhle zeigte, bauen lassen?

Er würde wiederkommen, um mit Linda den Stein, welchen sie aus Ägypten mitgebracht hatten, dorthin zu bringen. Würde dabei dann ein Zeitphänomen auftreten?

Linda war etwas skeptisch. Was würde passieren, wenn sie einfach verschwinden würden, um nach einigen Wochen oder Monaten wieder aufzutauchen?

Oder waren das alles eben nur Märchen?

Jedenfalls begleitete sie Wolf dann doch an die Stelle am Berg, neben dem Gebirgsbach, und kroch mit ihm in den kleinen Eingang hinein. Im Inneren wurde die Höhle größer. Sie konnten schon nach einigen Metern aufrecht gehen.

Linda leuchtete mit ihrer Taschenlampe die Felswände ab. An der Decke konnte man deutlich Rußspuren von Fackeln erkennen. Ein offensichtlicher Beweis, dass hier schon Menschen gewesen sein mussten, wenn auch vor recht langer Zeit. Plötzlich bückte sich Wolf. Ein kleiner metallener Gegenstand am Boden war ihm aufgefallen. Es war ein altes Wehrmachts-Benzin-

Feuerzeug. Er steckte es ein und sie gingen langsam weiter. Nach fünfzig Metern vergrößerte sich die Höhle und mündete in einen hallenartigen Raum. Dieser hatte die Form eines Tempels. Nein, das hier war keine Naturhöhle, das hier war eindeutig von Menschenhand geschaffen und hatte mit Sicherheit einem kultischen Zweck gedient. Symmetrisch angeordnete Fackelhalter an den Wänden und fein behauene Sockel aus Stein verliehen diesem Raum ein sakrales Aussehen.

In der Mitte war ein Steinblock und auf diesem befanden sich, wie auf einem Altar, zwei schwarze, runde, abgeflachte Steine.

Sie lagen dicht nebeneinander. Diese Steine sahen genauso aus, wie jener den Linda und Wolf aus Ägypten mitgebracht hatten. Stimmte also die Geschichte vom Tempelritter, der den ersten Stein hier versteckt hatte, wirklich? Und war demnach auch die Geschichte von dem Unbekannten aus dem Internetforum wahr, der ihnen indirekt den Weg zur Höhle beschrieben hatte? Dann war aber der zweite Stein sicherlich derjenige, welchen Hitler von Ägypten hatte bringen lassen. Weshalb aber hatte der Führer diesen Stein, dem er so große Macht zubilligte, in dieser Höhle deponiert? Gab es da noch ein Geheimnis?

Wie dem auch war, nun sollte auch der dritte Stein neben den anderen seinen Platz finden. Wolf ordnete die Steine nach dem Muster eines gleichseitigen Dreiecks an. Die Steine berührten einander jetzt nicht mehr, sondern lagen etwa dreißig Zentimeter auseinander. Ein mulmiges Gefühl überkam die beiden aber dennoch, als sie den Stein zu den beiden anderen gelegt hatten. Würden Wochen vergangen sein, wenn sie die Höhle verlassen hatten und wieder im Wald waren?

Nichts von alledem geschah, denn als sie nach draußen kamen, war alles wie sonst. Auch Wolfs Wagen stand noch an dem Waldweg, wo er ihn abgestellt hatte. Also doch keine Zeitverschiebung!

Als sie die kleine Bergstraße weiterfuhren, kamen sie an der Marien Wallfahrtskirche vorbei. Dort mussten sie wegen einer Prozession stehen bleiben und etwas warten. Eine kleine Marien-Statue wurde von einem Priester getragen, dem ein Zug Gläubiger folgte. Einen Moment lang kam es Wolf vor, als ob Maria ihn direkt anblickte und dabei lächelte. War das die Isais aus der Legende, die mesopotamische Göttin, auf deren Geheiß der erste schwarze Stein zum Untersberg gebracht worden war?

Schnell verwarf er diesen Gedanken, es waren wohl die Strapazen der letzten Tage gewesen, welche bewirkten, dass ihm sein Verstand solche Streiche spielte.

Doch auch Linda hatte eine ähnliche Empfindung, was die Marienstatue betraf. Zufall, meinte Wolf und sie fuhren nach Hause.

Daheim zog er das alte Feuerzeug aus seiner Hosentasche.

Das Ding musste über siebzig Jahre alt sein. An der Unterseite war der Reichsadler mit dem Hakenkreuz zu sehen.

Von umwälzenden Veränderungen hatte Bard, der ägyptische Künstler aus der Oase Farafra, gesprochen, wenn mehrere dieser Steine zusammengelegt würden. Aber wo blieben nun diese Veränderungen?

Kapitel XX

DER EINGANG

Wolf suchte in den folgenden Monaten intensiv im Internet weiter, ohne auch nur irgendwelche neuen Anhaltspunkte zu finden.

Doch dann gab es eines Tages einen heftigen Sturm, einen Jahrhundertsturm. Große Teile des Waldbestandes auf dem Untersberg wurden geknickt und das Fallholz musste abtransportiert werden. Dazu wurden neue Forstwege auf den Berg hinauf gebaut. Eine ideale Gelegenheit, um leichter zu den schwer zugänglichen Stellen am Berg zu gelangen, dachte Wolf.

Wieder einmal setzte er sich in die kleine Cessna und flog einige Runden in verschiedenen Höhen um den sagenumwobenen Berg.

Er musste zuvor noch die Genehmigung des Towers vom Airport Salzburg einholen, denn ein Großteil des Untersberges lag ja in der Kontrollzone des Airports. Er musste während seines Fluges nur auf einige Helikopter Acht geben, welche mit Holztransporten auf der Nordseite des Berges beschäftigt waren. In hellem Rot des Marmors leuchteten die frisch in den Berg hinein gesprengten Forstwege. In der einen Hand das Flugzeugsteuer, in der rechten Hand seinen Fotoapparat. Unaufhaltsam klickte dabei seine Digitalkamera. So an die zweihundert Bilder knipste er während seines Fluges in einer Stunde.

Rasch fand er anhand dieser Fotos einen neuen Weg, welcher ihn am bequemsten in die Nähe der Stellen, an welchen er die Zeitphänomene vermutete, führen sollten. Ein Blick noch auf die Satellitenkarten im Internet. Es verwunderte ihn kaum noch, als er sah, dass dieses kleine Gebiet nun ebenfalls in Verlängerung der „Ypsilon-Linie" von Hitler lag. Dass das alles nur Zufälle waren, daran glaubte er schon lange nicht mehr.

Wolf beschloss nun, das Gebiet, in dem seinerzeit seine Tochter für zwei Minuten verschwunden gewesen war, nochmals zu erkunden. Nach nunmehr über fünfzehn Jahren und mit den mittlerweile modernen, technischen Geräten müsste das alles jetzt eben viel leichter zu schaffen sein als damals, als sie nur ihre Armbanduhren als Hilfsmittel gehabt hatten.

Von Werners Dienststelle wurden alle brauchbaren Informationen über das Gelände dort oben am Berg eingeholt. Mit elektronischen Stoppuhren, UKW-Radios, GPS und Magnetfeld-Mess-Computer sollte die Ausrüstung vervollständigt werden. Sie gingen einige Male die Wege den Berg hinauf, überquerten die Schlucht auf den alten Gleisen und kamen bis zum aufgelassenen Steinbruch. Schon beim ersten Mal zeigte sich eine GPS-Abweichung von mehreren hundert Metern an gewissen Stellen. An den Stoppuhren und den anderen Messgeräten konnte man noch nichts erkennen. Auffallend war, dass zu gewissen Zeiten die Veränderungen stärker oder schwächer wurden.

Wolf trug die Messwerte penibel in die Karten ein und erstellte so eine genaue Aufzeichnung über die dort vorhandenen, minimalen Zeitabweichungen.

Als er an einem schönen Sommertag wieder einmal mit Linda zu den besagten Stellen aufgestiegen war und die zwei für eine Weile Rast machten, sahen sie auf der anderen Seite eines sehr steilen Grabens einen Mann mit einer dunklen Kutte und Kapuze stehen. Der Mann, etwa an die vierzig Jahre alt, sah direkt zu den beiden herüber. Als sie den Graben überquert hatten, war der Mann wie vom Erdboden verschluckt. Die beiden wunderten sich darüber, weshalb da einer im Sommer mit einer Kutte und Kapuze wie ein Mönch im absolut unwegsamen Gelände unterwegs sei. Sie würden aber mit niemandem darüber sprechen. Mit solchen Dingen war nicht zu spaßen. Allzu leicht würden sie für verrückt gehalten werden.

Langsam, aber sicher wurde eine immer genauer werdende Karte angefertigt und das Gebiet der Zeitphänomene eingegrenzt.

Es dauerte noch einige Monate, dann war es so weit. Die Angaben von dem Münchner sowie die verschiedenen Berichte der Polizei und Bergwacht und die eigenen Messergebnisse deuteten auf ein relativ kleines Gebiet in einem ziemlich unzugänglichen Teil des Untersberges hin. Wolf wollte zuerst alleine eine Erkundung durchführen, denn sollte er wirklich für einige Zeit verschwinden, dann wenigstens nur er. Linda war ja Lehrerin und ihr Fernbleiben von der Schule hätte sich nicht so ohne Weiteres erklären lassen.

Nun, den genauen Ort zu finden, sollte nicht so schwer sein. Ein kleiner Radioempfänger, eingestellt auf den stärksten, örtlichen Sender, müsste eigentlich genügen. Denn wenn durch die Zeitanomalie dieser Sender nicht mehr zu hören war oder auf einmal eine Mickymaus-Stimme aus dem Radio kam, dann war es so weit.

Wolf stieg langsam wieder den alten Weg empor. Er kam zur Schlucht mit den Gleisen, durchquerte den alten Steinbruch und stieg höher ins unwegsame Gelände, bis er zu einer großen Felswand kam. Er bemerkte gar nicht, dass er den Radiosender mittlerweile gar nicht mehr hörte. Der steile Aufstieg verlangte seine volle Konzentration. Wolf sah die Türe in der Felswand erst, als er etwa einen halben Meter davorstand. Eine ganz normale Blechtüre, welche in einer Felsspalte eingemauert war. Wolf versuchte, die Türe zu öffnen, was ihm auch ohne viel Mühe gelang. Drinnen war ein beleuchteter Gang mit einfachen Fliesen ausgelegt. An der Wand war eine Art Garderobe, an welcher einige Kleidungsstücke hingen, die wie dunkle Mönchskutten aussahen. Rasch schloss Wolf wieder die Eisentüre und wollte wieder zurückgehen. Er blickte sich im Gehen noch einmal um, sah aber die Türe nicht mehr. Vorsichtig ging er nochmals auf die Wand zu und erst im letzten Moment tauchte die Türe wie aus dem Nichts an der Felswand wieder auf. Wie in einem Science-Fiction-Film, dachte sich Wolf und war etwas durcheinander. Noch einmal ging er zurück, die Türe verschwand wieder, um beim Näherkommen wieder unter einem leichten Flimmern aufzutauchen.

Glauben würde ihm das sicher niemand, dachte Wolf und machte sich an den Abstieg. Er war so gegen zwölf Uhr auf den Berg gegangen, höchstens vierzig Minuten war er unterwegs, jetzt war es aber schon dämmerig geworden.

Es mussten also einige Stunden vergangen sein, seit er oben an der Felswand die Türe kurz geöffnet hatte. Tatsächlich zeigte die Uhr in seinem Wagen an der Straße im Wald bereits acht Uhr abends an.

Wie lange würde er wohl wegbleiben, wenn er versuchte, den Gang, der in den Berg führte, zu betreten? Mit diesen Gedanken fuhr er nach Hause. Jedenfalls wusste er nun, wo die Stelle war. Vorsorglich hatte er mit seiner Kamera einige Aufnahmen von der Stelle mit der Türe gemacht, um jederzeit den Ort des Einganges wiederzufinden.

Linda konnte es fast nicht glauben, als ihr Wolf am nächsten Tag von seiner Entdeckung erzählte. Sie war sich nicht sicher, ob er sich nicht nur einen Scherz erlaubte. Zu unglaublich klang Wolfs Geschichte.

Es dauerte nun nochmals einige Wochen, bis Wolf sich dazu durchrang, den geheimen Eingang, der möglicherweise in eine andere Zeit führte, zu betreten. Wieder war schönes Wetter, als Wolf durch die Schlucht und den darüber liegenden alten Steinbruch zu der Stelle an der Felswand aufstieg. Dieses Mal gelang es ihm besonders rasch, die Stelle zu finden. In einer Entfernung von etwa einem halben Meter tauchte dann wieder die Blechtüre auf und Wolf ging hinein. Das Licht der Glühlampen an den Wänden im Gang erhellte diesen ausreichend und Wolf sah, dass an der Garderobe, welche sich an der rechten Seite des Ganges befand, noch immer diese dunkelbraunen Mönchskutten hingen, welche er schon bei seinem ersten Besuch gesehen hatte. Wolf blieb stehen und wollte sich die Gewänder in Ruhe ansehen. Da wurde er von einer Stimme plötzlich aufgeschreckt. „Woher kommen Sie?", fragte ihn ein Mann um die vierzig Jahre in gutem Deutsch. Der Unbekannte stand direkt hinter ihm. Er war etwas altmodisch, aber ordentlich gekleidet. Nach der Aussprache zu urteilen, dürfte dieser Mann nicht aus der Gegend stammen, sondern müsste aus dem norddeutschen Raum kommen.

„Ich bin aus Salzburg", erwiderte Wolf, dem es fast die Sprache verschlagen hatte. Die nächste Frage des Unbekannten lautete: „Welches Datum haben wir heute?" Wolf erklärte dem Mann, dass es der 27. August wäre. „Welches Jahr?", war die nächste Frage.

„2007." Der Mann schaute nachdenklich. „Sie müssen schnell wieder hier rausgehen. Man wird nach Ihnen suchen, Sie sind bereits viele Stunden hier drinnen." „Aber ich hätte da einige Fragen an Sie ..." „Nicht hier, nicht jetzt, kommen Sie rasch mit", antwortete der Fremde und ging vor ihm den Gang wieder zurück zur Eingangstüre. Er nahm Wolf am Arm und schob ihn zur Türe hinaus ins Freie. Mittlerweile war draußen am Waldrand bereits die Dämmerung hereingebrochen. Der Unbekannte war ebenfalls mit ihm hinausgegangen. Nach einigen Schritten war die Türe nicht mehr zu sehen. Wolf wartete nur noch darauf, dass der Mann aus dem Gang nun ebenfalls verschwinden würde. Doch nichts geschah. Der Mann musterte Wolf eindringlich. „Was suchen Sie hier oben am Berg eigentlich und wie haben Sie diese Türe gefunden?" Wolf spürte, dass von dem Unbekannten keine unmittelbare Bedrohung für ihn ausging. Er erzählte diesem von seiner langen Suche nach dem sagenumwobenen Zeitphänomen und fragte anschließend, wer er eigentlich sei und woher er komme.

„Ich bin ein Wächter", entgegnete der Mann aus dem Berg, „meine Aufgabe ist es, unter anderem darauf zu achten, dass dieser Eingang unentdeckt bleibt. Nur ganz wenige Leute haben in den letzten siebzig Jahren dieses Portal gefunden, und das auch nur aus purem Zufall, so wie Sie jetzt. Viele dieser Menschen kamen nicht mehr nach Hause zurück. Wir konnten es uns nicht leisten, entdeckt zu werden. Nun ist aber etwas eingetreten, wovor wir immer schon Angst gehabt hatten. Der Zeitablauf im Berg, oder zumindest in unserer Station, ist schon bald an den der Außenwelt angepasst. Seit kurzer Zeit ist etwas im Gange, das wir nicht erklären können. Sie brauchen vor uns keine Angst zu haben. Sie könnten uns aber vielleicht helfen."

Wolf verstand kein Wort, von dem, was der Wächter da sagte. Kam sein Gegenüber tatsächlich aus einer anderen Zeit?

„Als Zeichen unseres guten Willens und dass wir Sie wirklich brauchen, nehmen Sie das", und er überreichte Wolf zwei Goldmünzen, „die sind sicherlich einiges wert, auch in Ihrer Zeit, und wenn Sie uns wirklich helfen wollen, so können wir Sie zu einem reichen Mann machen. Wir haben sehr viel davon in unserer Station. Kommen Sie wieder und wir werden Ihnen sagen, was Sie für uns tun können." Er drehte sich wortlos um und ging auf die Felswand zu. Wolf starrte wie gebannt dem Mann nach und musste mit ansehen, wie dieser unmittelbar vor der Wand verschwand.

Inzwischen begann es im Bergwald schon dunkel zu werden und Wolf musste sich beeilen, um unbeschadet durch die Schlucht mit den Gleisen an der Felswand zu gelangen. Nach einer halben Stunde erreichte er seinen Wagen und erst jetzt wurde ihm bewusst, was er da gerade gesehen und gehört hatte.

Als er zu Hause ankam und die Goldstücke mit seinen Messgeräten untersuchte, fand er die Echtheit des 24-karätigen Münzgoldes bestätigt.

Sollte er nun Linda von dem soeben Erlebten erzählen? Würde sie ihm Glauben schenken oder insgeheim an seinem Verstand zweifeln?

Einerseits hatte sie mit ihm schon einiges gesehen und erlebt, was Außenstehenden kaum zu erklären war. Seine Begegnung mit dem Wächter war aber doch ein wenig abenteuerlich. Er würde ihr die Münzen zeigen, aber was war das schon? Münzen konnte man kaufen, auch Goldmünzen. Nein, um ihr das beweisen zu können, musste er sie dorthin, zu der Türe in der Felswand, mitnehmen. Linda war aber absolut nicht schwindelfrei. Und um hinauf zum alten Steinbruch zu gelangen, musste man auf den Gleisen und den darauf liegenden, rutschigen Brettern die Schlucht überqueren. Linda würde niemals auf diesem Weg mitgehen.

Wolf erzählte vorerst niemandem etwas von dem Gesehenen.

Er besorgte sich in den folgenden Wochen von dem Gemeindeamt des kleinen Dorfes, am Fuße des Untersberges, alte Unterlagen aus dem Archiv. Pläne, in denen die Lage der Steinbrüche, der Wege und die alten Gleise eingezeichnet waren.

Es waren darin auch zwei kleinere Pfade zu sehen, welche durch einen Graben zu einer jahrhundertealten, gefassten Quelle und von dort aus direkt zu dem Steinbruch führten, nicht mehr weit von der Stelle, wo Wolf den Eingang an der Felswand entdeckt hatte. Auf diesem Weg würde Linda schon mitkommen.

Es war wohl länger und steiler zu gehen, dafür aber nicht so gefährlich wie der Weg über die Gleise oberhalb der Schlucht.

Wolf wollte unbedingt ein Wochenende abwarten, an dem Linda nicht am nächsten Tag zum Unterricht in die Schule musste.

Denn würden sie die Schwelle in den Berg überschreiten, wäre ja eine Zeitverschiebung unvermeidlich. Und Wolf wusste, dass dies sogar einige Tage bedeuten könnte. Aber auf andere Weise ließ sich auch kein Kontakt zu dem Wächter herstellen.

Tatsächlich war am folgenden Samstag das Wetter ausreichend gut, dass sie ohne Schwierigkeiten den alten, steilen Weg zum Steinbruch hinaufgehen konnten. Der Pfad war ziemlich zugewachsen und man sah, dass ihn kaum jemand benutzen dürfte.

Nach einer halben Stunde erreichten die zwei das alte Wasserschloss. So hatte man in früheren Zeiten die Quelleinfassungen genannt. Ein dumpfes Rauschen drang aus der Tiefe des alten Gemäuers, an dessen unterem Ende das Wasser wie ein Sturzbach herausschoss.

„Es müssten noch zwanzig Minuten sein, dann sind wir oben an der Felswand", meinte Wolf zu Linda und nach kurzer Rast stiegen sie den nun immer steiler werdenden Saumpfad empor. Der alte Steinbruch war für Linda ein Erlebnis, sie sah ihn das erste Mal. Wolf ging mit ihr an den Gleisen entlang und sie konnte dann die Schlucht und die Hängebrücke, über welche sie nicht gehen wollte, von der anderen Seite aus ansehen. Es war ein grandioser, aber auch etwas furchteinflößender Anblick. Tief unten hörte man das Rauschen des Gebirgsbaches. Sie gingen wieder zurück und Wolf zeigte ein paar hundert Meter weiter zur großen Felswand. „Dort drüben ist der Eingang." Sie brauchten noch eine Viertelstunde durch den steilen Wald, dann standen sie vor dem Felsen. „Wo soll hier ein Eingang sein?", fragte Linda verwundert.

„Du wirst gleich sehen." Wolf stellte sich direkt vor die Stelle, an der das Tor sein musste, und Linda sah entsetzt, wie Wolf vor ihren Augen verschwand. Nach etwa zwei Minuten war er plötzlich wieder da. „Ich bin nur einen Schritt vor und sofort wieder zurückgegangen", sagte er zu Linda, die aus dem Staunen nicht herauskam. „Aber du warst minutenlang weg", entgegnete sie. „Das ist eben die Zeitverschiebung", versuchte er sie zu beruhigen. „Ich war noch gar nicht hinter der Türe. Aber komm, stell dich hier her und wir machen gemeinsam einen Schritt nach vorn." Er nahm sie an der Hand und sie gingen auf die Felswand zu. Im nächsten Moment sah nun auch Linda die einfache Blechtüre wie aus dem Nichts auftauchen. Diesmal öffnete Wolf die Türe und sie konnten beide in den beleuchteten Gang sehen. Rechts war die Garderobe mit den dunklen Mönchskutten und auch eine Uniformjacke hing dort an der Wand.

Auf Wolfs lautes „Hallo" kam der Wächter aus einer Türe links hinten im Gang. Wolf wollte ihn begrüßen und Linda vorstellen, als der Mann, wie beim ersten Mal, auf ein rasches Verlassen der Station drängte. „Gehen Sie schnell wieder hinaus auf die Wiese, es vergeht sonst zu viel Zeit für Sie." Sie waren kaum eine Minute im Berg gewesen. Draußen begann es jetzt aber schon wieder zu dämmern. Als Linda das bemerkte, wurde ihr bewusst, dass da wirklich eine Zeitverschiebung passiert war. Der Wächter war aber immer noch da und meinte lachend zu Wolf: „Das ging aber schnell mit dem Wiederkommen, Sie waren doch erst vor nicht einmal zwei Stunden hier gewesen." Wolf schauderte bei diesen Worten, es waren doch genau drei Wochen, seit er das erste Mal die Tür geöffnet hatte. Auch Linda war etwas verstört, fasste sich aber rasch und fragte den Mann, nachdem sie sich vorgestellt hatte, woher er denn komme. „Ich stamme aus Dortmund, war dann lange im Werk ‚Zement' in Ebensee, ich weiß nicht, ob Sie davon gehört haben. Dort wurden von uns die Langstrecken-Raketen gebaut. Die haben sicher die Russen oder die Amerikaner mitgenommen. Im Übrigen, ich bin Obersturmbannführer Weber, Joachim Weber. Ich würde euch gerne dem General vorstellen, aber jetzt schläft er, es ist mitten in der Nacht und ich habe heute Wache. Wenn ihr in sechs Stunden wiederkommt, dann ist er schon auf und ihr könnt ihn sprechen."

„Welchen General?", fragte Wolf erstaunt.

„General Kammler", war die knappe Antwort des Wächters.

Linda war nun total verwirrt, sie waren am Vormittag auf den Berg zur Felswand gekommen, jetzt war es 17.00 Uhr und es war schon dämmrig. Wie sollten sie in sechs Stunden wiederkommen, in der Nacht, im Finstern? Wolf rechnete kurz nach und erklärte ihr, dass der Obersturmbannführer meinte, sie sollen in zwei bis drei Monaten wiederkommen.

„Das werden wir tun, bis bald", sagte Wolf und wollte sich mit einem Handschlag verabschieden, als Weber zackig die rechte Hand zum Gruße ausstreckte und ein kurzes „Heil Hitler" murmelte.

„Der ist doch schon lange tot", war Lindas Erwiderung.

„Jahrelange Gewohnheit", sagte der Obersturmbannführer und reichte beiden nun zum Abschied die Hand. „Ich weiß, ich werde mich umgewöhnen müssen, also bis bald", und schon nach wenigen Schritten war er vor der Felswand verschwunden.

Linda und Wolf mussten sich beeilen, sie sollten noch vor der hereinbrechenden Dunkelheit ihren Wagen unten beim Dorf erreichen. In der Nacht war der Berg wegen seiner Klüfte absolut gefährlich.

Kapitel XXI

▲

DER GENERAL

Wieder vergingen Wochen. Werner, der Polizist, hatte mittlerweile einige Unfallberichte vom Berg, bei welchen einzelne Personen tot aufgefunden wurden, zusammengetragen.

Sonderbarerweise lag bei einigen der Fälle der vom Gerichtsmediziner festgestellte Todeszeitpunkt nur einige Stunden vor dem Zeitpunkt des Auffindens der Toten. Die Leute waren aber meistens schon mehrere Tage lang vermisst.

Es hatte daher den Anschein, als ob die Betroffenen zuerst einmal tagelang verschwunden waren und dann beim Wiederauftauchen ums Leben gekommen wären.

Vielleicht waren sie, ohne es zu bemerken, für wenige Minuten in eine Zeitverschiebung gelangt und dann zufällig in stockdunkler Nacht wieder in die jetzt Zeit herausgekommen. Die Panik, welche diese unvorbereiteten Menschen dann befallen haben müsste, wäre unvorstellbar gewesen.

In völliger Dunkelheit und in unwegsamem Gelände versuchten sie dann abzusteigen und stürzten dabei über die zahlreichen Felsabbrüche des Untersberges zu Tode.

Die Zeit bis zum Spätherbst verging rasch. Vor dem ersten Schnee mussten sie wieder zum Eingang hinaufgehen. Danach würde es nicht mehr möglich sein. Im rutschigen Gras und auf vereisten Wegen war es dort am Berg zu gefährlich. Endlich war es so weit. An einem der allerletzten, schönen Wochenenden im Oktober ging es wieder hinauf zur Felswand. Diesmal wählten sie einen anderen, etwas kürzeren Weg durch einen Steinbruch. Sie überquerten einen Graben mit einem Gebirgsbach und gelangten auf der anderen Seite direkt zur alten Quelleinfassung.

„Ich bin schon neugierig auf den General", sagte Wolf zu Linda, als sie den Pfad im steilen Bergwald emporstiegen. „Ich habe noch nie mit einem echten General gesprochen, und noch dazu mit einem über einhundert Jahre alten", lachte Linda.

Beim Eingang angelangt, öffneten sie die Türe und der Wächter wartete schon im Gang. „Wenn Sie hier draußen warten, ich hole den General. So haben Sie mehr Zeit für ein Gespräch." Wolf und Linda gingen wieder ein paar Schritte zurück und wie erwartet verschwand die Eisentüre vor ihnen unter einem leichten Flimmern. Sie warteten geraume Zeit vor der Felswand, als es neuerlich zu Flimmern begann und ein Mann mittleren Alters mit markantem Gesicht vor ihnen stand. Gleich darauf erschien auch schon Obersturmbannführer Weber hinter ihm.

Wolf wollte sich und Linda vorstellen, doch der General unterbrach ihn: „Ich weiß, wer Sie sind, Weber hat es mir bereits gesagt. Ich bin Obergruppenführer Kammler, Waffen-SS, wie haben Sie zu uns hergefunden?"

Wolf begann zu erzählen, von dem unterirdischen Gewölbe am Obersalzberg, von der Isais-Legende und dem schwarzen Stein im Untersberg, von den Gesprächen mit dem Künstler Bard in der Weißen Wüste. Auch von der Geschichte mit den vier Deutschen, welche damals am Berg verschwanden, und von seinem eigenen Erlebnis mit seiner Tochter Sabine.

„Ja, ich erinnere mich, das war vor etwa vierzehn Tagen, einer unserer Wächter hat mir davon berichtet, ein Mann, ungefähr vierzig Jahre alt, mit einem jungen Mädchen, drüben an der alten Abraumhalde des Steinbruches. Ihr habt den Kapuzenmann direkt angesehen. Das war ein purer Zufall, dass er zu dieser Zeit gerade draußen war. Wir haben solche Begegnungen unserer Wächter mit Menschen schon einige Male gehabt. Aber das war niemals eine Gefahr für uns. Wer würde ihnen schon glauben, wenn sie erzählten, einen Mann mit einer Kapuze, einen Mönch oder einen großen Zwerg am Untersberg gesehen zu haben?"

„Weshalb hatte der eigentlich die Kutte mit einer Kapuze an?", fragte Linda dazwischen.

„Das ist eine längere Geschichte, aber ich werde es Ihnen kurz erklären", begann der General, „als wir mit unserm Tross im April 1945 von Böhmen mit den Forschungsdokumenten zurückkehrten, sind wir zuvor noch nach Garmisch Partenkirchen gefahren. Unser Ziel war die am Südrand des Ortes gelegene ‚Oberbayrische Forschungsanstalt' mit dem Codenamen ‚Cerrusit'. Das war eine der letzten, unterirdischen Fabriken, welche ich im Auftrag des Führers errichten ließ. Dort im Berg wurden die modernen Strahltriebwerks-Jagdflugzeuge ME 262 gebaut. Unser Tross hatte alles Notwendige dabei. Die Fahrzeuge waren voll beladen mit Reis, Mehl, Kaffee, Spirituosen und Zigaretten, mit allem, was man halt zum Leben so braucht. Wir deklarierten es als ‚kriegswichtige Forschungsgüter', um nicht das Missfallen der Wehrmacht und der Bevölkerung zu erwecken. Unser Vorhaben musste damals absolut geheim gehalten werden.

In den nächsten Tagen ließ ich vom nahe gelegenen Ort Mittenwald noch etwas Wichtiges abholen. In der dortigen Gebirgsjägerschule lagerten ein paar Blechkisten, die ich einige Tage zuvor aus Böhmen dorthin bringen ließ. Der Oberst in der Garnison hat es zu gut gemeint und diese Kisten bereits im Wald verstecken lassen. Rasch mussten sie wieder ausgegraben werden, denn Zeit drängte. Die amerikanischen Truppen waren schon bis auf fünfzig Kilometer an Garmisch Partenkirchen herangekommen. Wir machten noch einen kurzen Abstecher in das nahe Benediktinerkloster Ettal. Dort, im Kloster, war auch ein großes Lazarett untergebracht, aus welchem wir uns noch Medikamente für unsere Station, hier im Untersberg, besorgten. Auch einige Kisten Klosterlikör ließ ich noch aufladen. Zur Sicherheit nahmen wir uns dann auch noch ein paar Kutten von den Mönchen mit. Die leisteten uns auch später noch gute Dienste, wie Sie selber ja gesehen haben."

Er wandte sich an Linda: „Ich hoffe, dass hiermit Ihre Frage nach den Mönchskutten beantwortet ist."

General Kammler fuhr fort zu erzählen:

„Wir kamen dann mit unseren Fahrzeugen am Morgen des 29. April nach Salzburg, hierher zum Untersberg, wo die Kameraden aus Ebensee schon auf uns warteten. Der Bericht über die Bombardierung des Obersalzberges einige Tage zuvor und die weitgehende Zerstörung fast sämtlicher Gebäude dort oben schockierte uns doch sehr, obwohl wir bereits wussten, was da auf uns alle zukam. Das Letzte, was ich noch über Kurzwellenfunk gehört habe, war am nächsten Tag die ‚Todesnachricht vom Führer'. Deshalb wählte ich dann den verlassenen, zerbombten Obersalzberg als Versteck für das zweite ‚Fluchtgeld Depot' aus, da ich dort oben niemanden mehr vermutete.

Aber, da fällt mir gerade ein, ich habe in der Station einen guten Schluck für Sie. Einen Klosterlikör aus dem Benediktinerstift. Wir haben aus der dortigen Kellerei ein paar Kisten mitgenommen. Sie sollten den einmal kosten, wirklich vorzüglich. Bei Ihrem nächsten Besuch bekommen Sie von mir eine Flasche davon.

Wenn Sie möchten, können Sie sich dort drüben am Waldrand auf einen Baumstamm setzen, ich glaube, dass unser Gespräch doch länger dauern wird", sagte Kammler und deutete auf einen vom Wind umgeworfenen Baum, welcher schon viele Jahre hier oben liegen musste. Die Rinde war schon abgefallen und der glatte Stamm bot eine halbwegs bequeme, trockene Sitzgelegenheit.

„Zu der Geschichte mit den vier Deutschen und der Sache mit Ihrer Tochter wäre zu sagen, dass es viele Stellen am Berg und besonders hier, in der Nähe des Einganges zur Station, gibt, wo solche Zeitphänomene auch zuweilen sporadisch auftreten. Für uneingeweihte Wanderer wäre das fatal. Sie fänden sich vielleicht plötzlich in dunkler Nacht wieder und verunglückten dann beim Versuch, im Finstern abzusteigen. Bestimmt sind so die Geschichten und Sagen um den Berg entstanden. Wir haben schon vor Jahren mittels vieler Versuche eine genaue Karte erstellen lassen, wo solche extremen Verlangsamungen der Zeit auftreten. Aber da diese Felder nicht immer stabil sind und fluktuieren, tragen wir außerhalb der Station stets eine Taschenlampe mit uns. Denn sollte einer von uns unvermutet in so eine Zeitzone hineingeraten, würde er dann auch bei Dunkelheit wieder zurückfinden. Ich würde Ihnen dies zu Ihrer eigenen Sicherheit ebenfalls dringend empfehlen."

Linda zog schmunzelnd eine kleine Taschenlampe aus ihrem Rucksack. „Ich habe so etwas immer bei mir", sagte sie zu dem verdutzten General, der sich die kleine LED-Lampe näher ansehen wollte. „Können Sie uns einige dieser Lampen beim nächsten Mal mitnehmen? Wir werden Sie auch gut dafür bezahlen", meinte der General.

„Gar kein Problem", erwiderte Wolf, der etliche dieser kleinen Dinger zu Hause liegen hatte.

Wolf brachte das Thema wieder auf die geheimnisvollen schwarzen Steine aus der ägyptischen Wüste. Er sprach von dem Stein in der Pyramide, von dem in der Kaaba in Mekka und vom Stein der Tempelritter, denn wenn General Kammler hierzu etwas sagen könnte, dann würde es sicher interessant werden.

Der General war sichtlich erstaunt, Wolfs Geschichten von den Steinen zu hören. „Ich glaube, wir haben in Ihnen durch Zufall den richtigen Mann gefunden, der uns vielleicht weiterhelfen kann. Sie haben sich mit dieser doch etwas ungewöhnlichen Materie bereits ausgiebig beschäftigt. Ich werde Ihnen nun ein wenig mehr dazu sagen." Er setzte sich auf einen Felsen gegenüber den beiden und begann zu erzählen:

„Wir wussten voriges Jahr noch nicht, was der Auslöser für diese Zeitanomalie war. Wohl gab es da eine Theorie, mit der die Affinität der ‚schwarzen Materie' zu den ‚schwarzen Steinen' erklärt werden konnte. Die sogenannte ‚schwarze oder dunkle Materie', wie sie auch genannt wird, sollte eigentlich nur draußen im Weltall vorkommen, dachten wir. Bis wir uns dann durch unsere Experimente vom Gegenteil überzeugt hatten. Auch die schwarzen Steine dürften keineswegs Meteoriten sein, nein, es sollte sich dabei um Silex, das heißt Feuerstein, handeln. Dieser wurde durch die Hitze eines Meteoriteneinschlags verflüssigt und hoch in die Luft geschleudert, um dann wieder, geformt durch die Reibung in der Atmosphäre, in Kugelform auf die Erde herunterzufallen.

Aufgrund der hohen Gravitationskräfte beim Einschlag des Meteoriten könnte sich dabei etwas schwarze Materie angesammelt haben, die sich an die sehr schweren, schwarzen Steine heftete. Die Dichte und auch die Härte von Silex ist schließlich beträchtlich.

Wir haben natürlich auch die obskuren Geschichten von Hitler und Himmler studiert, welche von den ‚übernatürlichen Wirkungen' dieser schwarzen Steine überzeugt waren. Doch ihre Vermutungen beruhten ja nur auf den alten Überlieferungen und nicht auf wissenschaftlich erforschten Tatsachen.

Unsere Versuche in Thüringen in den letzten Jahren mit einer Apparatur, die wir ‚Glocke' genannt haben, zeigten eben, dass es diese schwarze Materie wirklich gibt. Sie tritt zwar nur in minimaler Konzentration auf, kann somit die Gravitation auch nur sehr wenig beeinflussen. Der Zeitfluss wird aber, wie bei einer Schleuse, verändert. Die Zeit vergeht in diesem, von der schwarzen Materie durchsetztem Gebiet eben viel langsamer. Damit hätten die Legenden im Prinzip recht, wenn sie dem Besitzer dieses Kleinodes, den manche auch als den Stein der Weisen beschrieben hatten, ‚ewiges Leben' versprachen. Auch dass man damit Gold machen könne, wäre gar nicht so abwegig. Eine genügende Konzentration von schwarzer Materie, welche auf ein schweres Metall über eine gewisse Zeit einwirken würde, könnte dessen atomare Struktur vermutlich so verändern, dass eine Transmutation, also eine ‚Verwandlung', in ein noch schwereres Metall, wie etwa Gold, stattfinden würde.

Damals, 1943, vor zwei Jahren, dürften Details unserer Versuche mit der Glocke an die Amerikaner gelangt sein. Die haben aber offensichtlich gar nicht gewusst, womit sie da experimentieren. Ich nehme an, sie wollten ein Verfahren zur Magnetfeldveränderung an ihren Schiffen entwickeln, um die Magnet-Zünder unserer neuen Torpedos zu überlisten. Unsere Zünder nutzten das Magnetfeld, das sich um jeden Metallgegenstand auf der Erde befindet. Am stärksten ist dieses Feld bei einem Schiff unter dem Kiel. Wenn dort ein Torpedo explodiert, dann bedeutet das das Ende des Schiffes. Und unsere Torpedos hatten eine sehr hohe Erfolgsrate."

Wolf unterbrach den General: „Sie reden jetzt doch nicht etwa vom ‚Philadelphia Experiment'? Damals im August 1943 wollten doch die Amerikaner einen Zerstörer unsichtbar machen …"

„Ja, das war im Hafen von Philadelphia, das Schiff hieß ‚Eldridge', die haben aber nicht nur das starke Magnetfeld aufgebaut, sondern erreichten dadurch auch den Zeiteffekt, den wir ‚Chronos' genannt haben. ‚Chronos' und ‚Laternträger', wegen der blauen und grünen Lichterscheinungen des elektrischen Feldes während der Versuche, das waren unsere Codeworte dafür. Um es kurz zu machen, der Zerstörer war einfach in der Zeit verschwunden. Sie können das gleiche Phänomen ja hier bei der Türe an der Felswand im Kleinen beobachten, wie Sie es ja schon erlebt haben."

Wolf war verblüfft, so einfach sollte die Geschichte also gewesen sein. Er hatte bereits Bücher über dieses Experiment gelesen und auch Filme gesehen.

„Wollten die Amerikaner nicht die ‚Unsichtbarkeit gegenüber dem Feindradar', war das nicht das Ziel der Versuche mit der Eldridge?", fragte er den General.

„Unser Radar war zu keiner Zeit eine echte Gefahr für die Schiffe der Alliierten, davor hätte auch niemand ernsthaft Angst gehabt. Nein, denen ging es, wie bereits gesagt, damals nur um den Schutz vor den Magnet-Torpedos!", der General atmete tief durch und meinte dann bedeutungsvoll:

„Aber wir hatten bereits 1944 weit wirkungsvollere Waffensysteme entwickelt, welche mit der herkömmlichen Technik überhaupt nicht mehr vergleichbar waren. Sie beide können sich so etwas wahrscheinlich kaum vorstellen. Leider ist bis zum Kriegsende keines davon mehr zur Serienreife gelangt. Vielleicht werde ich Ihnen eines Tages einen kleinen Einblick in den letzten Stand unserer Technologie geben können. Sie werden staunen, das kann ich Ihnen versichern."

Das klang beinahe wie eine Verheißung. Aber was sollte Kammler damit meinen? Die Entwicklung der Technik in den letzten siebzig Jahren musste seine Forschungen doch bei Weitem überholt haben. Oder vielleicht doch nicht?

Er machte einen äußerst gepflegten, intelligenten Eindruck. War das wirklich der General Kammler, der für die unterirdischen Bauten und die Hochtechnologie-Waffen im Dritten Reich vor über siebzig Jahren zuständig gewesen war? Wolf, der bereits in den letzten Wochen im Internet ausgiebig über Kammler recherchiert hatte, fragte ihn nun direkt, ob er tatsächlich dieser sei. Kammler ging zurück in die Station, nach einer Weile kam er wieder heraus und überreichte Wolf ein kleines Säckchen. Da drinnen waren eine in Zellophan verpackte, goldene Kordel eines Generalsäbels und nagelneue, goldene Schulterstücke einer Generalsuniform. „Das war noch in meinem Gepäck dabei", sagte der General, „Sie können es gerne behalten, jetzt brauche ich das sicher nicht mehr. Ich habe diese Sachen übrigens nie benutzt, wie Sie es am Säckchen sehen können." Tatsächlich war auf der durchsichtigen, heute nicht mehr üblichen Verpackung der Reichsadler mit Hakenkreuz aufgedruckt.

„Vielleicht können Sie uns auch etwas mitbringen, Zeitschriften und Bücher? Wir haben uns in der Vergangenheit immer wieder sporadisch Zeitungen vom Dorf unten besorgt, um am Laufenden zu sein. Könnten Sie uns auch etwas Geld wechseln, mit unseren Goldmünzen können wir in einem Geschäft schwerlich bezahlen."

„Das werde ich tun, etwas zu lesen und ein paar von diesen LED-Lampen bringe ich Ihnen beim nächsten Mal auch mit", meinte Wolf und verstaute die Sachen vom General in seinem kleinen Rucksack.

„Unser Problem ist jedoch, dass sich der Zeitfluss seit einigen Tagen drastisch verändert hat. Wir können das messen, indem wir eine Uhr hier draußen liegenlassen und ganz kurz zurück hinter den Eingang im Felsen gehen. Auf die gleiche Art und Weise, wie Sie damals mit Ihrer Tochter den Zeitunterschied mittels der Armbanduhren festgestellt haben. Normalerweise ist das Verhältnis der Zeitverschiebung im Kernbereich der Station zirka 1:300. Die Zeit bei uns im Berg drinnen wird bald gleich schnell vergehen wie hier draußen. Es wird wahrscheinlich nicht mehr lange dauern und der Eingang könnte dann für jedermann sichtbar werden."

„Und wenn Sie sich einfach bei unseren Behörden melden und das alles erzählen würden? Sie könnten einen neuen Pass bekommen und ..."

Kammler unterbrach Wolf:

„Wenn wir das tun würden, kämen wir erst einmal in die Psychiatrie. Wenn ich meinen Pass vorlege und die sehen mein Geburtsdatum 26. 8. 1901, dann müsste ich ja eigentlich 106 Jahre alt sein. Was, glauben Sie, würde dann passieren? Es wird bei Ihnen heute kaum anders zugehen als damals bei uns im Großdeutschen Reich. Und wenn sich die Obrigkeit vielleicht wirklich von der Wahrheit der Zeitanomalie überzeugt hätte und unsere Goldvorräte abgeholt wären, dann kämen wir vor ein Tribunal, so wie es allen anderen Befehlshabern des Reiches am Ende des Krieges auch ergangen ist. Wir haben vor einiger Zeit Informationen über Verurteilungen von achtzigjährigen, ehemaligen SS-Männern erhalten. Auch uns bliebe das nicht erspart, auch wenn es heute in Europa die Todesstrafe nicht mehr gibt. Uns würden mit Sicherheit Kriegsverbrechen angelastet und wenn es sich nur um die Entwicklung und den Bau der V 2-Raketen gehandelt hätte."

Wolf konnte nicht glauben, was der General da sagte. Schließlich war ja bei den Nürnberger Prozessen Kammlers Name nur ein einziges Mal kurz erwähnt worden. Ganz zu schweigen von einer Anklage oder gar einer Verurteilung „in Absentia". Seiner Meinung nach würde dem General nichts Schlimmes drohen, aber dieser ließ sich von seiner Meinung nicht abbringen.

Zu befürchten hatten die beiden von Kammler sicher nichts, denn wenn er zum Schutz der Station vor Entdeckung Wolf und Linda beseitigen hätte lassen wollen, wäre das für die SS-Männer ein leichtes Unterfangen gewesen.

„Zwei Bergwanderer am Untersberg vermisst, in eine Schlucht abgestürzt, sie konnten nur noch tot geborgen werden, ein Fremdverschulden ist auszuschließen", wäre dann in der Tageszeitung zu lesen gewesen.

Aber der General war vielleicht in gewisser Weise auf Hilfe von außerhalb angewiesen. Deshalb drohte für die beiden auch keine Gefahr von ihm. Wolf hingegen wollte unter allen Umständen das Geheimnis des Zeitphänomens ergründen, auch wenn ihm Kammler aufgrund seiner absolut nüchternen Denkweise nicht ganz geheuer war. Es führte aber kein Weg an ihm vorbei.

Wolf bot dem General an, ihn und Obersturmbannführer Weber auf einen Tagesausflug zum Obersalzberg mitzunehmen. Vielleicht konnten Wolf und Linda auf diese Weise von den beiden interessante Informationen erhalten. Sie vereinbarten einen Termin in einigen Tagen.

Kapitel XXII

OBERSALZBERG

Wieder zu Hause angekommen, holte Linda eine alte Abschrift der „Tabula Smaragdina" aus dem Bücherschrank. Die Tabula Smaragdina, die „Smaragdtafel", war ein alter, antiker Text aus dem Arabischen und wurde im Mittelalter von den Alchimisten als Grundlage zur Erlangung des Steines der Weisen angesehen. Auf der dazugehörenden alten Zeichnung waren in einem Kreisring folgende Worte geschrieben:

VISITA INTERIORA TERRAE RECTIFICANDO
INVENIES OCCULTUM LAPIDEM

Was mit heutigen Worten bedeutet: „Begib dich ins Innere der Erde und du wirst den Stein der Weisen finden."

Sie legte das Buch vor Wolf auf den Tisch und meinte:

„Wenn man diese Zeilen hier drinnen nur ganz einfach wörtlich nimmt und wenn Kammler mit der Meteoriten-Theorie recht hat, dann könnte das hier Geschriebene tatsächlich eine Art Anleitung für den Gebrauch der Steine sein."

„Du glaubst also, ich habe da einen ‚Stein der Weisen' in meiner Glasvitrine?", fragte Wolf lachend.

„Dann fang schon einmal an, damit Gold zu machen, du kannst dazu den Stein ruhig aus dem Schrank nehmen. Ich für meinen Teil wäre eher dafür, mir vom General einen Goldbarren schenken zu lassen."

Linda schmollte etwas, sie wollte eigentlich nur, dass sich Wolf die Tabula Smaragdina noch einmal genauer durchlas. Es waren ohnehin nur wenige Zeilen, welche da unter der prachtvollen Zeichnung aus dem Mittelalter standen.

Wolf begann dann schließlich doch, den uralten Text der „Tabula Smaragdina" zu lesen:

Es ist wahr, ohne Lügen gewiss und wahrhaftig. Was oben ist, ist wie das, was unten ist, und was unten ist, ist wie dasjenige, was oben ist, zu verrichten die Wunder eines einigen Dinges.

Und wie alle Dinge von einem einigen sind, durch eines einigen Betrachten, also sind von den einigen Dingen alle Dinge geboren durch die Zubereitung.

Dieses Dinges Vater ist die Sonne, dieses Dinges Mutter ist der Mond, der Wind hat's in seinem Bauche getragen; dieses Dinges Ernährerin oder Amme ist die Erde; der Vater aller Vollkommenheit in der ganzen Welt ist dieses. Seine Kraft bleibt vollkommen, wenn es wieder in die Erde verwandelt ist.

Scheide die Erde vom Feuer, das Dünne oder Zarte vom Zähen oder Groben, lieblich mit großem Verstande oder Vorsichtigkeit; von der Erde steigt es auf in den Himmel und steigt wieder herab zu der Erde und nimmt an sich die Kraft der Dinge, die oben sind, und der Dinge, die unten sind, auf diese Weise wirst du die Ehre der ganzen Welt empfangen und alle Finsternis von dir weichen.

Dieses ist die Kraft und Stärke aller Kräfte und Stärke, weil es alle dünnen oder zarten Dinge überwinden und alle harten und festen Dinge durchdringen wird.

Und wenn man das wörtlich las, so könnte es Folgendes bedeuten:

Das Ding, oder besser gesagt die schwarzen Steine, wurden durch einen Meteoriten-Einschlag aus dem

Schoße der Erde hoch in die Atmosphäre geschleudert. Ihr Aussehen, ihre Form, erhielten sie dadurch, dass die glutflüssige Masse durch die Luftreibung in die abgeflachte Kugelform gebracht wurde. Dabei wurden, außer der enormen Hitze, auch gewaltige Gravitationskräfte frei, welche ein Ansammeln der sogenannten „schwarzen Materie" um die schweren, schwarzen Steine bewirken konnten.

Der schwarze Stein würde jedoch dann erst seine Wirkung entfalten können, wenn er wieder in die „Erde" zurückkommt. Das mochte heißen, dass er in einer Höhle oder in einer Pyramide, wo er von riesigen Massen umgeben ist, erst richtig zu wirken beginnt.

„Vielleicht können wir damit etwas anfangen", sagte Wolf bedeutungsvoll und schaute Linda dabei nachdenklich an.

Plötzlich kam ihm ein Gedanke. Als er vor einigen Monaten mit Linda in der kleinen Höhle auf der anderen Seite des Untersberges gewesen war und den dritten schwarzen Stein dort zu den anderen gelegt hatte, was war damals eigentlich genau geschehen? Wolf erinnerte sich, dass er die beiden Steine in der Höhle auseinandergelegt und mit dem dritten Stein ein Dreieck gebildet hatte. Sollte das mit der Änderung des Zeitflusses, von dem der General gesprochen hatte, etwas zu tun haben?

Hatte nicht damals, als sie vor zwei Jahren in der Weißen Wüste in der Oase Farafra gewesen waren, der Künstler Bard davon gesprochen, dass nach uralten Überlieferungen der Beduinen die Wirkung der schwarzen Steine am stärksten sei, wenn mehrere dicht beieinander gelegt würden? Und dicht beieinander waren die Steine nun eben nicht mehr.

„Wie werden den einen Stein, den wir hinaufgebracht haben, wieder aus der Höhle herausholen und die beiden anderen Steine wieder so hinlegen, wie wir sie gefunden haben. Möglicherweise normalisiert das wieder die Zeitverlangsamung in der Station der SS-Leute."

„Das wäre einen Versuch wert", meinte Linda, „fahren wir gleich morgen hin, der Wetterbericht ist ohnehin gut."

Am nächsten Tag, zeitig in der Früh, machten sie sich auf den Weg nach Ettenberg, stiegen am Bach entlang zur kleinen Höhle hinauf und betraten nun zum dritten Mal den alten, tempelartigen Raum im Untersberg. Linda nahm den Stein, welchen sie vor Monaten dort auf den Felsblock gelegt hatten, wieder weg und legte die beiden anderen wieder so aneinander, wie sie ursprünglich gewesen waren.

Wolf steckte seinen Stein, den sie von Ägypten mitgebracht hatten, wieder ein. Dann gingen sie aus der Höhle und durch den Wald hinunter zur Straße. Es war noch kalt am Morgen und Wolf schaltete im Wagen die Heizung ein, als sie auf die andere Seite des Berges fuhren. Beim unteren Steinbruch ließen sie ihr Fahrzeug stehen und gingen im Morgentau durch den Bergwald zur Felswand. Kammler und Weber warteten bereits draußen am Steilhang. Sie waren jetzt wie zwei Touristen gekleidet und folgten Linda und Wolf den Weg zurück zum Auto. Die beiden Männer staunten, als sie das Innere von Wolfs Wagen sahen. Die vielen modernen Instrumente, wie die Klimaanlage, das Navigationssystem und das eingebaute Autotelefon, das Radio, welches als Bildschirm im Armaturenbrett integriert war, irritierten die beiden Gäste aus der Vergangenheit.

Sie saßen das erste Mal in einem so modernen Gefährt, das zudem jeden Komfort bot. Wolf erklärte ihnen die Funktionen der einzelnen Geräte, was ungläubige Blicke der Männer zur Folge hatte. Die Fahrt verlief sehr ruhig, da die zwei erst alles Gesehene verdauen mussten. Bis Wolf sagte:

„Könnte es sein, dass die Zeitverlangsamung in Ihrer Station jetzt wieder ihren ursprünglichen Wert hat?" Kammler und Weber sahen sich fragend an, sie konnten mit dieser Aussage von Wolf nichts anfangen.

„Wie meinen Sie das?", fragte der General.

„Sagen Sie mir einfach nur, wenn es so sein sollte." Dabei ließ es Wolf bewenden. Er fuhr mit ihnen um den halben Untersberg herum direkt auf den Obersalzberg, zum früheren Berghof von Hitler, oder besser gesagt zu dem, was davon noch übrig geblieben war. Sie stiegen aus dem Wagen und gingen den kurzen Fußweg zu den Ruinen von Hitlers einstigem Refugium. Kammler war tief beeindruckt von den Veränderungen, welche diese Umgebung in den letzten siebzig Jahren erfahren hatte. Nur noch Reste von Stützmauern des Berghofes waren da im Wald zu sehen. Als sie dann beim Hotel zum Türken, dem ehemaligen Sitz des Reichssicherheitsdienstes, die Tickets zur Bunkerbesichtigung bekamen und durch das Drehkreuz zum Eingang gingen, sagte die Dame an der Kassa: „Vorsicht beim Runtergehen, es ist sehr steil", und mit einem lauten, kräftigen „Jawohl", ging Weber zackig an ihr vorbei.

Die Frau sah Weber verwundert nach, dieser stramme Schritt und diese fast schon militärische Antwort beeindruckten sie irgendwie. So stellte sie sich einen SS-Mann vor. Sie konnte aber nicht ahnen, wie recht sie mit Ihrer Vorstellung hatte.

Die vier stiegen über steile Treppen, vorbei an Maschinengewehr-Ständen, tief in die Bunkeranlage hinunter. Still bestaunten die zwei Gäste aus dem Dritten Reich die unterirdischen Gänge und Räume. Sie sollten so wenig als möglich sprechen, um durch ihre doch etwas unzeitgemäße, militärische Ausdrucksweise nicht unnötig aufzufallen. Auf keinen Fall dürften sie mit dem Hitlergruß, mit der ausgestreckten, rechten Hand, grüßen. Das konnte für sie alle massive Schwierigkeiten bedeuten. Als sie nach einer halben Stunde wieder nach oben ans Tageslicht kamen, wirkten Kammler und Weber doch etwas verstört. Keine Wachen, alles offen – so etwas war für die zwei fast unvorstellbar. Anschließend fuhren sie mit dem Wagen weiter den Obersalzberg hinauf.

Dort, wo früher die SS-Kaserne mit der Wagenhalle gestanden hatte, sah Kammler erstaunt nur noch einen riesigen, leeren Platz.

Auf dem Hügel, auf welchem sich früher das Landhaus von Reichsfeldmarschall Göring befunden hatte, konnten sich die zwei Männer nun den prachtvollen Bau des Interconti Hotels ansehen. Wolf wollte ihnen das Gebäude auch von innen zeigen und sie stellten den Wagen am Parkplatz vor dem Hotel ab.

Kammler und Weber waren über die moderne Architektur dieses schönen Hotels sichtlich erstaunt. Sie gingen an die Bar und setzten sich an einen Tisch. Wolf bestellte vier Whiskys on the Rocks und der General hielt sich seine am Tisch aufgestützten Hände vor den Kopf, als würde er das alles nicht begreifen. Am Nachbartisch saßen zwei gut gekleidete Herren und unterbrachen ihre Unterhaltung, als sie die hilflose Gebärde von General Kammler sahen. „Kann ich Ihnen irgendwie helfen, ist Ihnen nicht gut?", fragte einer der beiden. „Ich bin Arzt, haben Sie Beschwerden?" „Nein danke, es geht schon wieder", meinte Kammler, „ich habe bloß Kopfschmerzen." „Dann nehmen Sie das hier", sagte der Mann am Nebentisch, „dann wird es gleich besser." Er reichte Kammler eine Aspirin-Tablette und ersuchte den Kellner um ein Glas Wasser für den General. „Sind Sie von Norddeutschland, ich meine wegen Ihrer Aussprache? Macht Ihnen etwa die Höhenluft zu schaffen?"

„Ja, das heißt, eigentlich nein, aber wie dem auch sei, es geht mir schon wieder besser, mein Name ist Kammler, ich danke Ihnen sehr", stellte sich der General vor.

„Sehr angenehm, Ariel Eichenblau, ich bin auch aus dem Norden Deutschlands, mein Großvater Arthur Eichenblau hatte früher hier am Obersalzberg ein Haus, ein Stückchen weiter unten, direkt neben dem Berghof von Hitler. Er war übrigens der Erfinder des Aspirins, welches ich Ihnen gerade gegeben habe. Er hat das Konzentrationslager überlebt, in das ihn diese schrecklichen SS-Leute gebracht haben."

Der General schien innerlich zu kochen. Ein Jude also saß da am Nachbartisch und von dem hatte er soeben eine Tablette Aspirin angenommen. Sein Weltbild geriet aus den Fugen.

Wolf und Linda tauschten schweigend einen vielsagenden Blick aus. „Wir sollten nun gehen, wir haben heute noch viel vor", sagte Wolf, der bereits fürchtete, dass die Situation eskalieren könnte, und bedeutete dem Kellner, dass er nun zahlen wollte.

„Unvorstellbar so etwas, Juden hier im Führersperrbezirk!"

Kammler war immer noch außer sich, als er am Parkplatz in Wolfs Wagen einstieg. Er empfand das soeben Erlebte als pure Blasphemie.

Nun sollte den Gästen aus der Vergangenheit noch das Dokumentationszentrum des Obersalzberges gezeigt werden. Kammler und Weber schauderten, als sie dieses neu errichtete Gebäude betraten. Zu viel erkannten sie auf den zahlreichen Fotos und Dokumenten wieder. Der General musste sich sichtlich zusammennehmen, um nicht über die ihm absolut falsch vorkommende Darstellung der Geschehnisse im Dritten Reich laut zu schimpfen.

„Ich möchte ja gar nicht bestreiten, dass es im Reich diese Vernichtungslager gegeben hat. Natürlich gab es die! Die wenigsten haben davon gewusst. Aber diese Lager gab es nicht nur bei uns, auch die Gegenseite eliminierte für sie unbrauchbare Individuen. Von den Hunderttausenden Polen, welche Stalin in einer Säuberungsaktion 1940 liquidieren ließ, steht hier nichts.

Männer der Waffen-SS waren dabei, als vor zwei Jahren – ich meine natürlich 1943, von unserer Wehrmacht Massengräber im Wald von Katyn entdeckt und geöffnet wurden. Es waren insgesamt über fünfzehntausend Leute, die dort von den Russen erschossen und verscharrt wurden. Das war ebenfalls in Polen, genauso wie Auschwitz, Treblinka und Sobibor.

Da vorne am Eingang stand doch Dokumentationszentrum, aber das hier gleicht einem Anklagezentrum, warum ist so etwas nicht dokumentiert?"

„Vielleicht weil es sich bei diesen Opfern eben um polnische Menschen handelte und außerdem waren dafür schließlich auch nicht die Deutschen, sondern die Sowjets verantwortlich", sagte Wolf.

„Gibt es heutzutage wieder viele von diesen Juden im Reich?"

„Reich gibt es keines mehr und von den Juden hört man nicht mehr viel. Wir haben es jetzt mit etwas anderem zu tun, den radikalen Islamisten, welche sich bereits in großer Zahl in Europa eingenistet haben. Terroranschläge mit vielen Toten gehen bereits auf das Konto dieser Leute", antwortete Linda, welche bemerkte, dass Kammler die Zornesröte ins Gesicht stieg.

Der General atmete schwer durch und sagte: „Ich war stets ein großer Bewunderer von Prinz Eugen und auch vom albanischen Fürsten Skanderbeg, die beiden hatten uns ja schon vor Jahrhunderten vor den Islamisten bewahrt. Wie, um Himmels willen, kommt es, dass sich heute, wie Sie sagen, viele solcher Leute im Reichsgebiet befinden?"

„Wie schon gesagt, wir haben heute kein Reichsgebiet mehr, es gibt ein geeintes Europa, die Europäische Union, und es herrschen heute sehr liberale Einwanderungsgesetze in den einzelnen Mitgliedsstaaten. Es ist nur zu hoffen, dass wir nicht zusehen müssen, wie solche radikalen Elemente unsere abendländische Zivilisation bedrohen. Die Zerstörung der Türme des World Trade Centers in New York mit Tausenden Opfern geht auf das Konto der radikalen Islamisten. Und auch in Europa, in Madrid, waren bei einem fürchterlichen Anschlag vor einigen Jahren fast zweihundert Menschen getötet worden. Die einzelnen Regierungen versuchen zwar durch gezielte Überwachung solche Terror-Anschläge zu verhindern, in Sicherheit kann sich heute aber niemand mehr wiegen."

„Wenn ich Ihnen so zuhöre, muss ich annehmen, dass von der deutschen Zucht und Ordnung nicht mehr viel übrig geblieben ist."

„Dafür haben wir aber heute eine Freiheit, welche in Ihrer Zeit nicht für jedermann verfügbar war. Die Leute sind heutzutage schon daran gewöhnt und können sich etwas anderes gar nicht mehr vorstellen, aber wahrscheinlich haben wir sogar zu viel Freiheit und das wird uns auf längere Sicht auch nicht guttun", erwiderte Wolf.
Inzwischen waren sie bei der Mautstelle der Panoramastraße angelangt und Wolf sah im Rückspiegel, dass die beiden Gäste im Angesicht des geschlossenen Schrankens nervös wurden. In ihrer Erinnerung war ein Schranken wohl immer mit einem Posten besetzt, der jeden, der hier durchfahren wollte, genau zu kontrollieren hatte. Und erst recht hier oben im absoluten Führersperrbezirk. Wolf versuchte, die beiden zu beschwichtigen, sah aber, dass Weber bereits die Hand an einer unter der Jacke verborgenen Pistole hatte. Er stoppte sein Fahrzeug am Mauthäuschen. Linda gab einen Geldschein durch das Fenster und die Frau an der Kasse reichte ihr die Quittung und ein Prospekt der Straße herüber. Der Schranken ging auf und sie fuhren weiter. Sichtlich erleichtert fragte der General, wohin es nun weiterginge.
„Wir fahren jetzt zu dem geheimen, unterirdischen Gewölbe Hitlers, von dem ich Ihnen bereits an der Felswand erzählt habe", sagte Wolf und bog auch schon nach rechts in den Wald auf einen gesperrten Forstweg ein. Nach einigen hundert Metern erreichten sie eine kleine Holzhütte, wo sie den Wagen stehen ließen. Sie wanderten zuerst eine alte, asphaltierte Straße von Hitler entlang, um dann ein Stück in den Jungwald hinein-

zugehen. Dann standen sie auch schon vor dem halb verfallenen Eingang zu dem unterirdischen Bauwerk.

„Hier war früher eine schöne Wiese", sagte Kammler, „und ein großes Bienenhaus stand auch hier, ich erinnere mich gut."

„Wollen wir in das Gewölbe hinuntergehen?", fragte Wolf, „wir haben genug Lampen für jeden dabei und außerdem ist es unten nicht völlig dunkel wegen der halb zugewachsenen Lichtschächte."

„Auf keinen Fall", sagte der General, „auf Führerbefehl waren alle seine geheimen Bauwerke, wenn sie nicht zerstört wurden, mit Gelbkreuz-Phiolen zu bestücken. Wisst ihr überhaupt, was Gelbkreuz bedeutet? Das ist eine der schrecklichsten Erfindungen des Krieges. Der Kampfstoff dringt durch die Kleidung hindurch und verursacht weitreichende Verbrennungen der Unterhaut, welche in den meisten Fällen zu einem qualvollen Tod führen."

„Das ist aber schon über siebzig Jahre her, falls da wirklich ein solcher Kampfstoff versteckt wurde, ist der längst unwirksam geworden", erwiderte Wolf.

„Das ‚Falls' können Sie sich sparen, von den Soldaten der Waffen-SS wurde immer alles gründlich gemacht. Und wie bereits gesagt, das war ein Führerbefehl und dieser musste unter allen Umständen, auch unter Einsatz des eigenen Lebens, ausgeführt werden. Sie können also mit Gewissheit davon ausgehen, dass hier in dieses Gewölbe vor Kriegsende ein Kampfmittel hineingetan wurde. Und ich wäre mir an Ihrer Stelle nicht so sicher, dass das Gelbkreuz nach siebzig Jahren unwirksam geworden ist. Die vergifteten Bunker des Ersten Weltkrieges kosteten vielen meiner Männer das Leben, weil sie damals auch glaubten, dass sich der Kampfstoff nach so vielen Jahren verflüchtigt hatte."

Als es klar wurde, dass die beiden keinen Fuß in das unterirdische Gemäuer setzen würden, blieb Wolf nichts anderes übrig, als zum Wagen zurückzukehren.

„Ich muss Ihnen zu der Gelbkreuz-Geschichte etwas erzählen", wandte sich Wolf an den General. „Vor über vier Monaten, als wir das dritte Mal im unterirdischen Hitler-Gewölbe waren, habe ich dort unten über eine Stunde lang Messungen der verschiedensten Art durchgeführt. Beim Hinuntersteigen über die verfallene Treppe habe ich mir meinen rechten Fuß aufgekratzt. In der Nähe des Knöchels, mit einem am Boden liegenden Ast, es war nur ein leicht blutender Kratzer, nicht mehr. Irgendwann, nachdem ich dort unten alles Mögliche mit den Fingern berührt hatte, fuhr ich mit der Hand über die kleine Wunde am Fuß und wischte das schon fast eingetrocknete Blut weg. Am Abend zu Hause fühlte sich das rechte Bein dann recht warm an und ich bekam schlagartig hohes Fieber, über 41 Grad. Mein Puls erhöhte sich binnen einer Stunde auf einhundertachtzig, wobei der Blutdruck auf einen unglaublich niedrigen Wert fiel. Zuerst glaubte ich an einen Sonnenstich, da wir an diesem Tag auch an einigen sonnigen Hängen des Obersalzberges herumgegangen waren und ich keine Kopfbedeckung aufgehabt hatte. Der Fuß begann gleichzeitig rot zu werden und erst jetzt dachte ich wieder an den Kratzer am Fuß. Die kleine Wunde war mittlerweile verkrustet. Vielleicht eine Infektion, ein Rotlauf? Aber da waren absolut keine Schmerzen und bei einem Rotlauf hingegen tat die betroffene Stelle doch höllisch weh. Ich hatte keine Ahnung, was das sein könnte. Ich nahm spät abends zur Sicherheit ein Antibiotikum, wie ich es bei meinen Wüstenreisen in Ägypten immer dabei hatte. Am nächsten Morgen war das Fieber immer noch gleich hoch, am Unterschenkel zeigten sich aber bereits Blasen mit einer gelblichen Flüssigkeit, welche nach einigen Stunden schon fast bis zum Knie reichten. Der befreundete Landarzt, den ich dann sofort aufsuchte, diagnostizierte einen atypischen Rotlauf, gab mir sehr starke Antibiotika und riet mir, ins Krankenhaus zu gehen, was ich aber ablehnte. Nach

vier Tagen sank das Fieber plötzlich auf 38 Grad und blieb acht Tage auf diesem Stand. Danach normalisierte sich die Körpertemperatur wieder. Die Blasen begannen sich auch langsam zurückzubilden, der Fuß blieb hingegen knallrot. Nach vierzehn Tagen suchte ich eine Hautklinik auf. Der Anstaltsleiter diagnostizierte dann auch einen abheilenden Rotlauf und gab mir nochmals Antibiotika, von denen ich zu diesem Zeitpunkt bereits über einhundertfünfzig Stück zu je 1000 Milligramm eingenommen hatte. Die Rötung blieb nach wie vor bestehen. Nach einem weiteren Monat konsultierte ich nochmals den Primar dieser Hautklinik, der sich zwar wunderte, dass das Bein noch immer rot sei, mir aber außer einer Pflegecreme nichts mehr verschrieb."
Bei diesen Worten zog Wolf das rechte Hosenbein etwas hoch und zeigte dem General seinen Fuß. „Vor fast genau vier Monaten ist mir das passiert, die Rötung ist aber immer noch vorhanden."

„Das sieht aus wie eine abheilende Kampfstoff-Verbrennung", meinte Kammler. „Sie dürften großes Glück gehabt haben, es hätte Ihr Ende sein können. Senfgas, oder anders ausgedrückt ‚LOST', verflüchtigt sich zwar mit der Zeit an der Luft, aber in kühler Umgebung, wie sie hier oben am Berg und erst recht in dem unterirdischen Gewölbe herrscht, kann ein Teil davon kristallisieren.

Sie haben vermutlich mit Ihren Händen solche kristallinen Kampfstoffreste in die offene Wunde gebracht. Ich werde Ihnen ein Buch aus der Station geben, da ist alles genau beschrieben, auch was Sie jetzt noch tun können. Ich nehme aber an, dass in einem halben Jahr auch die Rötung vergangen sein wird. Sie haben wirklich Glück gehabt, Sie hätten alleine an dem Schock sterben können. Sie sehen also, ich hatte nicht unrecht mit dem, was ich Ihnen zuvor beim Gewölbe über das Gelbkreuz gesagt habe."

Sie setzten sich wieder in Wolfs Wagen.

„Ich werde Ihnen jetzt etwas zeigen, wenn Sie noch ein Stückchen weiter auf diesem Weg in den Wald fahren." So fuhren sie die Waldstraße entlang, bis sie zu einer Ausweichstelle gelangten. Früher hatte man von dort, so sagte der General, eine sehr schöne Aussicht auf das darunterliegende Tal mit der Stadt Berchtesgaden gehabt. Heute standen jedoch überall Bäume und von der dahinterliegenden Landschaft man konnte so gut wie nichts sehen. Dorthin, in dieses Dickicht, wollte sie der General aber führen. Sie stiegen aus dem Wagen und er deutete auf einen kleinen Weg, auf dem sie nach einer Weile einen kleinen Teich mitten im Wald erreichten.

„Dieser verwachsene Weg hier, auf dem wir gerade gegangen sind, war gut befahrbar für zehn Tonnen schwere Fahrzeuge. Wie ich Ihnen bereits am Berg erzählt habe, gab es auch einen Notfall-Plan für die Situation, dass wir aus irgendeinem Grund nicht mehr in die Station hineingekonnt hätten. Dazu benötigten wir aber Fluchtgeld, oder besser ausgedrückt ‚Gold'. Am Tage der Ankunft in Salzburg, als kein Befehlshaber mehr am Berg war, ließ ich in der Nacht einige Kisten mit Goldbarren der Reichsbank noch rasch hier heraufbringen und ein sicheres Versteck dafür suchen. In den Wäldern am Obersalzberg war noch ein Marinefunktrupp, der irgendwelche Nachrichten nach Übersee sendete. Diese Funker haben unsere Transporter, zwei Halbkettenfahrzeuge der SS-Division Hohenstaufen, kurz vorbeifahren gesehen. Tags zuvor gab es aber überraschend Schneefall, da war an ein Vergraben der Blechkisten nicht mehr zu denken. Man hätte diese Stellen tagelang gesehen. Ich beschloss also, das Gold im Wasser versenken zu lassen.

Es musste auch keine komplizierte ‚Schatzkarte' angefertigt werden, welche ja nur die Geheimhaltung erschwert hätte. Und Teich gab es nur diesen einen hier am Berg.

Die Kisten wurden noch auf den Fahrzeugen hier neben dem Weiher geöffnet und die Goldbarren einfach in das Wasser geworfen. Der Boden des Teiches hier im Wald war schon damals sehr schlammig und die schweren Barren versanken augenblicklich darin. Niemand konnte später an den Raupenspuren der Fahrzeuge erkennen, dass die Wagen hier stehen geblieben waren. Nach einer langen Fahrt durch die Wälder übernachteten die Soldaten in der Almhütte von Bormann und wollten mit den Halbkettenfahrzeugen am nächsten Morgen über den sogenannten Eckersattel in ein gegenüberliegendes Tal nach Österreich fahren. Falls jemand ihren Spuren gefolgt wäre, hätte er unmöglich sagen können, wo auf dem langen Weg irgendetwas abgeladen worden war. Die sechs Leute sind bei einem Unfall auf dem schmalen vereisten Bergweg ins Tal mit ihren Wagen abgestürzt und kamen allesamt ums Leben.

Niemand außer mir und jetzt Ihnen weiß etwas von diesem Versteck. Sie können das Gold nehmen, es müssten so um die zwölfhundert Kilogramm sein, etwa einhundert Stück Barren. Ich werde Ihnen bei unserer Rückkehr zur Station einen solchen Goldbarren mitgeben, damit Sie wissen, wonach Sie suchen müssen." Kammler hielt sich die Hand ans Kinn, sah Wolf an und sagte dann noch: „Im Gegenzug erwarte ich aber von Ihnen, dass Sie uns auch einen Gefallen tun. Was ich damit meine, das werde ich Ihnen später sagen."

„In Ordnung, wenn es in meiner Macht steht", antwortete Wolf, der jetzt seinerseits einiges verdauen musste. Über eintausend Kilogramm Gold, von dem niemand etwas wusste, das überstieg bei Weitem seine Vorstellungskraft. Beim Hinunterfahren ins Tal überlegte er, was Kammler wohl mit „einen Gefallen tun" gemeint hatte.

Sie fuhren mit den beiden zum Essen zu einem großen Gasthof direkt am Fuße des Untersberges. Bezeichnenderweise war unter dem Giebel des Gebäudes eine riesige Wandmalerei des „Weinfuhrmannes vom Untersberg" zu sehen. Einer Sage nach wurde nämlich vor langer Zeit ein Weinfuhrmann von Zwergen am Fuße des Untersberges gebeten, seine Fracht doch bei ihnen im Berg abzuladen. Sie würden ihn dafür fürstlich belohnen. Der Fuhrmann willigte ein und sie brachten ihn zu einem Eingang in den Berg, wo sie den Wein abluden und dem Manne eine große Menge Gold dafür gaben. Doch als dieser wieder zurück ans Tageslicht kam, waren viele Jahre vergangen. Kammler und Weber waren sichtlich erheitert, als Wolf mit ihnen vor den Gasthof ging und ihnen das Bild erklärte. Wieder zurück in der Gaststube, setzte sich der General an den Tisch und meinte:

„Das klingt beinahe so, wie es in Wirklichkeit bei uns in der Station ist. Euch würde es nicht anders ergehen als dem Weinfuhrmann. Wenn ihr auch nur einen einzigen Tag lang bei uns im Berg verweilen würdet, so wäre hier draußen mehr als ein Jahr vergangen", sagte der General, „und im Übrigen, auch Gold ist in der Station genug vorhanden."

In Lindas Augen blitzte schon wieder das Dollarzeichen auf, als sie vom General das Wort Gold hörte.

„Könnten Sie mithilfe Ihrer Goldbarren nicht selbst alles, was Sie brauchen, arrangieren? So ein Barren mit zwölf Kilogramm hat schließlich einen Wert von über zweihunderttausend Euro und Sie haben ja sehr viele davon."

„Auf den ersten Blick erscheint es natürlich so, aber Sie können diese Menge Gold hier in Österreich oder Deutschland nicht so ohne Weiteres verkaufen. Sie würden über die Herkunft des Goldes befragt werden und aus Europa herausbringen kann man es so gut wie gar nicht. Selbst in Stücke geschnittene Goldbarren würde jeder Metalldetektor auf den Flughäfen anzeigen. Und im Reisegepäck solche Mengen mitzuführen, ist ebenfalls unmöglich."

Nach einer kurzen Pause fuhr Kammler fort: „Aber wenn Sie für uns etwas aus Spanien abholen könnten, wäre uns damit sehr geholfen, das wollte ich Ihnen zuvor oben am Berg sagen."

„Wie meinen Sie das? Weshalb aus Spanien? Und was sollen wir Ihnen bringen?", fragte Wolf.

Der General nickte. „Ich verstehe, das muss ich Ihnen erst erklären.

In den letzten Jahren wurde von uns eine unterirdische Forschungsstätte, eine Art Labor, auf der Insel Fuerteventura errichtet. Ich kann Ihnen jetzt die Hintergründe nicht erklären. Es waren aber immens wichtige Projekte, die dort von uns betrieben wurden. Im letzten Funkspruch aus Fuerteventura erfuhr ich noch vom ersten erfolgreichen Test. Den Schlüssel dazu bildeten Kristalle, welche wir für unsere Versuche mit der Glocke in Deutschland ebenfalls gebraucht hätten. Aber zu diesem Zeitpunkt war es nicht mehr möglich, einen Transport zu organisieren. Die Alliierten waren bereits überall. Die von uns benötigten Teile wurden von den Technikern auf Fuerteventura in verlötete Bleizylinder eingeschlossen und für eine Abholung zu einem späteren Zeitpunkt in einer Art Safe deponiert. Keiner konnte ahnen, dass es so lange dauern würde. Das, was Sie uns von dort bringen sollen, sind diese zwei kleinen Zylinder aus Blei. Sie sind etwa fünfundzwanzig Zentimeter lang und fünf Zentimeter im Durchmesser. Ich kann und darf Ihnen nicht sagen, was genau der Inhalt ist, aber Sie dürfen die Zylinder unter gar keinen Umständen öffnen. Ich werde Ihnen eine genaue Karte geben, wo und wie Sie die Behälter finden können. Geben Sie aber auf keinen Fall Informationen über uns oder über die Suche nach den Zylindern weiter. Wir verlassen uns ganz auf Sie."

Das Essen im Gasthof schmeckte den beiden ausgezeichnet. Hatten sie sich doch seit vielen Monaten nur von Dosen und haltbaren Lebensmitteln ernährt. Linda nahm aus ihrem kleinen Rucksack eine fünfzig Stück Packung Kugelschreiber und einige LED-Taschenlampen, welche sie einige Tage zuvor für Kammler besorgt hatten, heraus und übergab sie Weber. Der Obersturmbannführer schaute sich die für ihn neuartigen Sachen interessiert an, so etwas hatte er noch nicht gesehen.

Nach dem Essen fuhren die beiden mit Wolf und Linda wieder zurück zum alten Steinbruch und vereinbarten ein neuerliches Treffen, bei dem dann die Karte mit dem Versteck der Bleizylinder übergeben werden sollte. Weber wurde von Kammler noch beauftragt, das Buch über Kampfmittel aus der Station zu holen. Nach geraumer Zeit kam er wieder heraus und drückte es Wolf in die Hand:

„Darin können Sie nachlesen, wozu diese Kampfstoffe in der Lage sind und was Sie persönlich noch tun können, um ein rascheres Abheilen Ihrer Verletzung zu erreichen." Weber hatte aber auch noch etwas anderes mitgebracht, seine Jacke war auf der rechten Seite tief nach unten gezogen. Er nahm einen Goldbarren aus der Innentasche und man sah an seinen Bewegungen, welches Gewicht dieses relativ kleine Stück Gold haben musste. „Das habe ich Ihnen zuvor versprochen, es sind 12,5 kg Reichsgold. Ich hoffe, Sie können es rasch zu Geld machen, damit haben Sie dann auch die Kosten für die Reise mit dem Flugzeug vergütet", sagte Kammler. Weber übergab Linda noch eine kleine, neu aussehende Schachtel mit zehn Bleistiften und eine Taschenlampe. Auf beiden waren der Reichsadler mit dem Hakenkreuz und der Stempel der Waffen-SS zu sehen. Kammler meinte:

„Das nehmen Sie im Gegenzug für Ihre Lampen und Schreibgeräte als Souvenir von uns." Wolf aber starrte nur auf den Goldbarren in seinen Händen und konnte noch gar nicht richtig begreifen, was er da soeben erhalten hatte. Der Wert dieses Barrens musste tatsächlich zirka zweihunderttausend Euro betragen.

Auf dem Weg nach Hause fragte Linda Wolf ganz ungläubig: „Ist das jetzt wahr, waren wir wirklich mit General Kammler und Obersturmbannführer Weber unterwegs? Haben dir die beiden eben einen Goldbarren in die Hand gedrückt? Und zuvor haben sie uns eine Stelle gezeigt, wo angeblich über einhundert solcher Barren liegen sollen?"

Wolf gab lapidar zurück: „Das ist dasselbe wie mit den Untersberg-Zwergen, die tragen auch eine Kapuze und Gold haben die Zwerge in den Sagen ja ohnehin immer gehabt. Die SS-Leute sind halt ein wenig größer und zackiger, aber ansonsten ist eigentlich alles gleich.

In ein paar hundert Jahren würde das, was wir soeben erlebt haben, sicher zu einer passablen Sage werden."

„Wir sollen nun also für General Kammler zwei Bleizylinder von den Kanaren holen", fragend schaute Wolf Linda an.

„Vergiss nicht, dass diese Leute für uns unberechenbar sind und eine völlig andere, von uns abweichende Denkstruktur besitzen. Willst du denen wirklich einen Gefallen tun? Wer weiß, was die wirklich vorhaben. So, wie ich Kammler einschätze, sagt er uns nicht einmal die halbe Wahrheit. Wenn die erst einmal haben, was sie wollen, dann brauchen sie uns nicht mehr und dann ..."

Wolf unterbrach Linda:

„Du hast schon recht, aber andererseits können sie auch ohne uns auskommen, so wie sie es ja die letzten zweiundsechzig Jahre getan haben. Dagegen können wir gar nichts unternehmen. Oder möchtest du zur Polizei gehen und sagen, dass da im Berg seit Kriegsende ein SS-General wohnt, der sehr viel Gold besitzt? Ich kann mir gut vorstellen, was dann passieren würde, und du weißt es wahrscheinlich auch. Ich müsste dich dann vermutlich in der Gummizelle besuchen, aber einen Kuchen würde ich dir schon bringen."

„Ich glaube, dass es eine Möglichkeit für uns gibt, einen Abstand zu diesen Leuten zu schaffen, und zwar einen zeitlichen. Ich habe da eine Idee! Wenn du den schwarzen Stein aus der Cheops-Pyramide, den du vor zehn Jahren dort tief unten in der unterirdischen Kammer gefunden hast, auch noch zu den anderen drei Steinen in der Höhle dazulegen würdest, und zwar alle vier Steine eng aneinander, dann wäre doch, wenn Bard recht hätte, die Wirkung sehr stark. Das könnte heißen, dass dann die Zeitverschiebung in der Station extrem sein müsste. Wir könnten damit General Kammler und seine Mannschaft in eine sehr ferne Zukunft schicken."

„Ist schon möglich, aber vorher möchte ich unter allen Umständen hinter das Geheimnis des Zeitphänomens kommen. Und jetzt sehen wir zu, dass wir uns an die Suche nach den Barren im Teich machen", warf Wolf ein, „man muss eben auch einmal an sich selbst denken. Wir gehen bei nächster Gelegenheit in den Wald hinauf und versuchen, so einen Goldbarren aus dem Teich herauszuholen.

„Einen Barren? Ich würde da schon mehrere mitnehmen", sagte Linda.

„Weißt du eigentlich, wie schwer so ein Stück ist? Der hat über zwölf Kilogramm. Und zwei davon sind bereits fünfundzwanzig Kilo. Dieses Gewicht musst du erst einmal den Berg hinunter zum Wagen tragen."

„Na ja, dann eben nur einen", gab die zart gebaute Linda kleinlaut zurück.

„Ich werde morgen ein paar fingerdicke Scheiben von diesem Barren hier herunterschneiden und diese dann mit dem Schweißbrenner zu einem Klumpen schmelzen. Dann sieht man nichts mehr vom Reichsadler und falls jemand Fragen stellt, dann waren das alte Familienschmuckstücke, Münzen und Zahngoldreste, die ich da eingeschmolzen habe. Nächste Woche versuche ich dann, die zwei Teile bei der Goldscheideanstalt zu verkaufen."

Wolf nahm am Abend das Buch über Kampfstoffe von Kammler zur Hand und war erstaunt und entsetzt zugleich, was da über dieses Gelbkreuz zu lesen war. Auch Abbildungen, sogar in Farbe, waren in dem Buch von 1941 zu sehen, welche genau die gleichen Blasen an den verletzten Körperteilen zeigten, wie sie Wolf am Bein gehabt hatte. Auch die typische Fieberkurve verlief genauso wie bei ihm. Er hätte wahrscheinlich gar kein Antibiotikum gebraucht. Beruhigend empfand er allerdings, dass in seinem Fall die Symptome innerhalb eines Jahres verschwunden sein sollten.

Das Auseinanderschneiden des Goldbarrens am nächsten Tag war einfacher, als er dachte. Mit einer normalen Eisensäge dauerte es keine fünf Minuten und er hatte eine schöne Scheibe Gold vor sich liegen. Auch das Einschmelzen in einer Konservendose gelang mit dem Schweißbrenner innerhalb weniger Minuten. Die Dose dann vom erstarrten Gold herunterzuschneiden war schon etwas mühsamer, stellte aber auch kein großes Problem für ihn dar.

Selbst der Verkauf des Goldes in der Scheideanstalt ging reibungslos vonstatten. Es waren 2354 Gramm Gold mit einem Reinheitsgehalt von 99,87 Prozent und Wolf erhielt nach Vorlage seines Reisepasses und der Angabe seiner Personalien den stattlichen Betrag von 38 560,– Euro in bar ausbezahlt.

Er würde nun als Allererstes einen geländegängigen Jeep anschaffen. Damit konnten sie viel näher zum Teich am Berg heranfahren und auch der Transport der Goldbarren wäre mit so einem Fahrzeug wesentlich einfacher. Aber es sollte ein gebrauchter Wagen sein. Ansonsten würde es auffallen, woher Wolf plötzlich so viel Geld hatte, nur um sich einen für ihn eigentlich nutzlosen, neuen, teuren Geländewagen zu kaufen.

Kapitel XXIII

▲

In der Höhle des Löwen

Ein paar Wochen danach erhielt Wolf eine E-Mail von Franz, dem Hotel Manager. Der Text lautete: „Hallo Wolf, ich hätte ein paar interessante Neuigkeiten für dich. Wenn du Zeit hast, dann komm herunter nach Ägypten, ich werde dich mit einigen für dich wahrscheinlich recht interessanten Leuten zusammenbringen. Nimm dir wieder einen Leihwagen. Eine nette Suite hab ich für dich schon frei. Liebe Grüße, Franz."

Wolf hatte keine Ahnung, weshalb er ihm das zugesandt haben könnte. Welche Neuigkeiten wollte Franz ihm mitteilen und mit wem wollte er ihn zusammenbringen? Sollte es eine Überraschung sein?

Nun, warum sollte er nicht jetzt im Oktober, wo doch zu dieser Zeit erträgliche Temperaturen im Land am Nil waren, dorthin fliegen.

Aber alleine sollte er kommen, ohne Linda. Das würde zwar nicht so abwechslungsreich werden, aber die Neugier hatte Wolf schon fest im Griff. Er würde kommen. Ein Flug war schnell gefunden und Wolf gab Franz die Ankunftszeit telefonisch bekannt.

„Du kannst aber nur drei Nächte bei uns hier im Hotel bleiben, dann musst du weiterfahren bis Quseir, ich habe dort für dich im Mövenpick Hotel ein Zimmer reserviert, wo du die restlichen vier Tage verbringen wirst", sagte ihm Franz am Telefon. Jetzt war Wolf restlos verwirrt. Weshalb hatte Franz jetzt im Oktober ein Zimmer nur für drei Tage frei? Was wurde hier gespielt?

War Franz auch involviert in diese Geschichte mit dem Stein aus dem alten Gang?

Die Ankunft am Flughafen in Hurghada war so wie immer. Wolf erwartete Aladin, der ihm den Wagen direkt zum Airport bringen sollte. Stattdessen kam ihm schon in der Ankunftshalle ein Ägypter mit einem großen Blatt Papier in den Händen entgegen, auf dem „Mr. Wolf" stand. Das Seltsame war jedoch, dass dieser Mann direkt auf Wolf zuschritt, als ob er ihn kennen würde, und ihm das Schild mit dem Namen direkt hinhielt. Wolf nickte nur und wortlos übergab ihm der Ägypter einen kleinen Zettel mit einer Telefonnummer. Rasch verschwand der Mann, ohne auch nur ein Wort gesagt zu haben, in der Menge der Touristen. Ungläubig schaute Wolf auf das Stück Papier. Es war eine ägyptische Handynummer, die darauf stand, sonst nichts.

Nachdem er seinen Koffer vom Band genommen hatte und durch den Zoll nach draußen gekommen war, sah er schon Aladin von der Mietwagenfirma, der ihn sogleich herzlich begrüßte. Doch Aladin hatte ihm einen anderen Wagen gebracht. Wolf wollte eine Automatik-Limousine, doch er bekam diesmal ein bedingt geländetaugliches Fahrzeug. Der Tank war diesmal sogar voll, was absolut nicht üblich war. Auch eine Kaution, wie ansonsten üblich, verlangte Aladin nicht. Die Fahrt zum Hotel konnte also sofort beginnen. Es war bereits dunkel, als Wolf sich hinter das Steuer setzte. Als er kurz die Innenbeleuchtung einschaltete, sah er am Beifahrersitz einen Zettel liegen, auf dem ebenfalls dieselbe Telefonnummer stand, welche er im Flughafengebäude von dem Ägypter erhalten hatte. Sollte er diese Nummer anrufen? Wolf steuerte den Wagen durch die Kontrollstelle des Airports und befand sich bereits auf der schönen Autobahn, als plötzlich sein Handy läutete. „Mr. Wolf", klang es in gutem Englisch aus dem Apparat, „bleiben Sie kurz vor dem großen Polizei-Checkpoint am Ortsende von Hurghada stehen und warten Sie ein wenig", dann wurde aufgelegt.

Was sollte das wieder bedeuten? Nun, er würde ja sehen. Kurz vor dem Erreichen des Checkpoints blieb er am Straßenrand stehen und wartete kaum eine Minute, als eine dunkle, schwere Limousine neben ihm anhielt. Die Türe ging auf, ein gut gekleideter Araber stieg aus und kam zu Wolfs Wagen. Er öffnete die Beifahrertüre, setzte sich in das Fahrzeug und zog einen Zettel aus seinem Sakko. Er drückte ihn Wolf in die Hand und sagte in gutem Englisch: „Wenn Sie dieses Schreiben herzeigen, können Sie überall durchfahren. Bewahren Sie es gut auf. Sie werden es gebrauchen können."

Wortlos stieg der Fremde wieder aus und rasch fuhr die Limousine mit hohem Tempo mit dem Mann wieder weg.

Das Schriftstück war auf Arabisch verfasst und trug einen amtlich aussehenden Stempel, der ebenfalls nur arabische Zeichen enthielt.

Wolf startete den Wagen und fuhr wie gewohnt, ohne kontrolliert zu werden, durch den Checkpoint. Er machte sich nun keine Gedanken mehr über das soeben Erlebte und erreichte nach fünfzig Minuten Fahrt das noble Sheraton Hotel in der Soma Bay.

Ungehindert passierte er die Kontrollen für die Hotelzufahrt. Er zeigte einfach eine Zimmerschlüssel-Chipkarte vor, welche ihm Franz, der Manager, vor Jahren einmal als Andenken geschenkt hatte.

Im Hotel angekommen, war die Begrüßung herzlich wie immer und Franz erhielt wieder ein schönes Stück Räucherspeck, über welchen er sich jedes Mal freute, weil es Schweinefleisch in Ägypten nun einfach nicht gab. Franz setzte sich zu Wolf an den Tisch und erzählte ihm von einem gewissen Professor Coock von der Universität Liverpool. Dieser leite zurzeit Ausgrabungen in der Nähe der Stadt Quseir. Der Professor hatte bis vorgestern bei Franz im Hotel gewohnt, da auch hier, in den Bergen von Safaga, einige altertümliche Stellen besichtigt wurden. Franz hatte ihm beiläufig von Wolfs Erkundungsfahrten durch die Bergwüste erzählt. Das weckte das Interesse des Engländers und so machte ihm Franz dann den Vorschlag, ihn mit Wolf zusammenzubringen. Nun war aber der Professor schon nach Quseir abgereist und deshalb sollte Wolf ihm in das Mövenpick Hotel folgen.

Nach dem Dinner ging Wolf gleich zu Bett, er war müde. Trotzdem konnte er nicht gleich einschlafen, zu sehr machte er sich Gedanken über diese Reise, welche doch ganz anders begonnen hatte als üblich. Am nächsten Tag wollte er Raghab, den Fischer, besuchen, aber es kam anders.

Beim Frühstück auf der Terrasse, wo Wolf einen Tisch für sich alleine hatte, kam er wie zufällig mit einem Ägypter ins Gespräch.

Der Mann lenkte das Thema unauffällig, aber bestimmt auf die pharaonische Hafenanlage „Myos Hormos" in der Nähe der neunzig Kilometer entfernten Stadt Quseir. Dort wären im Moment Ausgrabungen im Gange. Unter der Leitung eines Professors der Universität von Liverpool würden dort Reste der alten Bauten freigelegt. Wolf, der in den letzten Jahren schon oft in dieser Ruinensiedlung herumgesucht hatte, wusste genau, wovon der Fremde sprach. Er ließ den Araber aber im Unklaren, bedankte sich für die Information und sagte ihm, dass er in der kommenden Woche ohnehin in dieser Gegend sei und sich die Ausgrabungen ansehen werde.

Nach einem ausgiebigen Bad im schönen Pool des Hotels schlenderte Wolf zum ersten Mal ganz alleine durch die weitläufige Anlage, als er auf Gamil traf.

Gamil war ein Techniker und für den Pool zuständig, er begrüßte Wolf herzlich. Sie kannten sich schon seit vielen Jahren. Im Gespräch erfuhr Wolf dann von ihm, dass sich Said Hamam, der ägyptische Staatsarchäologe, bis gestern hier im Hotel aufgehalten hatte. Was sollte das nun wieder bedeuten? Wieder ein Zufall?

Als Wolf am frühen Nachmittag an der Poolbar saß, war plötzlich wieder der Ägypter da, welchen er beim Frühstück getroffen hatte.

„Ich habe gehört, Sie waren im Februar auch hier und sind damals mit Ihrer Begleiterin in die Berge gefahren."

„Ja, aber Sie wissen doch, dass wir Touristen nur auf bestimmten Routen hier in Ägypten unterwegs sein dürfen, angeblich wegen der Terrorgefahr. Aus diesem Grund sind wir damals nur ein kleines Stück auf einer alten Straße zu einem Bergwerksdorf gefahren", erwiderte Wolf.

„Sie waren doch im Februar auch in Luxor?" Jetzt schien das Ganze schon den Charakter eines Verhöres anzunehmen. Was wollte der Fremde von ihm und was wusste er? Wolf versuchte, seine Gedanken im Zaume zu halten, wahrscheinlich hatte der Ägypter von Franz ein paar Informationen und war einfach nur neugierig wie alle Araber.

„Da war letzten Februar ein fürchterliches Unwetter in den Bergen, mindestens sieben Menschen kamen dabei ums Leben. Sie sind allesamt in dem reißenden Wasser eines Wadis ertrunken. Haben Sie damals auch von dem Gewitter in den Bergen gehört?"

„Ja", log Wolf mit stoischer Ruhe, „gehört schon, aber Allah sei Dank, wir waren weit genug davon entfernt. Wir haben sogar an der Küste noch das Wasser aus den Wadis ins Meer fließen sehen."

„Sie wurden damals am Quseir-Checkpoint registriert, aber Sie sind nicht aus Luxor gekommen, so wie Sie damals angegeben haben."

Mit dieser Aussage hatte der Fremde nun zu erkennen gegeben, dass er so gut wie alles wusste und daher einer staatlichen Organisation angehören musste. Aber welcher?

Wolf schaltete rasch. „Doch, wir sind von Luxor gekommen, wir sind aber in Luxor über die Nilbrücke auf die Westbank gefahren und von dort am Nil entlang die kleine Straße bis Qena, wir wollten unterwegs ein koptisches Kloster und anschließend den Hathor-Tempel von Dendera besichtigen."

„Dann wären Sie aber doch über die ‚Konvoistraße' direkt nach Safaga gefahren, Sie sind aber in Quseir aus der Bergwüste gekommen. Ich verstehe nicht ganz?"

Der Mann war offensichtlich sehr intelligent und sein Gedankengang war absolut logisch. Doch auch hier konnte ihm Wolf noch einmal rasch Parole bieten. „Sie haben recht, es wäre sicher der kürzere Weg gewesen, da ich aber meiner Begleiterin noch die Felsinschriften und Zeichnungen im Tal von ‚Bir umm Fawakhir' zeigen wollte, fuhren wir von Qena dreißig Kilometer zurück zur Stadt Qift und von dort aus dann direkt ins Tal der Hieroglyphen. Auf diese Weise hatten wir keine Polizeikontrolle mehr und gelangten schließlich zum Checkpoint nach Quseir. Auf dieser Route mussten wir also den Luxor-Checkpoint nicht passieren und konnten demnach dort auch nicht registriert werden."

Der Ägypter schien innerlich vor Wut zu kochen. Wolfs Angaben waren nicht zu widerlegen, obwohl er davon überzeugt war, dass Wolf die Unwahrheit sagte oder zumindest etwas Wichtiges verschwieg.

Wolf wusste nun, dass es in Wahrheit nur um den Stein ging. Die Ägypter hätten sich doch niemals solche Mühe gemacht nur, um herauszufinden, wo er überall unterwegs gewesen war.

Also bestand da ein großes Interesse an diesem kleinen Stein, aber worum ging es wirklich?

Er dachte an den auf Arabisch verfassten „Passierschein", welchen ihm gestern Nacht der Mann auf der Autobahn gegeben hatte. War dieser Unbekannte auch einer von Hamams-Leuten? Wozu sollte ihm der Schein dienen?

Der Ägypter entschuldigte sich, stand auf, nahm sein Handy und ging telefonieren.

Kurz darauf kam er zurück und stellte sich zu Wolf an die Bar.

„Dr. Hamam, Sie kennen ihn sicher, hat mich beauftragt, mit Ihnen Kontakt aufzunehmen. Wir wissen, dass Sie schon des Öfteren in der Bergwüste herumgefahren sind und sich mittlerweile dort auch schon ganz gut auskennen. Wir sind auf der Suche nach verborgenen Stollen aus der Pharaonenzeit. Ist Ihnen bei Ihren Fahrten irgendetwas Derartiges aufgefallen? Haben Sie solche Eingänge in die Berge schon gesehen? Können Sie uns in dieser Hinsicht behilflich sein?"

Daher wehte also der Wind! Hamam war offensichtlich wirklich auf der Suche nach dem schwarzen Stein. Der Ägypter erwähnte das aber mit keinem Wort.

„Im Tal der Hieroglyphen sind viele solcher Stollen, sie sind schon teilweise verfallen, aber manche sind noch gut erhalten. Es ist sicher gefährlich, dort hineinzugehen. Das Gestein ist sehr brüchig." Wolf sprach bewusst von den alten Gold- und Smaragdminen, von deren Existenz ja jeder Archäologe wissen musste und erst recht Dr. Hamam. Er würde sich hüten, über das Portal, bei dem er im Februar mit Linda und Raghab gewesen war, zu erzählen.

„Diese Bergwerksstollen sind uns bereits bekannt", antwortete der Fremde, „woanders haben Sie solche Eingänge noch nicht gesehen?" „Leider nein, da kann ich Ihnen auch nicht weiterhelfen."

Am Blick des Ägypters war aber zu erkennen, dass er Wolf nichts von dem, was er gesagt hatte, glaubte. Er verabschiedete sich höflich von Wolf mit einigen Floskeln, so wie es für die Araber eben üblich war.

Wolf stand noch einige Zeit an der Bar, trank seinen Mangosaft gemächlich aus und überlegte, ob er jetzt überhaupt noch Raghab besuchen sollte. Als Einheimischer war Raghab damals am Checkpoint auch nicht registriert worden. Sein Name schien nirgendwo auf. Aber wenn Hamams Leute Raghab erst einmal in Händen hätten, dann wäre die Geschichte von der Entdeckung des schwarzen Steines kein Geheimnis mehr.

Also beschloss Wolf, den Fischer vorerst nicht aufzusuchen, vermutlich würde man ihm heimlich folgen.

Trotzdem fuhr er noch am selben Nachmittag in die nahe gelegene Stadt Safaga, um Jussuf, der einen kleinen Andenkenladen hatte, zu besuchen.

Seine Vermutung war richtig. Kurz nachdem er das Geschäft an der einzigen Straße in Safaga betreten hatte, sah er einen dunklen Wagen auf der gegenüberliegenden Straßenseite stehen bleiben. Sowohl der Wagen als auch die beiden Araber, welche ausstiegen und scheinbar interessiert in die Auslagen schauten, passten einfach nicht in das Bild dieses verschlafenen, orientalischen Ortes. Kein Ägypter stellte sich vor ein Schaufenster eines Souvenir-Geschäftes. Zudem hatte das Fahrzeug ein Kennzeichen aus Kairo. Wolf wusste nun, dass er beschattet wurde.

Nachdem er mit Jussuf ausgiebig geplaudert und einen Tee getrunken hatte, stieg er wieder in den Wagen und fuhr zurück zum Hotel. Er wollte mit Franz, der ja ein Landsmann von Wolf war, über diese Geschichte sprechen, aber dieser war am selben Tag nach Kairo gefahren und sollte erst in zwei Tagen wieder zurückkehren. Dann würde Wolf aber schon im neunzig Kilometer entfernten Mövenpick Hotel in Quseir sein.

Der nächste Tag verging ohne besondere Vorkommnisse. Tags darauf packte Wolf wieder seinen Koffer und fuhr am Abend nach Quseir. Nachtfahrten hatten in Ägypten schon immer ihren besonderen Reiz. Die meisten Lenker waren dort bei Dunkelheit immer nur mit schwachen Begrenzungslichtern unterwegs und wenn Gegenverkehr kam, schalteten sie kurz davor das Fernlicht ein. So wurde man laufend geblendet.

Manchmal fuhren die Leute sogar gänzlich ohne Beleuchtung, was für Wolf bei dieser Fahrt eine gefährliche Situation heraufbeschwor. Ein ziemlich langsam fahrender Pickup, vollkommen ohne Licht, tauchte plötzlich in seinem Scheinwerferkegel auf und nur mit einem schnellen Ausweichmanöver gelang es Wolf, den Wagen nicht zu rammen. Ansonsten war die Fahrt ruhig.

Das am Ortseingang von Quseir gelegene Mövenpick Hotel gehörte ebenfalls zur gehobenen Fünf-Sterne-Klasse und man erwartete Wolf bereits. Ein recht schöner Bungalow wurde ihm zugewiesen und eine Flasche Rotwein sowie eine Obstschale standen zur Begrüßung auf dem Tisch.

Wolf wollte Linda mit seinem Handy anrufen und ihr alles, was er in den letzten Tagen erlebt hatte, erzählen. Warum sollten die Ägypter aber nicht auch sein Handy abhören können. Das Satellitentelefon, damit würde hier kaum einer rechnen. Es war in der Handgepäckstasche verstaut. Der Akku war vollgeladen und Wolf musste damit nach draußen gehen. Das Telefon benötigte freie Sicht zum Himmel, aber dafür funktionierte es überall auf der Welt. Linda meldete sich etwas verschlafen, denn bei ihr zu Hause war es bereits fast Mitternacht.

Sie war erstaunt, dass sich Dr. Hamam so sehr um diesen Stein bemühte. Wusste auch er mehr darüber? Ibrahim hatte ihnen damals in Kairo doch gesagt, dass Hamam schon vor einigen Jahren in der Cheops-Pyramide und in der Nähe unter der Sphinx uralte Aufzeichnungen über die geheimen Machtinstrumente der Pharaonen gefunden hatte.

„Pass auf dich auf und gehe vor allem keine unnötigen Risiken ein", meinte sie noch zum Abschied. Sie wusste aber bereits im selben Moment, dass solche Worte für Wolf keine Bedeutung hatten. Durch nichts und niemanden würde er sich davon abhalten lassen, den letzten Geheimnissen dieser schwarzen Steine auf die Spur zu kommen.

Am nächsten Tag wollte er, wenn er jetzt schon hier in Quseir war, einen kurzen Abstecher in das über einhundert Kilometer entfernte Bir Umm Fawakhir, in das Tal der Hieroglyphen, machen. Bei seinem letzten, unfreiwilligen Besuch dort hatte ihnen der hilfsbereite Ägypter mit seinem Pick-Up das dringend benötigte Benzin für die Rückfahrt überlassen.

Am Checkpoint wollten die Posten Wolf zuerst nicht passieren lassen. Schließlich war es ja für Ausländer verboten, durch dieses Gebiet zu fahren. Aber schon nach einer Minute kam sein Bekannter, der Officer Mahmud, aus dem Betonhäuschen. Es war wieder die übliche Begrüßung. Wolf sagte ihm, dass er heute ohnehin nicht bis an den Nil, sondern nur bis zu den Felszeichnungen in den Bergen fahren würde. Er wäre dann in spätestens vier Stunden wieder hier.

Nach der für Wolf schon eintönigen Fahrt und ohne die abwechslungsreichen Kommentare von Linda trank er bei der einzigen Siedlung in den Bergen einen Tee. Etwas anderes gab es ohnehin nicht. Danach fuhr er noch die letzten zehn Kilometer zur Engstelle in den Bergen, stellte den Wagen ab und begann mit seiner neuen Kamera, die schönsten Felszeichnungen zu fotografieren, als plötzlich ein Wagen an der Straße stehen blieb.

Es war eine neue, dunkle Limousine. Vier Leute stiegen aus. Zwei davon waren gut gekleidete Araber und ein Mann und eine Frau. Touristen, dachte Wolf. Also war er sicher nicht der Einzige, der hierher fahren durfte. Der Herr im reiferen Alter zeigte seiner Begleiterin einige Felsinschriften. Wolf bemerkte an der Sprache, dass es sich vermutlich um Engländer handeln müsste. Als sie näher zu ihm herankamen, sprach Wolf den Mann an, zeigte ihm besonders schöne Reliefs und erzählte ihm ein wenig von dem Pharaonen-Stützpunkt mit seinen Gold- und Smaragdminen.

Er erwähnte auch noch die Ruinen vom antiken Hafen Mios Hormos. „Kennen Sie Professor Coock von der Universität Liverpool?", fragte ihn der Mann.

„Der leitet dort, wo Sie gesagt haben, die Ausgrabungen und ich bin derjenige, der sie finanziert." Wolf stutzte, deshalb also konnten die beiden den Weg in dieses Tal so ohne Weiteres befahren.

„Wie konnten Sie übrigens hierher fahren, wie konnten Sie den Checkpoint passieren?" Das war die nächste Frage an Wolf.

„Ich kenne den diensthabenden Officer", war Wolfs lapidare Antwort, mit der sich der Fremde aber zufriedengab.

Wolf fuhr nach diesem kurzen Gespräch noch die fünf Kilometer zum Brunnen mit der Wendelstiege. Er fuhr mit dem Wagen ein Stück von der Asphaltstraße den Weg zum Brunnen hinein. Auch der Wagen mit den vier Personen folgte und sie besichtigten alle den interessanten, tiefen Schacht aus der Pharaonenzeit. Als sich Wolf schließlich verabschiedete und wieder wegfahren wollte, grub sich sein Fahrzeug im Sand ein. Mithilfe aller vier Anwesenden gelang es nach einer Viertelstunde, den Wagen wieder flott zu bekommen.

Wolf war froh, als er nach einer weiteren Stunde wieder am Checkpoint angelangt war.

Am folgenden Morgen machte er sich gleich nach dem Frühstück auf den Weg zu den Ausgrabungen von „Myos Hormos", der größten antiken Hafenstadt am Roten Meer. Es war nur ein Stück zu Fuß, direkt auf der Höhe des Hotels, über die Küstenstraße, in Richtung Berge. Von Weitem konnte er schon die Zelte sehen, welche den Ausgrabungsmannschaften Schutz vor der Sonne boten.

Er schlenderte wie ein neugieriger Tourist durch die Ruinen der alten Stadt und hob bisweilen die Kamera ans Auge, um den Anschein zu erwecken, er würde fotografieren. Bevor Wolf noch die Zelte der Ausgräber erreichen konnte, fuhr plötzlich ein dunkelblauer Pick-Up auf ihn zu, blieb vor ihm stehen und zwei Polizisten bedeuteten Wolf in gebrochenem Englisch, dass er hier nicht bleiben durfte. Das Dokument, der Zettel, dem ihn der Araber an der Autobahn in Hurghada gegeben hatte, ja, er war in seiner Tasche. Rasch zog Wolf das Stück Papier hervor und zeigte es dem Uniformierten. Dieser ging damit zu seinem Kollegen und beide starrten wie gebannt auf das Dokument. Sie entschuldigten sich bei Wolf, murmelten etwas von einem Missverständnis und fragten, ob sie ihn mit ihrem Wagen zum Ausgrabungsleiter bringen sollten. Er lehnte dankend ab, er wollte den Weg lieber zu Fuß zwischen den bereits ausgegrabenen Ruinen gehen. Auf halbem Weg zu den Zelten kam ihm ein Mann entgegen. Er hatte, ebenso wie Wolf, einen australischen Akubra-Hut auf. Diese Kopfbedeckungen waren komplett aus Kaninchenhaar gefertigt, sie waren leicht und extrem unempfindlich. Vor allem boten sie wegen der Krempe einen ausreichenden Schutz vor der Sonne. Diese Hüte waren irgendwie zu einem Zeichen der Ausgrabungsleiter geworden. Auch Said Hamam war fast immer mit so einem Hut zu sehen.

Der Mann, offensichtlich ein Engländer, stellte sich als Professor Coock von der Universität Liverpool vor. „Ich habe mit dem Fernglas beobachtet, wie Sie von den Polizisten kontrolliert wurden, da Sie aber unbehelligt geblieben sind, muss ich annehmen, dass Sie auch unserer Riege angehören und mit Archäologie zu tun haben."

„Ja, in gewisser Weise schon", erwiderte Wolf, „war Dr. Hamam in den letzten Tagen hier bei Ihnen?"

„Sie kennen den Doktor persönlich? Ja, er war hier, ich glaube aber, dass es nur ein Routinebesuch war, es geht ihm offensichtlich um etwas anderes, etwas, das er in den Bergen vermutet, ich kann Ihnen aber nicht sagen, was er dort wirklich sucht."

„Ich bin hier in Ägypten, um einige Recherchen über das Leben und Wirken der Pharaonin Hatschepsut zu führen, das ist so eine Art Hobby von mir", antwortete Wolf und ließ damit den Professor im Unklaren über seine wahren Ziele.

„Da sind Sie bei mir gerade an der richtigen Stelle", sagte dieser, „Hatschepsut hat vor mehr als 3500 Jahren diese Stadt für ihre Expeditionen errichten lassen. Sie war sozusagen die Gründerin dieses Hafens, der in pharaonischer Zeit als ‚Thagho' bezeichnet wurde. Die Ptolemäer nannten ihn dann ‚Leukos' und erst seit der römischen Zeit hatte er den Namen ‚Myos Hormos'."

Wolf ließ den Professor, den es offenbar freute, jemandem, der sich dafür interessierte, seine jahrelangen Forschungsergebnisse zu erzählen, reden. Als der Engländer mit seinen Ausführungen fertig war, erzählte Wolf ihm von seinem zufälligen Treffen vom Vortag mit dem Finanzier der Ausgrabungen. „Was, Sie haben Peter Vandenberg getroffen, ja, der ist gestern hinüber nach Luxor gefahren. Er ist übrigens ein schwedischer Bankier und Industrieller."

„Auf alle Fälle ist er ein recht sympathischer und hilfsbereiter Mann. Ohne ihn wäre ich vermutlich nicht so schnell wieder aus der Wüste gekommen. Sagen Sie ihm einen schönen Gruß von mir." Dann kam Wolf nochmals auf Hamam zurück und fragte den Professor, was dieser so gesprochen hatte. „Er wirkte irgendwie aufgebracht und falls jemand von uns einen runden schwarzen Stein in der Größe und Form einer Orange finden würde, wäre ihm dies unverzüglich zu melden. Er drohte mit Sanktionen, wie Grabungsverbot bis hin zur Ausweisung aus Ägypten und sogar mit Gefängnis, wenn seine Anweisungen nicht befolgt würden. Hamam ist neuerdings auch geradezu besessen davon, alle vor langer Zeit ins Ausland gebrachten Kulturschätze wieder nach Ägypten zurückzubekommen. Da fällt mir gerade ein, vor meiner Abreise aus England wurde im

Britischen Museum, in London, eingebrochen. Es wurde versucht, eine Glasvitrine im ersten Stock aufzubrechen. Und, was glauben Sie, war darin aufbewahrt? Ein Stein, schwarz und so groß wie eine abgeflachte Orange. Dieser Stein wurde 1872 in der Cheops-Pyramide in einem damals aufgebrochenen Schacht der Königinnenkammer gefunden. Er liegt seit dieser Zeit im Museum in London."

Jetzt wurde Wolf einiges klar. Sollte er nun dem Professor alles sagen? Vom Untersberg, von Bards Erzählungen über die schwarzen Steine, von den Zeitphänomenen, welche vermutlich damit zu tun hatten? Er würde vorerst lieber abwarten, wenngleich auch der Professor sicher kein Freund von Hamam war.

Professor Coock fuhr fort: „Ich habe mein Quartier drüben im Mövenpick Hotel, vielleicht können wir uns dort heute Abend zum Dinner treffen, ich würde mich gerne mit Ihnen noch weiter unterhalten. Ich muss aber jetzt meinen Leuten noch Anweisungen für morgen geben, da fahre ich nämlich nach Bir umm Fawakhir und nach Luxor, wo ich mich mit Peter Vandenberg treffen werde."

„Gerne, ich wohne auch im Mövenpick, wir sehen uns also am Abend", mit diesen Worten verabschiedete sich Wolf und ging gemächlich wieder durch die Ruinen zum Hotel zurück.

Zum Abendessen traf er sich mit dem Professor, der bereits an einem Tisch am Ende der Terrasse auf ihn wartete. „Fein, dass Sie gekommen sind", begrüßte er Wolf, „ich habe Ihnen noch einiges zu erzählen." „Das beruht auf Gegenseitigkeit", sagte Wolf und nahm Platz. Der Kellner brachte eine Flasche Rotwein. „Ich habe da eine Frage, da Sie mir heute vormittags schon über den Stein, der vor über einhundert Jahren in der Cheops-Pyramide von einem Ihrer Landsleute gefunden wurde, erzählt haben. Was glauben Sie, wofür war dieser Stein gedacht? Was war seine Funktion?"

Der Professor blickte Wolf prüfend an, als wäre er sich noch nicht ganz sicher, ob er ihm trauen könne. Schließlich fing er aber dann doch an: „Sie wissen doch sicher, dass vor einigen Jahren ein deutscher Ingenieur mit einem ferngesteuerten Raupenfahrzeug diesen südlichen Schacht in der Königinnenkammer der Cheops-Pyramide untersucht hat. Auch auf der Nordseite der Kammer existiert ein ebensolcher. Diese beiden quadratischen Schächte sind sehr klein, sie haben nur 20 mal 20 Zentimeter, sind aber fast sechzig Meter lang. Die Bilder der eingebauten Videokamera, des Roboters, waren fantastisch. Als der Ingenieur dann am oberen Ende dieses Schachtes eine Verschlusstüre entdeckte und weiterforschen wollte, hat ihn Dr. Hamam kurzerhand gestoppt. Das ist hier in Ägypten anscheinend so üblich. Denken Sie nur an Howard Carter, den Entdecker des Tut Anch Amun Grabes. Auch dieser wurde von den Behörden, die unbedingt den Ruhm für ihre eigenen Landsleute einheimsen wollten, gestoppt.

Nun, dieser Dr. Hamam ist noch um eine Spur ehrgeiziger als seine Kollegen von damals. Er ließ, als es ersichtlich wurde, dass es in der Pyramide noch unentdeckte Gänge geben musste, alle Vermutungen als Geschwätz darstellen. Sogar den Leiter des deutschen Forschungsinstituts hat er dazu gebracht, solchen Unsinn zu verbreiten. Er selber aber ordnete den Durchbruch eines Ganges oberhalb der großen Galerie an, von wo aus es auf dem kürzesten Weg möglich war, zu der vom deutschen Ingenieur vermuteten Kammer zu gelangen."

„Ja", sagte Wolf, „ich habe davon gehört, aber da dürfte wohl nichts dabei herausgekommen sein."

„Von wegen, Dr. Hamam hat sehr wohl etwas gefunden. Er hat aus diesem Grunde sogar eine Überwachungskamera dort beim Durchbruch an der Decke der großen Galerie installieren lassen. Die Gerüchte um ein bisher unentdecktes Labyrinth in der Pyramide kamen uns bereits kurz danach zu Ohren. Offiziell gab es gar nichts zu hören. Auch nicht, weshalb der Zutritt zur Pyramide gesperrt war. Es ginge lediglich um sogenannte Renovierungsarbeiten. Im vorigen Jahr, zum Bayram Fest, am Ende des Ramadan, als alle Moslems feierten, haben dann einige meiner Kollegen diesen von Hamam errichteten Schacht untersucht. Die Aktion war gar nicht so schwierig. Sie mussten jedoch vorher die Kamera außer Betrieb setzen. Zuerst schraubten sie die Sicherung in dem kleinen Stromverteiler vor der Pyramide heraus und legten ein Stück Papier dazwischen, bevor sie sie wieder hineindrehten. Dann warteten sie, bis alle Wärter nach Sonnenuntergang beim Festmahl waren. Alles andere war einfach. Sie stiegen die Leiter, welche am Ende der großen Galerie stand, hinauf und krochen etwa zwanzig Meter durch den neu errichteten Durchbruch, als sie sich plötzlich in einem schön behauenen, uralten, noch unbekannten Gang befanden. Sie brauchten gar nicht weit zu gehen, da standen sie bereits hinter der Verschlusstüre, welche vom Roboterfahrzeug des deutschen Ingenieurs auf der Innenseite gefilmt wurde. Sie schoben die kleine Steinplatte, welche einen Bronzegriff hatte, zur Seite. Da war aber noch ein zweiter Verschlussstein, einen halben Meter tiefer. Auch diesen öffneten sie und blickten hinunter. An der Wand im Gang, direkt unter dem kleinen Schachtausgang, befanden sich mehrere bronzene Haken. Meiner Vermutung nach wurde der Stein, welcher heute im Britischen Museum liegt, an einem langen Seil befestigt und mit Schwung hinuntergeworfen, damit er nahe an der Wand zur Königinnenkammer zu liegen kam. Dies würde auch den gebrochenen Boden auf den ersten drei Metern des Schachtes erklären. Dort hätte der schwere Stein ja jedes Mal aufschlagen müssen und somit den Boden beschädigen. Mittels der Bronzehaken an der Wand konnte man den Stein am Seil etwas zurückziehen, das Seil dann dort einhängen und den schwarzen

Stein auf diese Weise in eine zentimetergenau definierte Entfernung von der Königinnenkammer bringen. Meine Leute gingen weiter und kamen an die gegenüberliegende Innenseite der Pyramide. Dort fanden sie ebenfalls, genau wie an der Südseite, zwei steinerne Verschlussplatten mit Griffen und schauten in den nördlichen Schacht hinunter. Auch die Bronzehaken an der Wand, unter der Schachtöffnung, waren dieselben wie auf der anderen Seite. Die runden Steine also wurden vermutlich vom Süd- und Nordschacht gleichzeitig hinuntergelassen.

Meine Leute umrundeten in diesem Gang die gesamte Pyramide von innen und sahen dabei noch einige abzweigende Gänge und Treppen, von denen noch nie jemand etwas gehört hatte.

Die Männer hatten keine Zeit, um das alles genauer zu untersuchen. Sie mussten wieder draußen sein, bevor die ersten Wächter zurückgekehrt waren. Sie schalteten dann den Strom für die Kameras wieder ein und niemand bemerkte etwas davon.

Aber fragen Sie mich nicht, für welchen Zweck diese schwarzen Steine dort oben an langen Seilen hinuntergelassen wurden. Fest steht auf alle Fälle, dass es sich um einen immensen bautechnischen Aufwand gehandelt hat, diese beiden Schächte in der Pyramide so exakt anzulegen."

Nun war Wolf an der Reihe und nachdem ihm der Professor eine solche brisante Entdeckung kundgetan hatte, konnte er einfach nicht anders, als ihm auch alles, was er selbst bisher über diese schwarzen Steine gehört und was er dabei erlebt hatte, zu erzählen. Er versuchte, seine Ausführungen so prägnant wie möglich zu formulieren, trotzdem dauerte es über zwei Stunden, bis alles Wichtige gesagt war.

Professor Coock, welcher zum ersten Mal etwas von Zeitphänomenen in Verbindung mit dem schwarzen Stein gehört hatte, war sichtlich erstaunt, befasste er sich doch mit rein archäologischen Dingen. Wolfs Verknüpfungen mit diesem doch sehr unbekannten Metier ließen ihn nachdenklich werden. Längst waren alle Gäste aus dem Restaurant und auch von der Terrasse verschwunden, nur Professor Coock und Wolf saßen noch an dem Ecktisch.

„Sie sind in einer gefährlichen Situation", begann Coock nach einer langen Pause wieder zu sprechen, „Hamam weiß sicher schon viel, vielleicht sogar alles über diese schwarzen Steine und wofür sie verwendet werden können. Er wird Ihnen keine Ruhe lassen, bevor er nicht Gewissheit hat, ob Sie im Besitz eines solchen Steines sind. Seien Sie auf der Hut, Hamam ist nicht zu unterschätzen, er hat sehr viel Macht hier in Ägypten."

„Ja, hier in Ägypten, aber drei solcher Steine liegen tief verborgen in einer Höhle im Massiv des Untersberges und so weit reicht auch der Arm von Said Hamam nicht."

„Sie befinden sich aber hier in der Höhle des Löwen, vergessen Sie das nicht, es kann sein, dass Sie schon bald wieder Besuch bekommen werden."

„Sagen Sie Herrn Vandenberg, wenn Sie ihn morgen treffen, nochmals besten Dank und einen schönen Gruß von mir", sagte Wolf.

Sie standen beide vom Tisch auf, es war bereits nach Mitternacht.

Für einen Anruf bei Linda war es schon zu spät, dachte Wolf und ging zu seinem Bungalow.

Wolf hatte nun eine Bestätigung für seine Vermutungen, was die schwarzen Steine betraf. Die Enthüllung über das Innere der Cheops-Pyramide würde er aber für sich behalten müssen, um den Professor nicht zu gefährden.

Wolf beschloss, dem Rat des Engländers zu folgen, und es erschien ihm ratsam, Ägypten rasch wieder zu verlassen. Wenn er aber über Hurghada ausreisen würde, wäre es für diejenigen, welche so viel über seine Aktivitäten in Ägypten wussten, ein Leichtes, auf ihn am Airport zu warten.

Wolf rief über Satellit Linda an und sie reservierte für ihn ein Ticket mit einer Linienmaschine von Sharm el Sheik nach München.

Er bezahlte seine Rechnung im Hotel und begründete seine vorzeitige Abreise damit, dass er noch zwei Tage im Sheraton Hotel in Safaga bleiben wolle. Sollte jemand nach ihm fragen, er wäre dort erreichbar.

Stattdessen fuhr er am selben Nachmittag, ohne anzuhalten, direkt nach Hurghada. Es tat ihm leid, dass er dieses Mal Raghab, dem Fischer, keinen Besuch abstatten konnte. In dieser Situation war es einfach zu gefährlich. Er sah öfters in den Rückspiegel, aber niemand folgte ihm. Am Parkplatz vor dem Büro der Leihwagenfirma in Hurghada stellte er den Wagen ab und warf unauffällig den Autoschlüssel in den Briefkasten. Mit einem Taxi ließ er sich zum Fährhafen bringen. Er wollte mit dem schnellen Katamaran-Fährschiff, welches um 18.00 Uhr in Hurghada ablegte, auf die Sinai-Halbinsel fahren. Am Ticketschalter wurde Wolf jedoch erklärt, die Fähre sei bereits ausgebucht. Er besann sich des Papiers vom Araber auf der Autobahn und zeigte es wortlos dem Mann am Schalter.

Dieser ging damit kurz nach draußen, kam nach einigen Minuten wieder zurück und sagte mit einem gequälten Lächeln: „Es geht in Ordnung, Sir, hier ist Ihr Ticket." Als Wolf seine Geldtasche herausnahm und nach dem Preis fragte, meinte der Mann, dass nichts zu bezahlen sei, das wäre schon in Ordnung.

Während der nur neunzig Minuten dauernden Fahrt nach Sharm el Sheik überlegte Wolf lange, von welcher Stelle eigentlich dieser seltsame Schein ausgestellt worden war, welcher ihm sämtliche Türen öffnete.

Ein Taxi brachte ihn zum Airport. Um 21.15 Uhr sollte seine Maschine in Richtung Heimat abheben. In gut fünf Stunden würde er wieder in Europa sein. Linda würde ihn dann in der Nacht vom Airport in München abholen. Gut, dass der nächste Tag ein Sonntag war, an dem sie sich ausschlafen konnte. Das Ticket lag, wie telefonisch vereinbart, am Check-In bereit. Ein mulmiges Gefühl überkam Wolf dennoch, als er durch die Passkontrolle ging. Aber unbehelligt konnte er passieren. Zu Hause anrufen, nein, das lieber nicht, dachte er. Jetzt war jedes Risiko zu vermeiden. Er hatte sein Handy ohnehin schon im Hotel in Quseir ausgeschaltet, sodass er auch nicht mehr zu orten war. Auch das Boarding verlief ohne Zwischenfall und pünktlich startete die Maschine in Sharm el Sheik.

Auf dem Rückflug hatte Wolf genügend Zeit, seine neuen Informationen vom Professor zu verarbeiten.

Am Münchner Flughafen erwartete ihn bereits die doch etwas gestresste Linda. „Du machst immer solche Sachen, einmal vergisst du das Trinkwasser für die Fahrt in die Wüste und jetzt muss ich wegen dir sogar Hunderte Kilometer in der Nacht unterwegs sein, nur weil du diesen schwarzen Stein im Februar unbedingt mitnehmen musstest." Sie schmunzelte aber schon wieder, da sie genau wusste, dass Wolf diesmal wahrscheinlich sehr viel zu berichten haben würde. Bisher hatte sie am Satellitentelefon ja nur vage Andeutungen von ihm gehört.

Auf der etwa zwei Stunden dauernden Rückfahrt erzählte ihr Wolf die interessante Geschichte von Professor Coock. Linda war verblüfft. „Ich hatte mir schon gedacht, dass die alten Pharaonen sich mit der Cheops-Pyramide so eine Art Stargate gebaut hatten."

„Das werden wir alles noch genau untersuchen", erwiderte Wolf, „wir haben ja insgesamt vier solcher schwarzer Steine in der Höhle zur Verfügung."

Linda ahnte bereits, was Wolf vorhatte. Das klang wieder einmal so nach einem Abenteuer, wie sie am Unterton in Wolfs Stimme vernehmen konnte.

Kapitel XXIV

Die warme Platte

Es war bereits Ende Oktober, auf den Bergen rings um Salzburg lag schon Schnee. Trotzdem wollte Wolf noch einmal vor Einbruch des Winters zu dem unterirdischen Gewölbe am Obersalzberg fahren.

Es war so eine Art von Ahnung, welche ihn dazu bewog, zu dieser regnerischen, kalten Jahreszeit dort oben nachzusehen. Linda wollte anfangs nicht mitfahren, letztendlich siegte aber doch ihre Neugier, obwohl sie keine Ahnung hatte, was Wolf eigentlich um diese Zeit am Berg wollte.

Nach der kurzen Fahrt mussten sie den Wagen am Beginn des Forstweges stehen lassen, da der Schnee über zwanzig Zentimeter hoch lag. Sie stapften also eine Viertelstunde durch den Winterwald bis zur Stelle, an der sich das unterirdische Gewölbe befand. Es war gar nicht so leicht, den Eingang zu lokalisieren. Durch den tiefen Schnee sah alles doch irgendwie anders aus. Linda rief plötzlich: „Ich sehe schon die Betonplatte, jetzt sind wir gleich da." Wolf stutzte, welche Betonplatte? Meinte Linda die Platte, welche Werner damals mit dem kleinen Spaten freigelegt hatte? Aber es lag doch Schnee, die Platte müsste doch, ebenso wie der Waldboden ringsum, mit Schnee bedeckt sein. Aber es war kaum zu glauben, was er sah. Dieser kleine, kaum halber Meter große, freigelegte Betonfleck war schneefrei und, was noch erstaunlicher war, er war absolut trocken. Rundherum lag der Schnee zwanzig bis dreißig Zentimeter hoch. Nur auf der Platte nicht. Erdwärme konnte das nicht sein, dann dürfte nämlich dort im Wald, wo sich die Decke des Gemäuers befand, auch kein Schnee liegen. Hier stimmte etwas nicht.

„Wir werden nächste Woche noch einmal heraufkommen, und zwar mit Temperatur-Messgeräten", meinte Wolf.

Doch dann kam ein Wettersturz dazwischen. Es gab Schneefall bis in die Täler herunter. Ohne Schneeketten war es ihnen gar nicht mehr möglich, bis zum Forstweg hinaufzufahren. So dauerte es noch ein paar Tage, bis die Straße wieder befahrbar war.

Fest in warme Winterkleidung eingemummt, stapften die beiden eine Woche später wieder durch den Wald. Es war dieses Mal schon etwas mühsamer, denn es lag bereits fast ein halber Meter Schnee. Beim Gewölbe angelangt, konnte Wolf es fast nicht glauben, was er dort sah. Das im Mai freigelegte Stück der Betonplatte war auch dieses Mal völlig schneefrei und trocken. Das Thermometer zeigte an der Oberfläche des Betons eine Temperatur von plus sieben Grad an, während die Baumstämme daneben nur maximal zwei Grad anzeigten. Die Lufttemperatur im Wald war ohnehin unter dem Gefrierpunkt.

Jetzt versuchte es Wolf mit seinem Magnetfeldmessgerät. Auch dieses lieferte an der Platte Werte, welche eindeutig von denen der Umgebung abweichend waren. Aber die größte Überraschung gab es, als Wolf den Geigerzähler in Position brachte. Der gemessene Strahlungswert am Beton übertraf die Normalwerte um ein Vielfaches und war schon fast an einer für Menschen gefährlichen Grenze angelangt.

„Sollen wir den General fragen, ob er dazu etwas sagen kann, vielleicht weiß der etwas darüber?", fragte Linda, der die Sache nun ebenfalls nicht mehr ganz geheuer erschien. „Der schläft jetzt", meinte Wolf, „den erreichen wir frühestens in drei Monaten wieder, und ich glaube auch nicht, dass er viel über den Zweck dieses unterirdischen Gewölbes weiß."

„Du meinst, er hält gerade Wintersschlaf wie ein Bär in seiner Höhle?", machte Linda einen Spaß und lachte dabei herzhaft.

„Nein, dadurch, dass die Zeit in der Station im Untersberg dreihundert Mal langsamer vergeht als hier draußen, wären acht Stunden Schlaf dort drinnen so viel wie für uns 2400 Stunden und das sind einhundert Tage oder anders ausgedrückt drei Monate."

„Ja, ich verstehe, aber das Wort ‚Winterschlaf' klingt doch irgendwie besser als deine Rechnerei", scherzte Linda erneut.

Wolf nutzte die kalte Jahreszeit dazu, noch weitere Recherchen über den General anzustellen. Er besorgte sich einige Bücher und durchsuchte oft tagelang das Internet nach Informationen über Kammler. Die spärlichen Fotos, auf denen er zu sehen war, glichen ihm aufs Haar. Der General war besonders im letzten Kriegsjahr in der Tat einer der mächtigsten Männer im Dritten Reich gewesen. Seine Befugnisse gingen weit über jene von anderen Generälen hinaus. Weshalb war aber Kammlers Name damals beim Kriegsverbrecher-Tribunal in Nürnberg so gut wie nie vorgekommen? Interessanterweise war er auch nicht in Abwesenheit angeklagt und verurteilt worden wie viele andere. Warum hatte man zu keiner Zeit ernsthaft nach ihm gesucht? Wahrscheinlich, so war Wolfs Schlussfolgerung, glaubte jede der Siegermächte, er wäre bei der Gegenseite untergetaucht und hätte sein Wissen gegen Freiheit getauscht. Damit wäre die Suche nach ihm ohnehin erfolglos geblieben. Kammler hatte also seinen Abgang sehr sorgfältig geplant, so wie alles, was er getan hatte.

Konnte ihm überhaupt etwas angelastet werden? Den besten Beweis dafür, dass dem nicht so war, lieferte ja das Tribunal in Nürnberg selbst. Keine Anklage, keine Verurteilung und auch keine Suche nach ihm.

„Haben wir es also mit einem hochintelligenten Kriegsverbrecher zu tun oder war er ein genialer Organisator und Planer?", fragend blickte er Linda an. Linda entgegnete:

„Aus seiner Sicht hat nichts, was er getan hat, mit Unrecht und schon gar nicht mit Verbrechen zu tun. Als pflichtbewusster SS-General tat er alles in seiner Macht Stehende, um seinem Volk, dem Reich und dem Führer zu dienen. Ich glaube aber nicht, dass Hitlers und besonders Himmlers Ideologien auch die seinen waren. Mit allem, was er bisher gesagt hat, macht er für mich nicht den Eindruck eines Verbrechers. Ich würde ihn eher als nüchternen, sehr intelligenten Menschen bezeichnen."

„Er hat das, was im Dritten Reich geschehen ist, eben aus seiner damaligen Sicht beurteilt. Heute sehen wir das freilich anders."

„Jeder große Befehlshaber, egal welcher Nation, der in Kriegszeiten Entscheidungen getroffen hat, wäre nach heutiger Sicht ein Verbrecher. Die Pharaonen, welche nicht gerade zimperlich mit ihren Gefangenen umgingen, und auch die römischen Kaiser, deren Massenhinrichtungen mittels Gladiatoren in der Arena uns heute in diversen Filmen zur Unterhaltung dienen. Sie alle fühlten sich im Recht, wenn auch die Menschlichkeit auf der Strecke blieb. Aber der zeitliche Abstand lässt die Leute rasch vergessen, was damals passiert ist."

„Irgendwie hat Kammler ja recht gehabt mit seiner Äußerung zu den Massenmorden von Katyn und überhaupt in Polen, wo Stalin mehrere hunderttausend Leute umbringen ließ. ‚Säuberung' nannten die Russen so etwas. Hast du aber jemals gehört, dass Stalin ein Kriegsverbrecher genannt wurde? Soweit ich mich erinnere, hat erst Boris Jelzin in den Neunzigerjahren offiziell zugegeben, dass die Sowjets für diese Massaker in Katyn verantwortlich waren. Und was glaubst du, zahlen die Russen den Polen eine Wiedergutmachung für diese Gräueltaten?"

„Wohl kaum, genauso wenig wie die Amerikaner an die Nachkommen der ausgerotteten Indianer Wiedergutmachung bezahlen."

„In Nagasaki und in Hiroshima haben sie damals, am Ende des Krieges, als Japan schon zur Kapitulation bereit war, noch schnell ihre Atombomben getestet. Ein paar hunderttausend Tote, da gab es kein Schuldanerkenntnis für diesen Massenmord an der Zivilbevölkerung und auch keine Wiedergutmachung. Aber heute sind sie die Weltpolizei und führen Kriege gegen die Achsen des Bösen."

„Erinnere dich, als wir in Indien auf den Andamanen-Inseln waren. Das ‚Cellular Jail' von Port Blair, das riesige Straflager, die sternförmige Anlage der Engländer. Dort wurden bis nach Kriegsende viele Tausende indische Freiheitskämpfer grausam gefoltert, vor Kanonen gebunden und den Haien vorgeworfen. Aus der Haut der Getöteten wurden Lampenschirme gefertigt. Weißt du noch, wie dich das damals vor zehn Jahren schockiert hat? Menschenversuche an Häftlingen wurden dort durchgeführt. Hat irgendwer gesagt, dass der Zigarren rauchende Churchill, der damalige britische Premier Minister, ein Kriegsverbrecher war? Auch von Wiedergutmachung war da nie die Rede."

„Und wenn wir schon bei Massenmorden sind, dann sollte man auch an die Vernichtung von über einer Million Kurden durch die Türken im Jahre 1915 denken. Ob es heute dort in diesem Land auch ein Dokumentationszentrum gibt, in dem die Türken ihre Schuld bekennen? Gibt es auch eine Wiedergutmachung für die Kurden?"

„Das ist vollkommen richtig, wir sollten aber dennoch nicht vergessen, dass hier bei uns, in der Zeit von

Kammlers Wirken, eben Verbrechen gegen die Menschlichkeit begangen wurden, auch wenn heutzutage mit zweierlei Maß gemessen wird. So ist es nun einmal, die Geschichte schreibt immer der Sieger."

Wolf zuckte mit seinen Achseln:
„Man sollte die Vergangenheit endlich ruhen lassen, wir wissen zumindest, dass hier bei uns Unrecht geschehen ist, die anderen Staaten, die du vorher aufgezählt hast, können das aber nicht von sich behaupten und verharren weiter in selbstherrlicher Unwissenheit."

Wolf wollte aber um jeden Preis hinter das Geheimnis des Zeitphänomens kommen. Er würde ja sehen, ob er vom General noch mehr Informationen darüber erhalten würde.

Was ihn und Linda zurzeit aber auch sehr beschäftigte, waren die Versuche von Hamam in der Cheops-Pyramide, von denen der englische Professor erzählt hatte. Zweifelsfrei waren auch dort diese schwarzen Steine mit im Spiel. Was immer sie auch bewirkt haben mochten. Vielleicht hatten die Pyramiden-Erbauer damals eine Art Zeitschleuse errichtet? In diesem Fall halfen aber auch keine Recherchen im Internet. Da gab es außer dem Bericht von Professor Coock rein gar nichts.

Und der ägyptische Archäologe Dr. Hamam würde nie etwas von diesen Dingen an die Öffentlichkeit gelangen lassen. Es war außerdem seltsam, dass Said Hamam gerade jetzt eine Kampagne startete, um aus aller Welt pharaonische Artefakte nach Ägypten zurückzubringen. Suchte er dabei nach einem der Steine?

Er erwog es sogar, ein Copyright auf Pyramiden zu erwirken, gültig für alle Staaten der Welt, was ihm aber nur ein mitleidiges Lächeln der Experten einbrachte.

Jetzt war es eigentlich klar für Wolf, Hamam war durch seine geheimen Durchbrüche in der Cheops-

Pyramide zu derart brisanten Informationen über die Technologien der Pharaonenzeit und deren Urheber gelangt, dass er für ein weiteres Vorgehen noch mehr Machtbefugnisse benötigte.

Er musste die höchsten Regierungskreise davon überzeugen, dass ihm so gut wie alle seine Projekte gelingen würden. Damit käme dann auch wieder recht viel Geld herein. Und mit Geld war ja, besonders in Ägypten, alles zu machen.

KAPITEL XXV

DER WIDDERKOPF

Der Winter dauerte jetzt schon lange und Wolf dachte an die Erzählungen Bards vom sprechenden Kopf in den tunesischen Bergoasen. War an dieser Sache wirklich etwas dran oder war das wieder einmal die berühmte arabische Fantasie? Es handelte sich schließlich angeblich um das gleiche Material wie das der schwarzen Steine, und auch die Tempelritter waren in diesem Zusammenhang erwähnt worden. Wenn er der Sache nachgehen sollte, dann jetzt im Winter. Ja, er würde die kalte Jahreszeit nützen und buchte für sich alleine einen günstigen Flug nach Tunesien. Einen Renault Mégane zur Übernahme direkt am Airport in Monastir bestellte er sich gleich dazu.

Der Mietwagen kostete für eine Woche mehr als der Flug von München und zurück. Linda, welche ja zu dieser Zeit keine Ferien hatte und in der Schule unterrichten musste, konnte diesmal nicht mitfliegen. Aber diese Reise dürfte kaum ein Problem für ihn sein. Nur musste Wolf diesmal auf den Trinkwasservorrat selber achten. Linda machte sich auch keine Sorgen um Wolf, zu gewöhnt war sie schon daran, dass bei ihm alles immer einigermaßen gut ausging. Das Satellitentelefon, das GPS, die Landkarten hatte er ja dabei. Wolf hatte sicher auch diese Fahrt gut vorbereitet, das wusste sie von ihren früheren Reisen mit ihm.

Am Morgen des Abflugtages beim Frühstück meinte Linda:

„Falls du dich in ein paar Tagen nicht meldest, dann nehme ich an, du bist entführt worden." Sie spielte dabei auf einige tragische Fälle in Tunesiens Nachbarland Algerien an, welche sich im Jahr zuvor ereignet hatten.

„Mich wird keiner entführen, nicht einmal die Al Kaida", antwortete Wolf.

„Das glaube ich auch, die würden ja gar nicht so viel zu essen haben, was du täglich vertilgst!", bestätigte sie schnippisch.

Wolf spielte den Beleidigten: „Na gut, dann fahre ich eben mit einem Taxi in die Wüste, das ist sicherer als der Mietwagen, kostet aber viel mehr und ich kann dir dann nichts mitbringen."

„War nicht so gemeint, aber pass eben auf dich auf, hörst du!"

Es war ein strahlender Tag, als Wolf auf dem Airport von Monastir ankam. Die Prozedur mit dem Leihauto war etwas umständlicher als in anderen Ländern. Aber Hauptsache er hatte ein eigenes Fahrzeug. Das Benzin war wesentlich billiger als in Europa. Wolf fuhr sofort nach Übernahme des Wagens los. Sein Ziel war Kairouan. Die Fahrt vom Flughafen dorthin würde nur eine Stunde dauern.

Zu seiner Überraschung war kaum Verkehr auf den recht schönen Straßen. Er hatte die Verkehrswege in Tunesien ganz anders in Erinnerung. Aber seit er das letzte Mal vor fünfundzwanzig Jahren hier gewesen war, hatte sich eben sehr viel verändert. Er war erstaunt, dass die Leute auch hier in Tunesien sein ägyptisches Arabisch gut verstanden. Am frühen Nachmittag erreichte er die Heilige Stadt Kairouan. Ein Hotel war rasch gefunden. Eine brennende Neugier überkam Wolf am nächsten Morgen. Würde er den Imam, von dem ihm Bard in Farafra erzählt hatte, hier finden? Nach dem Frühstück machte er sich auf die Suche. Unterwegs fragte er einen Verkäufer nach der großen Moschee. Er ging durch die fast menschenleeren Gassen. Zu dieser frühen Stunde waren noch keine Fremden hier im Basar der Stadt zu sehen. Schon von Ferne wies ihm der mehrstöckige Turm des gewaltigen Bauwerks den Weg zur Sidi Oqba Moschee. Wolf kam da ein Gedanke. Wenn er sich einen arabischen Umhang besorgen würde, wäre alles möglicherweise einfacher. Vielleicht war die Moschee zu dieser Zeit noch für Touristen geschlossen. Er kaufte kurzerhand einem tunesischen Händler dessen eigene Djelabeja ab und zog sie an. Dann war er auch schon vor der Moschee, welche mit ihrem dreistöckigem Turm und der Kuppel beeindruckend aussah.

Er ging über den Hof mit der Sonnenuhr und betrat mit gemischten Gefühlen das Innere des grandiosen islamischen Gotteshauses. Würde der Imam überhaupt da sein? Er fragte auf Arabisch einen Pilger, der ihm den Weg zum Eingang in den Gebetsraum zeigte.

Dort würde er Sheik Mohammed Abdul Jussuf finden. Im Halbdunkel und mit seinem Gewand ließ ihn der Wächter anstandslos passieren. Wolf kannte das Innere nur von den Erzählungen Bards. Aber mit traumwandlerischer Sicherheit fand er sofort den Gebetsstuhl mit den zwölf Stufen. Ein älterer Mann mit einem dunkelblauen Umhang saß darunter auf einer Bank. Als Wolf ihn nach dem Imam fragte, schaute ihn der Mann an und sagte in gutem Englisch: „Kann ich Ihnen irgendwie helfen?"

Wolf war verwundert, das sollte der Imam aus Bards Erzählung sein?

„Ich soll Sie von Bard grüßen", antwortete Wolf.

Der Imam blickte erstaunt auf:

„Von Bard, meinem Freund aus Farafra? Wie geht es ihm? Möge Allah Sie segnen, dass Sie mir Nachricht von ihm überbracht haben", diese Worte sprach der Imam in seiner Freude auf Arabisch, was Wolf aber einigermaßen verstehen konnte.

Wolf erzählte ihm von seinem Besuch bei dem Künstler in der Oase Farafra und versuchte dem heiligen Mann zu erklären, was er in Tunesien wollte. Er sprach auch von seiner Suche nach den Steinen in Ägypten und von dem, was er von Bard gehört hatte.

„Sie haben Mut und Entschlossenheit, deshalb kann ich Ihnen vielleicht weiterhelfen. Ich werde Ihnen den Weg zum Berg der Bilder erklären."

„Welchen Berg der Bilder?", fragte Wolf erstaunt.

„Es gibt dort im Grenzgebiet zu Algerien einen Berg, welchen wir den Berg der Bilder nennen. Dort finden sich mitunter Steine, auf denen sich plastisch geformte Figuren, ähnlich einem Relief, befinden. Es handelt sich dabei um den sehr harten Feuerstein.

Der Überlieferung nach hat es dort vor sehr langer Zeit einmal eine hochentwickelte Zivilisation gegeben, welche mit dem Entstehen der Sahara untergegangen sein soll. Diese besonderen Steine sollen aus jener Epoche stammen. Es ist dieselbe Gegend, wo auch der ‚sprechende Kopf' gefunden wurde."

„Ja, Bard hat mir bereits davon erzählt und ich habe auch schon etwas darüber gelesen", antwortete Wolf.

„Die meisten Leute wissen über diese Dinge nicht mehr Bescheid und Sie werden auch unterwegs niemanden danach fragen können. Aber Sie werden den Weg dorthin finden, ich werde ihn Ihnen beschreiben.

Wenn Sie vom Chott el Cherid, dem Salzsee, kommen, müssen Sie danach noch den See der Stille überqueren. Das ist kein richtiger See, sondern nur eine extrem ruhige Ebene, in der absolute Stille herrscht. Ein kurzes Stück später erreichen Sie die ‚Straße der Versuchung', gepflastert mit glitzernden Kristallen. Wir nennen sie so, da hier fast alle Leute, die dort vorüberkommen, eine Pause einlegen und sich nach den Kalzitkristallen, welche da überall auf dem Boden liegen, bücken. Bleiben Sie nicht stehen und vergeuden Sie keine Zeit, auch wenn es am Boden noch so funkelt. Der

Weg führt Sie weiter in Richtung Norden. Wenn Sie dort ohne Verzögerung vorübergekommen sind, gelangen Sie zur richtigen Zeit, am späten Nachmittag, zu den Bergen der Bilder und wenn es Allahs Wille ist auch zu den sprechenden Köpfen.

„Weshalb hat das etwas mit der Uhrzeit zu tun?", unterbrach Wolf den Imam.

„Es ist ganz einfach zu erklären, weshalb Sie diese Bildersteine jetzt im Frühjahr am besten nachmittags erkennen können. Das hat mit dem flachen Winkel der tief stehenden Sonne zu tun. Da werfen die erhabenen, reliefartigen Bilder auf den Steinen leichte Schatten und sind dadurch viel besser zu sehen.

Die Steine und Figuren dort oben in den Bilderbergen sind Zeugnisse einer längst vergangenen Kultur, es geht eine große Kraft von ihnen aus. Möge Allah Sie beschützen. Mehr kann ich Ihnen nicht dazu sagen."

Wolf bedankte sich bei dem Imam, verabschiedete sich und ging wieder durch die engen Gassen zurück zum Hotel. Er war so sehr in seinen Gedanken bei den Bildersteinen, es fiel ihm gar nicht auf, dass er immer noch die Djelabeja trug.

Wohl aber dem Araber an der Rezeption des Hotels, aber dieser machte sogar eine anerkennende Bemerkung, als er Wolf in der Landestracht kommen sah.

Am nächsten Tag fuhr er zeitig in der Früh los und erreichte schon um die Mittagszeit den großen Salzsee. Wolf hatte keine Augen für die Landschaft, wollte er doch am Nachmittag bei den Bergen angelangt sein. Auch der See der Stille war mit dem Wagen rasch durchquert. Als er dann zu den Kalzitkristallen kam, bremste er den Wagen abrupt ab. Da lag ein Fahrrad neben der Straße. Ein Unfall, dachte Wolf und blieb stehen. Nein, es war kein Unfall. Über die Straßenböschung kam ein Mädchen herauf. Sie war so um die fünfundzwanzig Jahre, hatte dunkle Haare und war wie ein Tourist mit Jeans und Pulli bekleidet. Sie hatte einige dieser glitzernden Kristalle in der Hand. Als sie Wolf sah, grüßte sie in englischer Sprache. Ihr Name war Dana, sie war Informatikstudentin und kam aus Jugoslawien. Ganz alleine fuhr sie mit ihrem Fahrrad durch halb Tunesien. Zwei Wochen war sie schon unterwegs. Sie hatte sogar ein Zelt dabei. Wolf bot ihr an, sie mitzunehmen. Sie nahm die Einladung gerne an. Ihr Fahrrad, welches sie im Flugzeug von zu Hause mitgebracht hatte, war leicht zerlegbar. Es wurde kurzerhand in dem geräumigen Kofferraum des Mietwagens verstaut. Wolf fragte:

„Hast du gar keine Angst, so alleine als Frau mit dem Rad durch dieses arabische Land zu fahren?"

„Eigentlich nicht", antwortete sie, „die Leute hier sind alle sehr freundlich und hilfsbereit, ich wurde auch schon von Berberfamilien zum Essen eingeladen. Und zum Schlafen habe ich, wenn es nötig ist, ja schließlich mein kleines Zelt dabei", und deutete mit der Hand auf ihren großen Rucksack und die Satteltaschen, welche jetzt auf der Rückbank lagen.

Wolf hielt es für puren Leichtsinn, aber dieses Mädchen mit ihren fünfundzwanzig Jahren war da eben noch sehr unbeschwert. Sie wollte in den nächsten Tagen auf die Insel Djerba zurückfahren. Von dort aus hatte sie nämlich ihren Rückflug nach Belgrad.

„Ich fahre bis zum Gebirge an die algerische Grenze, in die Nähe der Bergoase Tamerza", sagte Wolf, „aber ich muss heute noch zurück in die Stadt Douz, jenseits des großen Salzsees. Ich habe dort im El Mouradi Hotel ein Zimmer reserviert. Wenn du möchtest, dann besorge ich dir auch eines und lade dich ein. Ich fahre morgen wieder an die Küste zurück, da kannst du gerne mitkommen."

Dana freute sich über dieses Angebot, hatte sie doch die letzten zehn Tage kaum mit jemandem sprechen können.

„Was machst du eigentlich hier im Süden Tunesiens?", fragte sie Wolf.

Dieser hatte aber keine Lust, seine ganze Geschichte zu erzählen, und meinte nur, dass er Steine suchen würde, womit sich Dana auch zufriedengab. Schon eine Stunde später kamen sie an den Rand der Berge. Wolf ließ sich von der Wegbeschreibung des Imam und seiner eigenen Intuition leiten. Er bog von der asphaltierten Straße rechts auf eine holprige Schotterpiste ab. Nach ein paar Kilometern erreichten sie ein Tal, in dem sogar einige riesige Palmen standen.

Dort blieben sie stehen. Wolf wollte sich zu Fuß etwas umsehen, während Dana ihren Spirituskocher auspackte und Kaffee zu kochen begann. Sie wäre ursprünglich mit ihrem Rad zu den drei bekannten Bergoasen gefahren. Doch eine kostenlose Nacht in einem Hotel und ein Taxi für die lange Fahrt bis ans Meer, das konnte sie nicht abschlagen. Da waren ihr dann die ohnehin von Touristen überfüllten Oasen nicht mehr so wichtig.

„Ich gehe jetzt ein Stück den Berg hinauf, in einer Stunde bin ich wieder da. Pass du inzwischen auf den Wagen auf. Wenn ich wiederkomme, trinken wir Kaffee", mit diesen Worten verschwand Wolf zwischen den Palmen und suchte sich einen Pfad auf den Berg.

Er ging nur eine halbe Stunde, als er zu einem ebenen Plateau am Berghang kam. Daneben war eine Geröllhalde, auf welcher er Handteller große Steine mit seltsamen Figuren darauf entdeckte.

Ja, wie steinerne, plastische Bilder sahen sie aus. Jetzt wusste er, warum der Imam in Kairouan von den Bergen der Bilder gesprochen hatte. Das Material war eindeutig Feuerstein. Wie aber konnte dieser immens harte Stein so plastisch geformt worden sein? Während Wolf noch darüber nachdachte, fiel sein Blick auf etwas Seltsames. Mitten zwischen den Steinen lag ein faustgroßes Gebilde, welches wie ein Widderkopf aussah. Er nahm es in die Hand. Der kleine Widderkopf war sicher nicht natürlichen Ursprungs. Aber wie um Himmels willen konnte man in grauer Vorzeit so etwas herstellen? Mit welchen Werkzeugen wurde das Gebilde aus diesem harten Feuerstein herausgearbeitet? Aber die wichtigste Frage war eigentlich, von wem?

Wolf hatte innerhalb einer knappen Stunde all das gefunden, was er auf dieser Reise eigentlich finden wollte. Seine Intuition hatte ihn, wie schon so oft, wieder einmal zum richtigen Platz geführt. Er packte kiloweise Steine in seinen Rucksack. Nur den Widderkopf steckte er in den Hosensack. Dann machte er sich wieder an den Abstieg. Unten angekommen hatte Dana mittlerweile schon die zweite Tasse Kaffee getrunken. Es war aber für Wolf auch noch etwas übrig.

Er zeigte ihr seine Funde und sie war erstaunt über die Gebilde, welche Wolf gebracht hatte. Sie als nüchterne Studentin konnte sich absolut nicht vorstellen, wie Wolf wissen konnte, wo er suchen musste.

Anschließend fuhren sie zurück nach Douz. Auf der zweistündigen Fahrt unterhielten sich die beiden über die Wüste und beschlossen, am nächsten Tag auf dem Weg zur Küste einen Abstecher in die tief in der Sahara liegende Oase Ksar Ghilane zu machen. Diese Oase hatte zwar auf Danas Wunschliste gestanden, aber so eine Fahrt über achtzig Kilometer, direkt in die Wüste und zum Teil über sandverwehte Pisten, war mit dem Fahrrad nicht zu bewältigen.

Beim Abendessen in dem schönen El Mouradi Hotel am Rande der Wüste sagte Dana:

„Ich glaube aber nicht, dass wir mit diesem Wagen bis in die Oase fahren können, in meinem Reiseführer steht, dass dazu ein geländetaugliches Fahrzeug notwendig wäre."

„Das werden wir gleich nach dem Essen testen", sagte Wolf, „wir fahren die große Düne vor dem Hotel hinauf."

„Du willst doch nicht wirklich mit einem PKW in den Wüstensand fahren?", erwiderte Dana beinahe entsetzt über Wolfs Vorhaben.

Nachdem sie ihren Malventee ausgetrunken hatten, setzten sie sich in den Wagen und Wolf fuhr tatsächlich geradeaus in die Wüste hinein. Nach einer großen Runde im ebenen Gelände steuerte er den Renault Mégane auf die über zwanzig Meter hohe Düne an der flacheren Rückseite hinauf. Der Sand war fest genug. Auch bei der steileren Abfahrt nach vorne ließ sich der Wagen noch gut lenken und blieb nicht stecken.

„Ksar Ghilane, wir kommen!", mit diesem Ruf ließ Wolf den Wagen im Sand ausrollen und stellte ihn anschließend am Parkplatz ab. Für Dana hatte er ein nettes Zimmer im Hotel besorgt und es war Zeit zum Schlafen. Vorher ging Wolf noch nach draußen, um Linda per Satellitentelefon von seinen Funden zu erzählen.

„Auf diesen Widderkopf bin ich schon neugierig, wer weiß, was der für Eigenschaften hat. Ist das nun ein sprechender Kopf? Hat er schon etwas zu dir gesagt?", Linda lachte und wünschte ihm noch alles Gute für die Rückfahrt.

Das Frühstück am nächsten Morgen war das beste, das Dana auf ihrer Reise bekommen hatte. Sie war von dem schönen Hotel, hier am unmittelbaren Rande der Sahara, sehr beeindruckt.

Nachdem Wolf noch den Wagen vollgetankt hatte, fuhren sie die siebzig Kilometer bis zur Abzweigung in die Oase Ksar Ghilane.

Auch diese Straße war, entgegen der Beschreibung von Danas Reiseführer, ohne Weiteres befahrbar und schon eine Stunde später genossen sie den Anblick dieser märchenhaft schönen, grünen Oase inmitten der unendlichen Sanddünen. Ein Bad in einer vierzig Grad heißen, kristallklaren Quelle war dann die Krönung dieser Fahrt.

Nach zwei weiteren Stunden Fahrt durch Wüsten und Berge erreichten sie die Stadt Gabès an der Küste. Hier war für Dana Endstation. Von hier aus wollte sie mit ihrem Rad nach Djerba fahren, von wo aus sie wieder zurück nach Belgrad fliegen würde.

„Ich danke dir für alles, vielleicht treffen wir uns einmal in Jugoslawien, dann lade ich dich auf ein Essen ein", sagte sie zu Wolf. Sie tauschten noch ihre E-Mail-Adressen aus, um sich gegenseitig ihre Fotos senden zu können. Er schaute ihr noch eine Weile nach und bewunderte die Courage dieses Mädchens. Dann machte er sich ebenfalls auf den Weg. Es waren heute noch einige hundert Kilometer zu fahren und es würde bald dunkel werden.

Auch für ihn war am nächsten Tag die Reise vorbei. Der Renault Mégane wurde zurückgegeben, ein kleiner Imbiss noch am Airport in Monastir. Noch ein kurzer Anruf bei Linda und dann ging es schon wieder heimwärts.

Im Flugzeug nahm Wolf den Widderkopf aus seiner Tasche, schaute ihn ganz genau an und überlegte, wofür dieser Kopf eigentlich gemacht worden war.

Er würde Bard davon berichten, hatte er ihm doch diesen Fund zu verdanken. Ohne Bard und den Imam in Kairouan hätte Wolf niemals zu diesen Bergen gefunden.

Linda kam aus dem Staunen nicht heraus, als sie die Bildersteine sah. Aber als sie den Widderkopf in Händen hielt, glaubte sie etwas zu spüren, aber das konnte auch pure Einbildung sein, meinte Wolf.

„Wir werden den Kopf erst einmal zu dem schwarzen Stein aus der Cheops-Pyramide stellen, dann werden wir ja sehen, ob es da irgendeine Wirkung gibt", meinte Linda.

„Was soll denn da schon passieren, ich habe ihn die letzten drei Tage in der Hosentasche bei mir getragen. Auf jeden Fall ist das ein sehr eigenartiges Gebilde und es ist vom Material her auf alle Fälle mit den schwarzen Steinen verwandt", antwortete Wolf.

„Wahrscheinlich war dann der sagenhafte ‚sprechende Kopf der Templer' auch aus Feuerstein, er soll ja auch am Berg der Bilder gefunden worden sein."

„Wir könnten den General fragen, ob auch er von dem Templer-Kopf gehört hat, und wenn ja, was dann seine Meinung dazu ist", sagte Linda.

„Ich glaube nicht, dass Kammler, dieser nüchterne Techniker, dazu etwas sagen wird, wir werden ja sehen." Mit diesen Worten stellte Wolf den Widderkopf neben den schwarzen Stein aus der Cheops-Pyramide vor die kleine Osiris-Statue und schloss die Glasvitrine.

Kapitel XXVI

DIE BLEIZYLINDER

Endlich kam auch in den Alpen das Frühjahr, der Schnee war von den Hängen des Untersberges größtenteils verschwunden und die drei Monate, nach denen das nächste Treffen mit den SS-Leuten im Berg stattfinden sollte, waren auch vorübergegangen.

Linda und Wolf fuhren mit dem Jeep, so weit es der Weg zuließ, den Untersberg hinauf und nachdem sie die Felswand mit der Türe erreicht hatten, genügte ein kurzer Ruf und der Obersturmbannführer Weber war schon zur Stelle. „Guten Morgen", begrüßte er die beiden, „der General kommt gleich."

„Guten Morgen ist gut", meinte Wolf, „drei Monate waren wir nicht mehr hier."

Als der General herauskam, hatte er bereits die angekündigten Karten dabei.

„Die Zeitverlangsamung in der Station hat sich wieder normalisiert. Wieso konnten Sie das wissen? Sie haben es uns ja damals, als wir zum Obersalzberg gefahren sind, gesagt."

Wolf zuckte nur mit den Achseln und meinte: „Dann ist ja bei Ihnen wieder alles im Lot."

„Es hat für mich den Anschein, als wüssten Sie mehr, als Sie sagen", meinte Kammler.

„Herr General, ich glaube, das beruht auf Gegenseitigkeit", gab Wolf schmunzelnd zurück.

Kammler überlegte noch einen Augenblick und sagte:

„Wie Sie mir bereits erzählt haben, sind Sie ja Pilot, es wird am besten sein, Sie fliegen selbst mit einer kleinen Maschine direkt auf die Kanaren-Insel. Sie werden daher auch nicht die üblichen Kontrollen über sich ergehen lassen müssen, als wenn Sie als Tourist reisen würden. Der Eingang zur Höhle liegt im Süden von Fuerteventura. Er ist in einem Landhaus. Sie sehen auf den Karten, welche Sie von mir erhalten werden, alles genauestens eingezeichnet. Wenn Sie dort in dem Haus angelangt sind, gehen Sie vom Erdgeschoss in den Keller, dort befindet sich eine schwere Eisentüre, hinter der ein Gang ist, der zu einer Wendeltreppe führt. Die müssen Sie hinuntergehen. Diese Stiege mündet in eine sehr große, natürliche Lavahöhle. Am Ende der Treppe geht rechts ein gemauerter Gang tief in den Berg. Sie kommen dann an eine Wand, an der sich Platten mit verschiedenen Symbolen befinden. Die Platte mit dem Zeichen der ägyptischen Göttin Sechmet müssen Sie fest drücken, dann sollte sie sich öffnen lassen und einen kleinen Schacht freigeben. Darin befinden sich die beiden Bleizylinder. Drücken Sie aber auf keinen Fall eine der anderen Platten. Das hätte katastrophale Folgen für Sie und könnte Ihren Tod bedeuten. Ich hoffe, dass Sie alles noch so vorfinden werden, wie es vor einem Jahr, pardon, vor fünfundsechzig Jahren errichtet wurde. Es gibt noch einen zweiten Eingang in die Lavahöhle, der liegt um gut sechzig Meter tiefer, am Rand eines künstlich aufgeschütteten Hügels. Dort wurden die Maschinen und Geräte für die unterirdische Versuchsanlage hineingebracht. Bis dorthin müsste demnach auch eine befestigte Zufahrt sein. Ich weiß nur, dass es zumindest diesen zweiten Eingang gibt, möglicherweise sind noch weitere Notausgänge vorhanden. Ich kann Ihnen aber nicht mehr dazu sagen." Mit diesen Worten übergab er Wolf die Karten, auf denen alles bis ins Detail eingezeichnet war. Es waren vier Karten. Die erste war eine Navigationskarte für Flugzeuge, wie Wolf als Pilot unschwer erkennen konnte. Man sah darauf Südspanien, Gibraltar, die nordafrikanische Küste, Cap Juby und die Kanarischen Inseln. Eine Kurslinie für Flugzeuge mit den notwendigen Grad-Angaben war darin eingezeichnet. Am südlichen Ende der Insel Fuerteventura, direkt an der Atlantikküste, war auf der zweiten Karte ein Flugfeld zu sehen. Der dritte Plan zeigte die Halbinsel Jandia mit der wüstengleichen Dünenlandschaft als nördlichen Abschluss zur übrigen Insel. Es war ein Fahrweg vom Flugplatz eingezeichnet, der über einen steilen Pass hinunter am Berghang entlangführte. Dort stand ein Gebäude, das Landhaus, und dieses war auf dem vierten Plan im Detail dargestellt. Wolf nahm die Karten, schaute den General etwas misstrauisch an und sagte:

„Ich werde alles Nötige vorbereiten und melde mich dann nochmals vor dem Abflug bei Ihnen. Hier habe ich noch etwas für Sie", mit diesen Worten übergab er Kammler ein Handy, samt Bedienungsanleitung, Reserve-Akku und einem Ladegerät. „Das ist ein Wertkarten-Telefon, damit können Sie uns jederzeit erreichen.

Ich habe es mit einem Guthaben von vielen hundert Stunden Gesprächsdauer aufgeladen. Es funktioniert anonym. Sie müssen dazu aber aus der Station herausgehen. Oben vom Untersbergwald aus haben Sie überall eine ausgezeichnete Verbindung. Unsere Telefonnummern sind bereits eingespeichert. Aber wenn Sie es benutzen, dann gehen Sie ein Stück vom Eingang der Station weg, Sie könnten damit theoretisch angepeilt und geortet werden." Kammler blickte misstrauisch auf das kleine Mobiltelefon und wandte sich nochmals an Wolf:

„Was ich Ihnen noch sagen wollte, wenn Sie die Bleizylinder geborgen haben, dann fahren Sie am besten damit gleich zum Flugfeld an der Südspitze der Insel. Verstecken Sie sie dort gut und holen Sie die Dinger bei Ihrem Rückflug mit dem kleinen Flugzeug von dort wieder ab.

Die Zylinder könnten ansonsten bei einer etwaigen Kontrolle auf dem großen Airport entdeckt werden."

Der General hatte recht mit der Kontrolle, auch Piloten von Privatflugzeugen mussten auf allen großen Flughäfen einen Metalldetektor passieren. Aber wie sollte er ohne Erlaubnis auf der alten Piste im Süden landen? General Kammler stellte sich das wirklich einfach vor, früher war das vielleicht gegangen, aber heute? Wolf würde sehen, was sich machen ließ.

Kammler bedankte sich noch für das Handy, sie verabschiedeten sich und die beiden machten sich an den Abstieg.

„Glaubst du, dass die mit dem Telefon umgehen können?", fragte Linda.

„Warum nicht, es ist ja schließlich eine deutsche Anleitung dabei und normalen Strom zum Aufladen des Akkus haben sie ja auch in ihrer Station", meinte Wolf, als sie den Pfad im steilen Bergwald wieder hinuntergingen. Bevor die beiden nach Hause fuhren, kehrten sie noch in den großen Gasthof am Fuße des Untersberges ein.

Linda setzte sich an ihren Lieblingstisch mit dem grünen Kachelofen und sagte:

„Traust du dir diesen Flug nach Fuerteventura alleine zu? Ist dir das nicht zu weit? Das musst du alles selber fliegen."

„Wir sind doch schon öfters große Strecken geflogen", sagte Wolf und rechnete im Kopf nach, „diesmal werden es so an die zweitausend nautischen Meilen sein, das dürften dann ungefähr zwanzig Stunden Flugzeit für eine Strecke werden. In drei Tagen ist das absolut zu schaffen."

Lindas Blick verhieß nichts Gutes: „Drei Tage hin und drei Tage zurück, glaubst du, ich möchte meine Osterferien in der engen Cessna verbringen?"

„Wenn du es schneller haben möchtest, dann müssten wir schon ein Düsenflugzeug haben, aber ich werde dich dafür mit einem sehr schönen Hotel in Fuerteventura entschädigen."

Das Erste, was Wolf zu Hause einfiel, war, Franz, dem Hotel-Manager in Ägypten, eine Mail zu senden, ob er ihm für diese Reise nach Fuerteventura im dortigen Sheraton Hotel eine Suite zu einem erschwinglichen Preis vermitteln könnte.

Danach begann er mit den Vorbereitungen für den Flug auf diese Kanareninsel. Er hatte zwar schon öfters größere Flüge mit der kleinen Cessna durchgeführt, aber diesmal nur mit Linda alleine und noch dazu sozusagen in „geheimer Mission" würde es sicher anstrengender werden.

Kapitel XXVII

Marokko

Wolf war schon viele Male auf den Kanaren gewesen. Auch mit Sportflugzeugen hatte er von Gran Canaria aus jede einzelne der anderen sechs Inseln besucht.

Aber die über dreitausend Kilometer lange Strecke nach Fuerteventura direkt von Salzburg aus war doch eine etwas größere Herausforderung. Er würde diesmal eine viersitzige Cessna nehmen. Das blau-weiße Flugzeug hatte das Kennzeichen OE-KFW. Mit dieser zuverlässigen, robusten Maschine hatte Wolf schon einige größere Flüge gemacht.

Zuvor wollte er sich aber nochmals mit Kammler treffen. Diesmal konnte Wolf mit dem neu erworbenen Jeep viel weiter auf den Berg hinauffahren als sonst mit seinem PKW. So dauerte es auch nicht lange, bis er die Felswand mit der Türe erreichte. Obersturmbannführer Weber holte wieder den General. „Ich gebe Ihnen hier noch einen Schlüssel mit", mit diesen Worten reichte der General Wolf ein rohrähnliches Teil mit drei Plättchen an einem Ende, welche wie ein Stern auseinanderstanden. Auf der anderen Seite hatte das Rohr einen Griff. „Falls die Sechmet-Platte eine Öffnung haben sollte, dann stecken Sie diesen Schlüssel hinein, verdrehen Sie ihn etwas und ziehen Sie fest am Griff, dann können Sie die Platte, falls sie klemmen sollte, sicher herausziehen, aber versuchen Sie unter keinen Umständen, ein anderes Fach aufzumachen. Mit diesem Schlüssel können Sie im Übrigen auch die Eisentüre im Keller des Landhauses öffnen, wenn Sie sie verschlossen vorfinden sollten.

Sie werden die Karten ja bereits studiert haben, ich hoffe, dass Sie alles noch so ähnlich vorfinden, wie es einst gebaut wurde. Und noch mal öffnen Sie die Zylinder, wenn Sie sie finden, auf keinen Fall. Ich wünsche Ihnen und Ihrer Begleiterin viel Glück." Mit diesen Worten verabschiedete sich der General. Wolf ging zum Wagen hinunter und fuhr wieder zurück. Er ahnte zu dem Zeitpunkt bereits, dass sie auf der bevorstehenden Reise eine Menge Glück brauchen würden.

Linda hatte als Lehrerin ja nur in den Schulferien frei, so musste Wolf die Reise, die ja doch so an die zehn Tage dauern würde, unbedingt auf die Osterwoche legen. Da gab es für Linda elf schulfreie Tage hintereinander.

Der Flugplan, die Ausrüstung, das Kartenmaterial und persönliches Gepäck, das war alles rasch erledigt und besorgt. Wolf hoffte auf gutes Flugwetter. Linda war noch nie so weit in einer kleinen Maschine geflogen, deshalb kam bei ihr auch wieder einmal leichte Nervosität auf, als sie zeitig in der Früh in Richtung Südfrankreich starteten. Es war Kaiserwetter und die Alpen waren bald überquert. Die Route führte über den Alpenhauptkamm nach Milano in Italien, weiter über Genua, Monaco und Marseille. Linda genoss den Anblick der Côte d'Azur, welche auf ihrer Seite langsam vorüberzog. In Aix-en-Provence war der erste Stopp geplant. Der zweite Tag brachte die beiden bis Málaga, wobei in Valencia aufgetankt werden musste. Es war ein langer Flugtag, doch Wolf musste sich kaum um die Navigation kümmern, da sie ohnehin fast immer die spanische Küste entlangflogen. An diesem Tag waren es für ihn trotzdem mehr als sieben Stunden, welche er am Steuer war.

Auch der Start am nächsten Morgen in Málaga verlief normal, nur diesmal würde sie der Flug in einen anderen Kontinent führen. Nach einer knappen Stunde erreichten sie das südliche Ende von Europa.

Die Meerenge von Gibraltar lag unter ihnen. Sie flogen links am Felsen vorbei und Afrika lag greifbar nahe, als überquerten sie einen See. Wolf nahm Funkkontakt mit Tanger Control auf und sie wurden über das Festland in Richtung Casablanca weitergeleitet. Eine Stunde später kamen die weißen Häuser der großen marokkanischen Stadt in Sicht. Die Landefreigabe wurde in einem mit arabischen Worten durchsetztem Englisch erteilt. Eine ausgediente Super-Konstellation stand einsam auf einer Abstellfläche des Flughafens. Die Zollformalitäten gestalteten sich für ein afrikanisches Land relativ einfach. Ein kleiner Imbiss im ersten Stock einer Kantine am Rollfeld und danach starteten sie wieder in Richtung Agadir. Schon aus über einhundert Kilometern Entfernung konnte man den Leuchtturm dieser Stadt aus der Luft deutlich erkennen. Weiter nach Süden ging es nun einige hundert Kilometer entlang an den endlosen Stränden der Atlantikküste. Manchmal reichten die Dünen der Sahara bis ans Meer.

Ein letzter Tankstopp noch in Tan-Tan auf einem Flugplatz, nahe einer kleinen Stadt am Rande der Sahara. Mit dem wenigen Benzin in den Tanks wäre ein Erreichen des Flughafens von Fuerteventura ein gefährliches Unterfangen gewesen.

Es war bereits später Nachmittag und der Abendwind in der Wüste hatte schon voll eingesetzt. Die kleine Cessna tanzte wie ein Blatt im Wind beim Anflug auf die Rollbahn des Militärflugplatzes von Tan-Tan. Die Landung war dann eigentlich gar nicht mehr so schwierig, wie ursprünglich angenommen, da sich die Turbulenzen über der Runway in Grenzen hielten. Die Enttäuschung war aber groß, als der leitende Offizier den beiden klarmachte, dass hier nur Kerosin, also Treibstoff für Düsenflugzeuge, gelagert sei und als Treibstoff für die Cessna könnte höchstens Autobenzin in Kanistern von der zehn Kilometer entfernten Wüstenstadt geholt werden. Eine Leiter und einen Trichter zum Füllen der Tagflächentanks würde er ihnen gerne leihen. Aber mit dem in den Tanks verbliebenen Sprit würden sie „wahrscheinlich" Fuerteventura ohnehin erreichen. Sie sollten es einfach versuchen.

Dankend lehnte Wolf ab. Autobenzin war doch nicht der richtige Treibstoff für das kleine Flugzeug. Auf den Versuch, die Kanareninsel mit dem letzten Tropfen Benzin anzufliegen, und das bei Gegenwind, darauf wollte sich Wolf keinesfalls einlassen.

Auf der Flugkarte sah er aber, dass die nächste Stadt El Aaiún an der marokkanischen Staatstraße in Richtung Dakar in erreichbarer Nähe war und zudem Rückenwind in dieser Richtung herrschte.

Ein Telefonat mit dem Flughafen in El Aaiún und Wolf wusste, dass es dort wirklich Flugbenzin gab, zumindest fassweise.

Sie ließen sich mit einem Taxi in die Stadt Tan-Tan bringen und im einzigen Hotel war ihnen eine geruhsame Nacht sicher.

Zuvor gab es im Restaurant noch ein gutes orientalisches Abendessen und zum Schluss den obligatorischen Pfefferminztee.

„Was meinst du, werden wir etwas finden mit den Karten, welche wir von Kammler haben?", fragte Linda und machte einen großen Schluck Pfefferminztee. „Auf alle Fälle werden wir dank Franz ein wunderschönes Quartier auf der Insel haben, er hat uns ja im dortigen Sheraton Hotel eine Suite reserviert", meinte Wolf lachend und ärgerte sich darüber, dass es hier in dieser kleinen, orientalischen Wüstenstadt nicht einmal ein Bier gab, von Wein ohnehin zu schweigen.

„Was könnte es sein, das Kammler so dringend braucht?" Linda kaute bedächtig an einer Dattel, welche hier wesentlich besser schmeckte als zu Hause.

„Etwas Technisches vielleicht oder ein radioaktives Material, wer weiß?" Wolf deutete auf seinen Flugkoffer. „Da drinnen ist der Mikro-Armband-Geigerzähler, mit dem können wir das schon kontrollieren."

Wolf gab noch die Koordinaten der wichtigsten Punkte auf der Insel in sein GPS ein. Er wollte sich schon beim Anflug aus der Luft einen Überblick verschaffen, wohin sie dann später mit dem Geländewagen fahren mussten.

Der nächste Tag war wieder abenteuerlich. Nach dem Start am Vormittag bei klarer ruhiger Luft flogen sie in geringer Höhe direkt über der einzigen Straße Richtung Süden. Als nach einer Stunde Flug die Anzeigen für beide Tanks schon fast auf null standen und von El Aaiún noch immer nichts zu sehen war, kam bei Linda doch eine gewisse Nervosität auf.

„Weißt du wirklich, dass der Flugplatz bald auftauchen wird?" Wolf versuchte zu beschwichtigen: „Falls uns der Sprit ausgeht, könnten wir notfalls auf der Straße landen und müssten dann nur auf einen Wagen warten, von welchem wir etwas Benzin bekommen könnten."

„Die LKWs fahren aber alle mit Diesel und Personenwagen habe ich eigentlich keinen einzigen gesehen", meinte Linda. „Und wo ist eigentlich die Straße geblieben?"

Wolf zog die Maschine nach rechts und musste feststellen, dass sie sich, ohne es zu bemerken, von der Straße entfernt haben mussten. Sollte er jetzt steigen? Aus größerer Höhe würde man das Asphaltband in der Wüste bestimmt ausmachen können. Aber Steigen bedeutete einen größeren Spritverbrauch und den konnten sie sich gerade jetzt mit fast leeren Tanks nicht leisten. „Wir nehmen direkten GPS-Kurs auf El Aaiún und das in einhundert Meter Höhe über den Sanddünen. El Aaiún ist nur noch einundvierzig nautische Meilen entfernt", sagte Wolf nach einem Blick auf die Instrumente.

„Bist du sicher, dass wir wirklich einhundert Meter Höhe haben?" Linda wusste, dass die letzte Instrumenteneinstellung über Agadir erfolgt war, und falls sich der Luftdruck mittlerweile geändert hatte, konnte es leicht sein, dass sie wesentlich tiefer flogen, als der Höhenmesser anzeigte. Sie hatten in der Wüste ja keinen Anhaltspunkt, an dem sie die Höhe abschätzen konnten. Die Dünen konnten zwei Meter oder auch zwanzig Meter hoch sein.

„Notlanden möchte ich hier eigentlich auch nicht, aber wir sind ja in einigen Minuten in El Aaiún", versuchte er, sie zu beruhigen.

„Kannst du mir etwas zu trinken geben?" Das vom Schweiß durchtränkte Hemd klebte mittlerweile an Wolfs Rücken.

„Diesmal muss ich dich enttäuschen", sagte Linda, „wir haben fünf Liter Motoröl, Schwimmwesten und die große automatische Rettungsinsel dabei, aber Wasser ist diesmal keines an Bord."

„Ich möchte mir gar nicht ausmalen, wie es uns nach einer Notlandung in dieser Wüste ohne Wasser ergehen würde", erwiderte Wolf und im selben Moment sah er bereits die ersten Häuser von El Aaiún flimmernd direkt unter der Sonne auftauchen.

„Ich hoffe bloß, dass das jetzt keine Fata Morgana ist", meinte Linda und sah so nebenbei auf die beiden Tankanzeigen, welche inzwischen komplett auf null standen. Kurz nachdem sich Wolf beim Tower des Flughafens gemeldet hatte, kam die erlösende Antwort: „OE-KFW, cleared to land runway 27, wind 240 degrees, 24 knots." Sie mussten nur noch einen Teil dieser Stadt überqueren. Sanft setzte Wolf das kleine Flugzeug trotz des starken Windes auf der riesigen Landebahn auf.

Ein Militärpilot eines großen Transportflugzeuges, den sie im Flughafen trafen, wollte die beiden noch in das russische UN-Hauptquartier zu einem Willkommensdrink einladen, was Wolf aber freundlich ablehnte.

Sie wollten ja schließlich heute noch Fuerteventura erreichen. Ein Araber pumpte von Hand aus ein Fass Flugzeugbenzin in die Tanks, während die Formalitäten erledigt wurden. Auf Wolfs Frage, ob er in Cap Juby dem heutigen Tarfaya an der engsten Stelle zwischen Afrika und Fuerteventura zwischenlanden könne, hieß es, das sei kein Problem. Es gäbe dort zwar weder Funk noch Tower, aber eine Landung auf eigene Verantwortung sei ohne Weiteres möglich.

Als die Cessna schließlich wieder in der Luft war, sagte Linda:

„Das ist nicht dein Ernst! Du willst doch nicht wirklich auf diesem kleinen Sandplatz vor den Häusern von Tarfaya landen!"

„Weshalb nicht? Antoine de Saint-Exupéry hatte in Cap Juby eine Zeit lang einen Job als Postmeister und er ist hier laufend gelandet, und das mit viel größeren Flugzeugen."

„Du bist aber nicht Saint-Exupéry, auch wenn du ihm figurmäßig in den letzten Jahren immer ähnlicher wirst", und spielte damit sarkastisch auf Wolfs Übergewicht an. Wolf gab ihr mit etwas finsterem Blick zurück:

„Lehre du die Kinder in der Schule Lesen und Schreiben, aber erkläre mir nicht, wie ich zu fliegen habe."

Sie hatten bereits das Kap von Tarfaya an der Atlantikküste erreicht und Wolf ließ die Cessna langsam sinken. Hier von Tarfaya war es mit einhundert Kilometern die kürzeste Entfernung zwischen dem afrikanischen Kontinent und Fuerteventura. Wolf ließ die Landeklappen ausfahren und die kleine Maschine wurde merklich langsamer. Der Flugplatz hier war nur eine einfache Sandpiste und es durfte kaum schwierig werden, hier zu landen.

Da es keine Funkverbindung gab und die Landung nach eigenem Ermessen zu erfolgen hatte, wollte Wolf sich zuvor noch vom guten Zustand der Piste überzeugen. Er flog nun mit minimaler Geschwindigkeit in zehn

Meter Höhe über die Landebahn auf die kleine Siedlung zu. Erst jetzt erkannte er, dass sich etwa in der Mitte der Piste eine Sanddüne von knapp einem Meter Höhe über die gesamte Breite aufgetürmt hatte.

„Dann eben nicht", sagte Wolf, schob mit einer zügigen Bewegung den Gashebel wieder hinein, der Motor heulte auf und er zog die Maschine steil nach oben. Sie flogen über den kleinen Hafen von Tarfaya hinweg auf das offene Meer hinaus und anstatt der Sanddünen hatten sie jetzt nur noch schaumgekrönte Wellenberge unter sich. „Jetzt haben wir noch gut einhundert Kilometer Atlantik vor uns, dann erreichen wir die Südspitze von Fuerteventura. Dort werden wir uns gleich aus der Luft ein bisschen umsehen. Vor allem die alte Landebahn an der Küste, von der General Kammler gesprochen hat, interessiert mich." Linda schaute mit gemischten Gefühlen nach unten. Sie hatten zwar eine Rettungsinsel an Bord, aber würde eine Notlandung im Falle eines Motorausfalles in diesem aufgewühlten Meer überhaupt möglich sein? Der Motor hatte aber keinen Grund zum Ausfallen, er wusste außerdem auch nicht, dass er sich gerade über dem Wasser befand.

Nach einer halben Stunde befanden sie sich bereits über der Halbinsel Jandia auf Fuerteventura. Wolf konnte einwandfrei die Reste des alten Flugplatzes erkennen. Die Landebahn war, ebenso wie die Ypsilon-förmige Mauer am Obersalzberg, exakt nach den Himmelsrichtungen angelegt. Direkt am Meer genau von Norden nach Süden ausgerichtet und auch genau eintausend Meter lang. Das sah nach deutscher Gründlichkeit aus. Wolf wusste erst jetzt, wo er mit dem Geländewagen hinfahren musste. An der Westküste entlang überflogen sie die kleine Siedlung Cofete, welche eigentlich nur aus einigen kleineren Häusern oder Baracken ähnlichen Hütten bestand. Aus der Luft konnte man auch ein Windrad sehen, welches vermutlich zur Stromerzeugung diente. Kurz dahinter kam das alte Landhaus, von dem der General ebenfalls erzählt hatte, in Sicht. Wie eine kleine Festung mit einem runden Turm war es am Fuße des dahinter steil aufragenden Berges zu sehen. Sehr gut aus der Luft auszumachen waren in der Nähe des Gebäudes auch einige große Abraumhalden, welche man wahrscheinlich vom Boden aus gar nicht mehr als solche erkennen würde.

„Ob die damals hier irgendetwas abgebaut haben? Welche Bodenschätze sollte es auf Fuerteventura eigentlich geben?" Linda schaute Wolf fragend an. „Keine Ahnung, vielleicht wollten die damals einen Stützpunkt errichten", erwiderte dieser und flog einen engen Kreis um das Gebäude.

Wolfs Kamera klickte ununterbrochen, er fotografierte alles, was für sie später irgendwie interessant sein konnte, und bereitete sich auf den Landeanflug auf Puerto del Rosario vor. Kurz bevor sie nach rechts über die Berge flogen, sahen sie unter sich ein riesiges Wrack vor dem Sandstrand in den Wellen. Ein halbes Schiff von enormer Größe lag da in der tosenden Brandung. „Das ist die ‚American Star', die sollte nach Thailand geschleppt werden. Sie ist bei einem Sturm, als die Trosse des Schleppers rissen, auf Grund gelaufen und in zwei Teile zerbrochen. Das war in den frühen Neunzigerjahren", klärte Wolf Linda auf, welche mit gemischten Gefühlen auf die Schiffshälfte unter ihnen blickte.

Dann kam schon die Stadt Puerto del Rosario in Sicht und ein Stückchen südlich war bereits die Landebahn des Airports zu sehen. Hier herrschte um diese Zeit reger Flugverkehr. Pausenlos starteten und landeten die großen Ferienflieger und die kleine Cessna bekam zwischen zwei anfliegenden Airbussen die Landefreigabe. Nach dem Abstellen des Flugzeuges und der recht einfachen Zollkontrolle für die Insassen von Privatflugzeugen ging es zum Schalter der Autovermietung. Den Wagen, einen Landrover Defender, wie er auch beim britischen und israelischen Militär im Einsatz war, hatte Wolf schon von Österreich aus reserviert. Sie konnten das Fahrzeug direkt am Airport übernehmen und von dort nur noch sieben Kilometer nach Süden zum neu erbauten Sheraton Hotel fahren. Linda war entsetzt, als sie den schon fast expeditionstauglichen, spartanischen, schweren Landrover sah. „Hätte für uns ein normales Auto nicht auch gereicht, das nächste Mal wirst du wohl einen Panzer nehmen?"

„Keine schlechte Idee", meinte Wolf, „aber damit lassen die uns beim Sheraton Hotel nicht parken, nehme ich an."

Kurz darauf erreichten sie auch schon das Hotel. Franz, der Manager vom Sheraton in Safaga, hatte nicht zu viel versprochen, dieses Haus hier verdiente sicher seine fünf Sterne. Aber würden sie den Luxus dieser Anlage auch wirklich ausnützen können?

Dank Franz wurden sie an der Rezeption von der deutschen Ramona wie VIPs mit Champagner begrüßt und erhielten eine wunderschöne Suite im zweiten Stock, von der sie einen herrlichen Ausblick auf die Poolanlage und das dahinterliegende Meer hatten.

„Könnten wir nicht einmal Urlaub machen so wie andere Leute auch?", meinte Linda, die offensichtlich von Wolfs Abenteuertouren schon wieder einmal gestresst war.

„Wir sind eigentlich nicht unterwegs, um Urlaub zu machen, wir sind diesmal sozusagen auf Geschäftsreise. Wir wollen uns ja etwas verdienen, oder nicht?" Auf Lindas etwas traurigen Blick hin aber sagte er noch rasch: „Schau, die Abende verbringen wir ja ohnehin hier im Hotel und vielleicht können wir auch noch ein bis zwei Tage am Pool oder am Strand in der Sonne liegen. Zum Baden wirst du dieses Mal sicher kommen, das verspreche ich dir."

Linda kannte Wolf nur zu gut, um zu wissen, dass er dieses Versprechen kaum halten würde können. „Ich werde dich daran erinnern."

Kapitel XXVIII

▲

Fuerteventura/Villa Winter

Am nächsten Morgen, gleich nach dem Frühstück, fuhren sie mit dem Landrover in Richtung Süden. Sie erreichten auf der gut ausgebauten Straße durch die Berge, vorbei an erloschenen Vulkanen, nach etwa fünfzig Kilometern die schöne Wüstenlandschaft von Costa Calma, welche Linda schon aus der Luft fasziniert hatte. Nach einer weiteren halben Stunde kamen sie, vorbei an mondänen Feriensiedlungen, nach Morro Jable. Die Straße war hier zu Ende, eine Holperpiste mit Rillen wie ein Waschbrett zog sich in endlosen Kurven an der Küste entlang. Es dauerte nochmals eine halbe Stunde, dann befanden sie sich an der Südwestspitze der Insel, dort, wo die alte, aufgelassene Landebahn unmittelbar am Meer lag. In der Mitte, links an der Rollbahn, dürfte ein Gebäude gestanden haben. Spärliche Reste von Grundmauern waren im Schotter noch zu sehen. Wahrscheinlich waren hier früher die Treibstofftanks aufgestellt worden. „Jetzt wirst du gleich wissen, warum wir diesmal ein geländegängiges Fahrzeug brauchen", sagte Wolf und fuhr mit einer scharfen Rechtskurve von der Straße ab. Der Landrover holperte querfeldein über kopfgroße Steine auf die Startpiste. Dort beschleunigte Wolf den Wagen und fuhr mit über einhundert Stundenkilometern auf der recht sauberen Schotterpiste dahin.

„Willst du jetzt abheben?", fragte Linda mit gespielter Ruhe.

„Ja, würde ich gerne, aber das Höhenruder klemmt", sagte Wolf und lachte herzhaft. Am Ende der Rollbahn blieb er stehen und fuhr gemächlich die gesamte Länge des Flugplatzes wieder zurück, als suche er etwas.

„Das, was mich hier interessiert hat, weiß ich jetzt", meinte Wolf, „und nun fahren wir weiter zum Landhaus." Sie mussten wieder dieselbe Strecke zurück in die Berge fahren, wo dann eine kleine Abzweigung nach Cofete beschildert war. Nach einigen Kilometern kurvenreicher Bergfahrt erreichten sie einen Pass. Von dort oben bot sich ihnen ein grandioser Ausblick auf die Westküste der Insel. Menschenleere Sandstrände und dahinter steil aufragende Berge. „Das sieht hier aus wie die Insel von Robinson Crusoe", sagte Linda verträumt, mit vom Wind zerzausten Haar, als Wolf sie jäh aus ihren Gedanken riss und die Sprache auf Kammler brachte.

„Woher hatte der General das genaue Kartenmaterial? Alle hier eingezeichneten Details auf diesem alten Plan sind absolut identisch mit dem, was heute, nach siebzig Jahren, auch noch besteht. Im Übrigen, das Landhaus ist auf der alten Karte unter ‚Chalet Cofete' eingezeichnet."

„Es leben auch kaum Menschen hier, da sind nur die paar Hütten dort unten vor dem Hügel. Stromleitungen habe ich unterwegs auch nirgendwo gesehen." Linda fotografierte und nickte phlegmatisch, was man aber auch für ein gewisses Hungergefühl der Lehrerin halten konnte. Schließlich hatten sie seit dem Frühstück im Hotel nichts mehr gegessen.

„In Cofete soll es eine Bar geben, wir werden sehen, dass wir da etwas zu essen bekommen", murmelte Wolf und lenkte den Landrover die Kurven des Berghanges hinunter.

„Pass auf, da kommt uns ein Wagen entgegen!" Linda schaute mit ängstlichen Blicken den steilen Abgrund hinunter. Spätestens jetzt, als Wolf in eine kleine Ausweiche fahren wollte, machte sich der schlechte Einschlag der Lenkung bemerkbar. Er musste etwas zurücksetzen, um in die kleine Lücke an der Felswand hineinzukommen. Der Kleinwagen, welcher ihnen entgegenkam, hatte nun genügend Platz und fuhr hupend vorbei. Freilich hatte man es mit so einem kleinen Wagen leichter auf dem schmalen Weg als mit dem schweren Landrover.

Wolf hatte aber unbedingt einen echten Geländewagen gewollt, mit dem er wirklich überall hinfahren konnte. Und das war eben dieser Landrover Defender, wie ihn auch das israelische Militär im Einsatz hatte. So wurde diesmal auf die Annehmlichkeiten einer bequemen Automatik-Limousine verzichtet.

Bis auf einige Ausflügler, von denen die meisten wegen der holprigen Piste mit offenen Suzuki Allradautos unterwegs waren, gab es in der Nähe von Cofete keine Leute zu sehen. Einzig in der Bar war ein Kellner, der den beiden außer einem Bier auch einen Ziegenbraten mit Kartoffeln brachte. Linda schaute argwöhnisch auf das Ziegenfleisch und stocherte mit ihrer Gabel daran herum. „Das nächste Mal könntest du mich wenigstens fragen, bevor du mir einfach so etwas Exotisches bestellst."

„Was heißt hier exotisch?", Wolf schaute sie verwundert an, „der Ziegenbraten ist, außer einem Toast aus der Mikrowelle, das Einzige, das es hier zu essen gibt." Die Ziege war gut und schmeckte ihr schlussendlich doch. Das Essen war zwar nicht so wie im Sheraton, aber ihr Hunger machte doch einiges wett. Außerdem bekamen sie ja Ziegenbraten ohnehin sonst nirgends zu essen.

Irgendwo draußen brummte ein Dieselgenerator, der wohl den Strom für die Elektrogeräte der Küche lieferte. Auf Wolfs Frage, ob sie in das alte Haus dort oben am Berghang hineingehen könnten, meinte der Kellner, das wäre die „Villa Winter". Ein reicher Deutscher, dem bereits schon vor dem Krieg die gesamte Halbinsel Jandia gehört hatte, hätte sich damals dieses Anwesen errichten lassen. Auch das Flugfeld im Süden stammte noch von ihm. Dort in dem Landhaus haust jetzt eine arme, alte Spanierin mit ihren zwei Brüdern. Sie würde sich bestimmt über einen Besuch und das damit verbundene Trinkgeld freuen. Aber viel würde da sicher nicht zu sehen sein. Es kämen zwar immer wieder Touristen hierher, um sich dieses Relikt aus der NS-Zeit anzusehen. Es soll inzwischen zu einer Attraktion für die Urlauber, welche mit organisierten Jeep-Safaris in diese Gegend kommen, geworden sein. Auch kursieren geheimnisvolle Gerüchte rund um die Villa. Aber das wären halt nur Erzählungen, mehr nicht. Wolf bezahlte, der Kellner machte den Tisch sauber und die beiden gingen nach draußen. Eine starke Böe wirbelte den Staub auf dem Platz vor der Bar auf. Wolf blickte sich beim Einsteigen in den Wagen nochmals um: „Das Windrad auf halber Höhe des Hügels hinter der Bar, das ist tatsächlich für die Stromversorgung der Hütten hier. Aber das große Landhaus am Berg drüben, woher hatten die Leute damals dort den Strom in dieser abgelegenen Gegend?" Er wendete den Landrover und fuhr den schmalen Schotterweg in Richtung der alten Villa. Es sollten noch etwa eineinhalb Kilometer sein. Der ziemlich holprige Weg wurde kurz vor dem Anwesen noch etwas schlechter und steiler. Wolf schaltete auf den ersten Gang zurück. Das Landhaus, die Villa Winter, sah wirklich beeindruckend aus. Am großen runden Turm an der linken Seite des Gebäudes zeigten sich aber schon die Spuren der Zeit. An einigen Stellen war der weiße Verputz bereits heruntergefallen. Immerhin war ja dieses Haus schon über siebzig Jahre alt. Sie ließen den Wagen vor dem Eingangstor stehen und sahen schon von Weitem die alte Spanierin, von welcher der Kellner in der Bar von Cofete erzählt hatte. Rosa werde sie genannt, obwohl das eigentlich gar nicht ihr richtiger Name sei, hatte er gesagt. Mit zehn Euro Trinkgeld sollte der Eintritt samt Führung eigentlich gesichert sein, dachte Wolf und gab der Alten einen Geldschein in die Hand. Die Frau, sichtlich erfreut, zeigte sich danach auch sehr gesprächig, aber eben nur auf Spanisch, wobei Wolf und Linda natürlich nichts von alledem verstanden. Sie war recht freundlich und führte die beiden überall im Haus herum, wobei Wolf im Erdgeschoss des Turmes eine große, alte Elektroschalttafel mit Sicherungen auffiel. Aber woher sollte damals der Strom dafür gekommen sein? Vermutlich war hier früher einmal irgendwo ein Dieselgenerator installiert gewesen, der mittlerweile wieder entfernt worden war. Die schwere Eisentüre im Kellergeschoss, von der Kammler erzählt hatte, hatten sie auch bald entdeckt, aber Rosa bedeutete ihnen, dass sie keinen Schlüssel dafür hätte. Wolf hatte einige Erfahrung mit Schlössern und fragte, ob er versuchen dürfe, die Türe aufzuschließen. Da Rosa offensichtlich nichts dagegen hatte und die beiden in dem Kellergang allein ließ, machte sich Wolf daran, mit einem Sperrhaken, welchen er immer in seinem Flugkoffer mit dabei hatte, das alte Türschloss zu öffnen. Linda war erstaunt, als er nach wenigen Minuten tatsächlich die Türe offen hatte. Er leuchtete mit seiner kleinen Taschenlampe hinein.

„Da drinnen ist eine Wand aus Ziegeln, der Eingang ist zubetoniert", sagte Wolf sichtlich enttäuscht.

Sie stiegen wieder nach oben und trafen draußen auf Miguel, den älteren Bruder von Rosa.

„Ich werde versuchen, ob ich von ihm erfahren kann, ob es da noch anderswo hinein in den Berg geht", meinte Wolf und ging mit Miguel auf dem kleinen Platz über der Villa. Ein furchteinflößender Kettenhund bellte und fletschte wütend die Zähne, doch als er Miguel sah, beruhigte er sich rasch. Der Spanier ging zu einer Art Hütte und führte Wolf hinein. Im Halbdunkel konnte man einen verrosteten Schachtdeckel am Boden erkennen. Miguel deutete mit der Hand nach unten. Der Deckel war leicht zu öffnen, Wolf hob ihn an und sah eine Leiter nach unten.

„Ich glaube, ich habe jetzt einen Eingang gefunden", sagte er zu Linda, nachdem er wieder zurück am Weg beim Landrover angelangt war.

Einfach hineingehen konnten sie jetzt nicht, nein, sie mussten die alte Spanierin und ihren Bruder ablenken. Sie gingen wieder in die Villa und fragten Rosa, welche im Innenhof unter einer Bananenstaude saß und strickte, ob sie nach Cofete mitfahren wolle. Freudig nickte die Alte und rief ihren Bruder. Auch Miguel wollte mitfahren und sie stiegen in den Wagen. Wieder an der Bar angekommen, ließen sie die beiden dort aussteigen, sagten ihnen, dass sie noch hinunter zur Playa, ans Meer, fahren würden, und verabschiedeten sich. Wolf fuhr auch wirklich den Weg zum Strand. „Wir werden den Wagen hier unten stehen lassen und den einen Kilometer zurück zu Fuß gehen. So merkt dann keiner, wenn wir uns in dem Schacht unter dem Einstieg etwas umsehen." An einem kleinen, mit einer Mauer umzäunten Friedhof, direkt am Sandstrand, stellten sie den Landrover ab. Linda nahm noch eine Wurst, welche sie als Jause bei der Tankstelle gekauft hatte, mit. „Die ist für den Hund, damit er uns in Ruhe lässt!"

Wolf nahm noch seinen Pilotenkoffer und es dauerte nicht lange, da waren sie auch schon wieder hinter der Villa Winter, vor dem Platz mit der Hütte. Der Hund bellte anfangs zwar, aber als ihm Linda die Wurst zuwarf, wurde er friedlich und ließ die beiden vorbeigehen. Jetzt standen die zwei vor dem Schachtdeckel.

„Steig du als Erste hinunter, ich klappe den Deckel hinter uns wieder zu, dann wissen die Alte und ihr Bruder, wenn sie wiederkommen, gar nicht, dass wir überhaupt hier hineingestiegen sind. Sie werden uns ohnehin am Strand unten vermuten."

Kapitel XXIX

DIE LAVAHÖHLE

Es waren nur einige Meter bis zum Boden. Unten angekommen holten sie sich ihre Stirnlampen aus dem Flugkoffer. Mit gemischten Gefühlen folgte Linda Wolf in die Finsternis. Ein kurzer Gang führte einige Meter bergwärts und mündete in eine Art sauber betonierter Halle, in welcher ein großer Dieselgenerator stand. Die grau lackierte Maschine war optisch in einem erstaunlich guten Zustand. Kaum zu glauben, dass dieser Generator schon über siebzig Jahre hier stehen sollte. Sogar Öl war noch in den Schaugläsern, oben am Generator. Rechts am Ende des Raumes ging es in einen höhlenartigen Gang über viele Gitterroststufen immer tiefer nach unten. Es musste früher eine Beleuchtung in diesem unterirdischen System gegeben haben, was sauber verlegte Stromleitungen, vereinzelte Scheinwerfer und Schalter an den Wänden belegten. Im fahlen Schein ihrer Lampen erreichten sie schließlich eine Wendeltreppe, welche in einem großen Schacht hinunterführte, dessen unteres Ende sie selbst mit Wolfs starker Handlampe nicht ausmachen konnten. Sie gingen weit über einhundert Stufen diese Wendelstiege hinunter, als sich der Schacht plötzlich zu einer gewaltigen Lavahöhle erweiterte. Endlich unten angekommen, sahen sie auf der linken Seite einige verschlossene Türen in betonierten Stolleneingängen. Der Armband-Strahlungsmesser von Wolf piepste und signalisierte damit eine deutliche Zunahme der Radioaktivität. Nach rechts ging ein gemauerter, offener Stollen, so wie ihn Kammler beschrieben hatte.

„Na, was sagst du jetzt? Alles so, wie es der General gesagt hat." Nachdem sie ungefähr zwanzig Meter weitergegangen waren, mündete der Gang in einen großen Raum, in welchem sich tatsächlich die plattenförmigen, hervorstehenden Türchen wie Schließfächer an der linken Seite befanden. „Dann wollen wir jetzt das Postfach mit der Katzengöttin suchen", sagte Wolf. „Das ist keine Katze, das ist Sechmet, die löwenköpfige Kriegsgöttin, welche den Hauch des Todes bringt", sagte Linda beinahe beschwörend und so leise, als sollte es niemand hören, „darüber solltest du keine Späße machen." Sie drehte sich um und leuchtete mit ihrer Lampe die rechte Seite des Raumes ab. „Schau, da!" Sie stieß einen Schrei aus und stolperte rückwärts gegen die Wand mit den Platten. Wolf drehte sich auch um und sah im Schein seiner Lampe zwei menschliche Skelette liegen. An den noch nicht verrotteten Uniformen war zu erkennen, dass es sich um Soldaten gehandelt haben musste.

Linda war vor Schreck mit ihrem Rucksack gegen eine der hervorstehenden Platten gestoßen, die nun herunterfiel und zerbrach. Aus der freigegeben Öffnung rollte ein kleiner, runder Gegenstand heraus und landete genau zu Lindas Füßen. „Schnell, leg dich auf den Boden!" Wolf bückte sich geistesgegenwärtig und warf die Handgranate mit aller Kraft in den Gang zurück. Dann ließ er sich auf den Boden fallen. Die Detonation in der Höhle war fürchterlich. Überall stürzten Felsbrocken und Betonstücke herunter. Eine sich rasch ausbreitende Staubwolke verdüsterte den Raum. Das Atmen fiel den beiden schwer. Ein ohrenbetäubendes, metallisches Knirschen und Scheppern erfüllte die Höhle. Dann war Totenstille. Als sich der Staub schließlich gesenkt hatte, stand Linda wieder auf. Sie zitterte am ganzen Leib. „Das hätte schlimm für uns ausgehen können", sagte Wolf, „du weißt ja, Kammler hatte uns ausdrücklich davor gewarnt, ein anderes Fach zu öffnen. Wahrscheinlich hat es die beiden da", und er deutete dabei auf die Skelette, „auch auf diese Weise mit einer Handgranate erwischt. Eine recht effektive Art, etwas zu sichern. Wenn wir nicht die Warnung vom General gehabt hätten, dann wären wir jetzt vielleicht auch tot."

Linda saß der Schreck noch in den Knochen, als sich Wolf wieder der Wand mit den Platten zuwandte. Linda entdeckte als Erste die Stelle, auf welcher die Kartusche, das Siegel der ägyptischen Göttin Sechmet, zu sehen war. Es war eher unauffällig und klein. Aber es war deutlich zu identifizieren, wenn man wusste, wonach man suchen musste. Auch das kleine Loch in der Mitte der Platte war da. Wolf zögerte, schob aber dann den Schlüssel von Kammler in die Öffnung der Platte und verdrehte ihn. Ein kurzer fester Druck auf die Türe und dann fest am Griff des Schlüssels angezogen. Ohne Weiteres ließ sich das Fach öffnen. Vorsichtig legte Wolf die Sechmet-Platte auf den Boden und leuchtete mit seiner Lampe in den kleinen Schacht hinein. Drinnen befanden sich die zwei Bleizylinder, von denen Kammler gesprochen hatte. Ja, sie waren noch da. Nach über siebzig Jahren. Dem Durchmesser nach wie eine Bierflasche und etwa fünfundzwanzig Zentimeter lang. Sie waren auch nicht besonders schwer, also dürfte das Bleirohr auch keine allzu große Wandstärke haben. Der Geigerzähler zeigte an den Rohren absolut keine Erhöhung der Strahlung an. Falls sich im Inneren etwas Radioaktives befunden hätte, würde es von dem empfindlichen Gerät in jedem Fall angezeigt werden. „Wir nehmen jeder einen Zylinder", sagte Wolf und gab Linda auch ein Bleirohr, welches sie in ihrem Rucksack verstaute. „Jetzt freu ich mich schon wieder, wenn wir hier raus sind, für heute habe ich nämlich genug erlebt", meinte Linda. „Ja, ich auch, aber für die Wendeltreppe werden wir sicher eine halbe Stunde brauchen, aber dann gibt es einen Toast und ein Bier in der Cofete Bar", sagte Wolf.

Sie gingen durch den betonierten Gang zurück zur Lavahöhle. Bei der Wendelstiege angekommen, erstarrten die beiden vor Schreck. Der Tragholm, um den sich die Auftrittsstufen wanden, war durch die Explosion der Handgranate unten an der Basis abgerissen und geknickt worden. Die Granate musste direkt am Holm detoniert sein dadurch war ein drei Meter hohes Segment der Treppe heruntergefallen und an ein Hinaufkommen war jetzt nicht mehr zu denken.

„Wir sind hier unten gefangen, eingesperrt und die beiden Spanier wissen nicht einmal, dass wir hier sind. Es wird uns auch keiner suchen. Und falls überhaupt irgendjemandem der Landrover an der Friedhofsmauer unten am Meer auffällt, dann würde er glauben, wir wären spazieren oder schwimmen." Linda stammelte diese Sätze in einem Anflug von Klaustrophobie. „Und wie lange werden unsere Taschenlampen noch leuchten? Haben wir Reservebatterien dabei?"

„Ich bin auch nicht glücklich darüber, dass ich die Treppe gesprengt habe, aber der General hat doch etwas von einem zweiten Eingang gesagt, den sollten wir suchen. Batterien habe ich noch welche dabei, wir werden jetzt aber trotzdem nur noch eine Taschenlampe verwenden, wer weiß, wie lange es dauert, bis wir diesen Ausgang gefunden haben."

Die Türen an der linken Wand der Lavahöhle waren alle verschlossen und es sah auch nicht danach aus, als lägen dahinter Ausgänge. Sie wirkten eher wie Lagerräume und eine spezielle Türe mit ein paar undefinierbaren Symbolen glich am ehesten einem Laborzugang. Rechts zweigte ein roh behauener Gang ab, der geradewegs und ohne Steigung in die Dunkelheit führte. Auch hier waren an den Wänden Stromleitungen und Lampen angebracht. „Ich habe da eine Vermutung, wenn mich meine Orientierung nicht täuscht, dann führt dieser Stollen in Richtung Cofete. Tief genug heruntergegangen wären wir ja schon, in ein paar hundert Metern sollten wir in der Nähe der Bar sein."

Schweigend gingen die zwei den absolut geraden Gang entlang. Nach einer Viertelstunde war im Lichtkegel von Wolfs Lampe eine gemauerte Wand zu sehen. Das war aber keine Betonwand wie zuvor in der großen Lavahöhle. Nein, das waren moderne Betonziegel und stammten aus neuerer Zeit. Sie mussten sich also tatsächlich unmittelbar bei der Bar in Cofete befinden. Der zweite Eingang zu dem Labyrinth war aber offensichtlich nach dem Krieg zugemauert worden. „Wir werden hier jämmerlich umkommen, hätte ich mich doch nicht darauf eingelassen, mit dir auf diese Insel zu fliegen."

„Wenn die hier damals vor Kriegsende so eine aufwendig gebaute Station hatten, dann gab es bestimmt mehrere Ausgänge. Wir gehen jetzt einfach weiter. Schau, dort vorne geht es nach rechts." Und deutete dabei auf eine, im Licht der Taschenlampe kaum sichtbare Abzweigung. Sie mussten nur ein paar Meter gehen, da standen sie wieder vor einer Wendeltreppe, gleich der oben bei der Villa Winter. „Keinen Schritt mache ich mehr, ich gehe da nicht hinunter, wer weiß, wo wir da noch hinkommen. Ich werde lieber an die Betonziegelwand klopfen, vielleicht hört uns irgendwer."

„Ich halte das für Kräfteverschwendung, womit willst du eigentlich klopfen, mit den Händen? Glaub mir, es gibt sicher noch einen anderen Ausgang." Linda hatte mittlerweile ihre Taschenlampe auch wieder angeschaltet. Er ging zur Wendelstiege, auch hier konnte er mit seiner starken Lampe das untere Ende nicht sehen. Widerwillig folgte ihm Linda. Noch einmal waren es über einhundert Stufen, als sich ihnen, unten angekommen, eine große Naturhöhle auftat. Doch auch hier war es ähnlich wie oben in der Lavahöhle mit den vielen Türen. Von Ferne hörten sie ein leises Rauschen oder Plätschern. Sie folgten dem einzigen Weg. „Das Meer, das ist das Meer!", rief Wolf. „Tief genug müssten wir in der Zwischenzeit schon heruntergestiegen sein, so an die einhundert Meter Höhenunterschied." Das Rauschen wurde zunehmend lauter und Linda glaubte bereits, das Meerwasser zu riechen. Ein kleiner Gang zweigte nach rechts ab. Wolf ging aber geradeaus weiter, dem Geräusch des Wassers folgend. Nach einer Minute mündete der Stollen in eine Art riesige Lavahöhle mit einer Kaimauer wie ein unterirdischer, kleiner Hafen. Im schwachen Licht ihrer Lampen konnten sie rechts an der Betonmauer ein altes U-Boot sehen. Das Boot war mit dicken Stahltrossen an die Mauer gebunden. Zwischen Schiff und Beton waren starke Holzbohlen, oder zumindest die Reste davon, zu sehen. Das U-Boot schwamm noch, und das nach fünfundsiebzig Jahren.

„Das ist einer der Ausgänge", meinte Wolf, „das Boot ist hier ja auch hereingefahren, also muss es da auch einen Ausgang geben."

„Ja, aber falls du es noch nicht bemerkt hast, das ist ein U-Boot und U-Boote fahren auch unter Wasser. Wir können aber, sollte der Ausgang tatsächlich noch intakt sein, nicht so weit tauchen. Wahrscheinlich ist der Unterwasserkanal hier in diese Höhle herein aber ohnehin versandet. Wir müssten ja sonst einen Lichtschimmer sehen."

„Das vermute ich auch, das Wasser hier ist viel zu ruhig, deshalb ist auch das Boot noch schwimmfähig."

„Schau, Linda! Da vorne, dreh deine Lampe aus!" Wolf zeigte auf einen kleinen Lichtstrahl, welcher am Ende des U-Bootes auf das Wasser fiel.

„Woher kommt das?" Linda schöpfte jetzt wieder etwas Hoffnung.

„Siehst du die Eisenleiter dort hinten an der Wand? Die verschwindet nach oben in einer Öffnung an der Höhlendecke über dem Wasser. Das könnte eine Art Notausgang sein. Von dort oben kommt das Licht herein. Wir müssen uns also direkt unterhalb des Strandes befinden."

„Ja, aber die unteren Stufen der Eisenleiter sind vom Salzwasser zerstört worden. Erst weiter oben sehen sie wieder so aus, als ob sie in Ordnung wären."

„Du hast recht, dann versuchen wir es eben vom Boot aus, es ist hoch genug."

„Wie sollen wir vom Boot zu der Leiter rüberkommen? Das sind mindestens zwei Meter."

„Wir nehmen den Steg hier", Wolf deutete auf den an der Mauer liegenden Übergang zum U-Boot. Sie legten das Teil auf das Boot, kletterten hinüber und trugen die kleine Brücke an das Heck des Schiffes. Sie war gottlob nicht schwer und Wolf konnte sie mit Schwung auf einem intakten Bügel der Leiter aufstützen. „Ich halte jetzt das Ding und du kletterst hinüber und steigst gleich die Leiter hoch."

Linda war das nicht ganz geheuer und etwas zaghaft kroch sie den Steg schräg nach oben, hinauf zur Leiter. In diesem Moment bewegte sich das schwere Boot einige Zentimeter zurück, der Steg schwankte, Linda taumelte, rutschte auf dem glatten Holz nach hinten. Sie schrie kurz auf und fiel die drei Meter hinunter ins pechschwarze Wasser.

Wolf musste den Übergang festhalten, damit dieser nicht auch noch ins Wasser fiel und die inzwischen wieder aufgetauchte Linda traf.

Sie schwamm im fahlen Licht von Wolfs Lampe am dunklen Rumpf des U-Bootes entlang zurück zur Kaimauer. Dort führte eine Treppe vom Wasser auf die Kaimauer hinauf. Wolf holte die triefende Linda mittschiffs ab, half ihr an Bord und bei ihrem zweiten Versuch, den Steg hinüber zur Leiter zu überqueren, klappte es dann. Wolf hatte sich seinen Flugkoffer am Gürtel seiner Hose angebunden, damit er beide Hände frei hatte. Dann kroch er ebenfalls über den hölzernen Steg. Die zwei kletterten die Steigbügel empor, welche wie in einem Kanalschacht etwa zehn Meter nach oben führten. Es war ein winziger Spalt, durch den das Tageslicht hereinfiel. Die Leiter hörte auf einem Betonpodest auf. Ein kleiner, sehr niedriger Raum war am oberen Ende des Schachtes. An der Decke war eine Betonplatte, welche aber nur von innen geöffnet werden konnte. Ein Eisenstab fungierte als Drehriegel. Er war zwar verrostet, aber aufgrund seiner Länge von über einen Meter konnte ihn Wolf ohne große Mühe verdrehen und öffnen. Die Platte selber hatte ein ansehnliches Gewicht, ließ sich aber trotzdem etwas zur Seite schieben, zumindest so weit, dass er Linda hinausheben konnte. „Warte ein bisschen, ich kratze hier oben den Sand und die Steine weg, dann kannst du den Deckel von unten leichter aufschieben, sonst kommst du hier nämlich nicht raus." Selbst in dieser Situation spielte sie wieder einmal auf Wolfs Umfang an. Mühevoll zog sich Wolf durch die Öffnung ins Freie.

„Komm, schau, wo wir sind. Wir feiern sozusagen Auferstehung!" Linda deutete auf die Gräber ringsum. Sie waren mitten in dem kleinen Friedhof durch eine Grabplatte herausgekommen. Und der Landrover stand ja praktischerweise auch direkt an der Friedhofsmauer. Linda war von ihrem Sturz ins Wasser völlig durchnässt und mit ihren nassen Jeans konnte sie sich jetzt nicht in den Wagen setzen. Kurzerhand zog sie sich ihren Badeanzug an, welcher noch trocken im Landrover lag, und warf sich ein Strandtuch über: „So, die Zylinder haben wir, jetzt können wir wieder zurückfahren." Wolf erwiderte:

„Ich denke gerade daran, dass wir mit den Bleizylindern kaum durch den Metalldetektor am Airport kommen würden, Kammler hatte da schon recht, wir bringen sie besser zur Landepiste", sagte Wolf und startete den Wagen.

Er fuhr nochmals über den Pass zurück zu dem alten Flugplatz im Süden der Insel. Bei einer markanten Steinplatte am Ende des Rollfeldes blieb er stehen, nahm die beiden Zylinder heraus und versteckte die Bleiröhren unter einigen Felsstücken.

„Die findet hier in den nächsten Tagen bestimmt niemand. Außerdem kommen hierher ohnehin keine Leute. So interessant ist der alte Flugplatz nicht und man erkennt ihn auch kaum beim Vorbeifahren. Die Bleizylinder holen wir dann beim Rückflug ab."

„Ich verstehe dich nicht ganz oder willst du hier auf diesem Schotterfeld mit der Cessna wirklich landen? Ohne Genehmigung?"

„Wenn wir am südlichen Ende der Insel tief genug fliegen, dann hat uns Canaria Control nicht am Radar. Wir landen hier, holen uns die Zylinder und starten sofort wieder. Das Ganze dauert nur ein paar Minuten, dann melden wir uns am Funk, als ob nichts gewesen wäre. Eine halbe Stunde später sind wir ja ohnehin über Afrika im marokkanischen Luftraum."

Wolf wendete den Landrover und fuhr vom Rollfeld wieder auf die Straße.

„Mich würde brennend interessieren, was in den beiden Behältern drinnen ist", meinte Linda.

„Zu wissen, wo wir einen guten Fisch und ein kühles Bier bekommen, das wäre mir jetzt im Augenblick wichtiger", sagte Wolf und fuhr wieder zurück. Kurz vor einem Leuchtturm, unmittelbar an der wildromantischen Felsküste in einem winzigen Ort, gab es drei Kneipen. Dort konnte Linda auch in Badekleidung auf der Terrasse einen vorzüglich zubereiteten Papageienfisch genießen. Gleich würde die Sonne über dem Meer untergehen.

„Warum ist General Kammler so an diesen Zylindern interessiert, weshalb hat er die Dinger damals verstecken lassen und vor allem, was ist da wohl drinnen?", fragte Linda bei der Rückfahrt.

„Viele Fragen auf einmal, aber ich kann mich damit nicht so richtig beschäftigen, ich muss mich heute Abend noch um den Flugplan kümmern. Die Marokkaner wollen den Plan ja 24 Stunden vor Abflug haben. Und übermorgen geht's wieder nach Hause." Am nächsten Tag, während Wolf noch den Flugplan und die Tankstopps per Fax an die marokkanischen Behörden übermittelte, konnte sich Linda am Pool etwas erholen.

Beim Abendessen im Hotel brachte Wolf das Thema wieder auf die schwarzen Steine.

„Der General hat etwas entdeckt, was mit den Steinen und der Zeitverlangsamung zusammenhängt. Dann haben die irgendein technisches Gerät gebaut, welches aber nach seinen eigenen Aussagen nicht so richtig funktioniert hat. Jetzt schickt er uns nach Fuerteventura, um etwas für ihn zu holen. Vermutlich arbeiten seine Leute noch immer an dieser Konstruktion. Hier auf der Insel wurden damals in den unterirdischen Räumen Experimente durchgeführt, die wahrscheinlich eben nur in dieser einsamen, abgelegenen Gegend zu machen waren."

„Schon möglich", erwiderte Linda und nippte an ihrem Glas mit dem spanischen Rotwein, „aber was hat das Ganze mit den schwarzen Steinen zu tun?"

„Erinnerst du dich an die Kartusche der Sechmet auf der Steinplatte in der Höhle? Weshalb haben die SS-Leute dort unten ein ägyptisches Zeichen verwendet? Hätte da eine germanische Rune nicht besser dazu gepasst?"

„Ja, mit Ägypten muss es etwas zu tun gehabt haben, aber ich erkenne noch immer keinen Zusammenhang mit den schwarzen Steinen."

„Ich habe einmal gehört, dass Himmler im letzten Kriegsjahr ein Netzwerk mit dem Namen ‚Sechmet' errichten ließ, aber außer dieser Information weiß ich gar nichts darüber."

„Es genügt ja, dass dieser Name zumindest auch anderswo als auf der Platte aufgetaucht ist, da besteht sicher ein Zusammenhang. Und denke an den Gang, aus dem wir mit Raghab den letzten Stein geholt haben, dort war doch ebenfalls ein Bild der Sechmet in den Felsen gehauen. Vielleicht hat das alles wirklich mit diesem geheimnisvollen Netzwerk zu tun?"

„Aber warte, da gibt es ja noch die alten Geschichten über Atlantis, denen Hitler und Himmler ja ebenfalls etwas abgewinnen konnten. Soweit ich mich erinnere, ging es dabei um Kristalle, welche nach den Erzählungen zur Übertragung und Gewinnung von Energie verwendet wurden. Auch Kammler sprach vor unserer Abreise von Kristallen, welche für die Versuche verwendet wurden. Damit bekommt dann auch wieder der alte Film von Leni Riefenstahl, ‚Das blaue Licht', eine völlig neue Bedeutung. Und schließlich hat ja Hitler angeblich mit einem Kristall das Versteck des Steines im Untersberg markieren lassen."

„Jetzt macht das Ganze Sinn, wahrscheinlich hat Hitler die Höhle mit dem Kristall auch gar nicht markieren wollen. Wäre es nicht möglich, dass er das Licht, gebündelt durch den Kristall, in die Höhle hinein direkt auf die beiden Steine geleitet hat? Und wenn es so gewesen sein sollte, dann hätten sie damals zumindest noch einen Spiegel zum Umlenken des Strahles in die Höhle hinein gebraucht."

„Was sollte der Lichtstrahl auf den schwarzen Steinen aber bewirken?"

„Am besten, wir fragen den General, wenn wir wieder zurück sind, vielleicht kann uns er dazu noch weitere Informationen geben."

„Da fällt mir noch etwas ein, erinnerst du dich daran, als wir in der Wallfahrtskirche auf dem Ettenberg waren? Die Kirche, welche genau auf einer Linie mit dem Berghof Hitlers, dem unterirdischen Gewölbe und dem steinernen Ypsilon, das hoch auf dem Bergkamm ist, liegt.

Dort in dem Gotteshaus ganz oben an der Decke, da ist doch ein großes Wandbild, auf dem zu sehen ist, wie ein Lichtstrahl, ausgehend von einer blau gekleideten Madonna, durch einen Spiegel reflektiert wird. Dieser Strahl fällt dann auf einen blauen Edelstein, der sich auf dem Haupt einer Frau befindet. Wahrscheinlich wieder ein Zufall? Und ausgerechnet in dieser Kirche, am Fuße des Untersberges?"

„Ja, du hast recht, das ist schon seltsam, vielleicht hat es Symbolcharakter?"

Kapitel XXX

DER SANDSTURM

Nach der Ankunft am Airport in Puerto del Rosario war es genau so, wie Wolf gesagt hatte. Sie mussten einen Metalldetektor passieren und auch Wolfs Flugkoffer mit seinen Geräten wurde durchleuchtet. „Es war schon gut, dass wir die Dinger versteckt haben, jetzt müssen wir sie nur noch abholen."

Der Start verlief problemlos und sie erreichten schon nach fünfzehn Minuten den Süden der Insel. Wolf nahm den Gashebel zurück, ließ das Flugzeug auf einhundert Meter Höhe sinken, zog eine lange Kurve nach links auf das Meer hinaus und ließ die Landeklappen voll ausfahren. „Ich möchte auf dieser Schotterpiste mit Minimalgeschwindigkeit landen. Einen kaputten Reifen können wir uns nicht erlauben, schließlich landen wir hier ja ohne Genehmigung."

Unter dem heftigen Piepsen der Geschwindigkeitwarnanzeige setzte die Maschine sanft auf dem Schotterfeld auf und Wolf rollte vorsichtig zum Ende der Startbahn, wo die beiden Bleizylinder unter den Steinen versteckt waren. Linda öffnete die Türe, kletterte bei noch laufendem Propeller aus der Maschine und holte die Behälter, während Wolf mit aufheulendem Motor das kleine Flugzeug wendete und wieder in Startposition brachte. Kaum war Linda wieder im Flugzeug und hatte die Türe verriegelt, schob Wolf den Gashebel nach vor und startete. Nach einer halben Minute waren sie bereits wieder über dem Meer und meldeten sich bei

Canaria Control. Doch als Antwort kam diesmal keine Routinemeldung. Es war eine Wetterwarnung. Ein Sandsturm war im Anzug, direkt auf sie zu, von Afrika her, sie sollten umkehren. Wolf überlegte nur kurz, dann ersuchte er Canaria Control um Änderung des Flugplanes. Er wollte die südlich von ihnen liegende Insel Gran Canaria anfliegen. Diese kannte er von früher und dort gab es an der Südküste einen privaten Flugplatz nur für kleine Maschinen. Kontrollen gab es dort auch keine. Dorthin würden sie ausweichen. Mittlerweile machte sich aber auch schon der Sandsturm bemerkbar und die Sicht wurde merklich schlechter. Es war wie in einem gelblichen Nebel. Kaum zwei Minuten dauerte es, dann war alles um sie nur noch in diffuses Gelb getaucht. Wolf ersuchte die spanische Flugaufsicht um eine größere Flughöhe, welche ihm auch sofort genehmigt wurde, aber auch noch in dreitausend Meter Höhe war die Sicht absolut null.

Seine Bedenken, dass er in Kürze in die Nähe der Warteschleifen der großen Chartermaschinen kommen würde, veranlassten ihn nochmals, die Höhe zu ändern. Diesmal auf Mindesthöhe, bis er Sicht auf das Meer hatte. Aus nur einhundert Metern sahen sie dann die Schaumkronen der Atlantikwellen unter ihnen. Nach zwanzig Minuten Tiefflug erreichten sie den kleinen Platz von El Berriel auf Gran Canaria. Wolf kannte den Leiter der dortigen Flugschule und schon nach einer Stunde saßen sie mit dem alten Spanier Fernandez auf der Terrasse des Flugplatzrestaurants und tranken eine Sangria. Fernandez erledigte für sie auf unbürokratische Art die Änderung des Flugplanes und besorgte ihnen auch ein Quartier für die Nacht.

Am nächsten Tag war der Sandsturm vorüber und es gab herrliches Flugwetter. Sie starteten frühmorgens und erreichten nach einer guten Stunde Flugzeit die afrikanische Küste in Marokko. Ein Zwischenstopp in Agadir zum Auftanken und danach ging es weiter nach

Marrakesch, wo sie auch die Nacht verbrachten. Zuvor zeigte Wolf Linda noch eine Attraktion dieser orientalischen Stadt. Den Platz der Gaukler, die Djemaa el Fna, was mit „Platz der Geköpften" zu übersetzen wäre. Dort tummelten sich bis spät in die Nacht hinein Schlangenbeschwörer, Märchenerzähler und Wasserverkäufer. Für Linda war das ein willkommenes Erlebnis und ließ sie die Strapazen der letzten Tage etwas vergessen. Am nächsten Morgen am Airport wurde nochmals vollgetankt und zuvor der Wetterbericht eingeholt. Sie nahmen dieselbe Route zurück wie beim Hinflug. Auf der ganzen Strecke bis Frankreich war das Wetter einigermaßen gut und sie kamen am Ostermontag in Aix-en-Provence an. Der Wetterbericht für den nächsten, den letzten, Flugtag, der sie über die Alpen führen sollte, war nicht gerade ermutigend. Eine Südstaulage brachte tief liegende Wolken über Norditalien und der einzig mögliche Talflugweg war an Venedig vorbei, bis Triest und dann in Richtung Norden durch das Val Canale, bis an die österreichische Grenze. Diese Strecke war Wolf schon oft geflogen und stellte normalerweise auch keine großen Anforderungen an den Piloten. Nur dieses Mal, als sie von Treviso Control an Padua Military übergeben wurden, kam die Anweisung per Funk nicht höher als siebenhundert Meter Meereshöhe zu fliegen. Militärische Aktivitäten, was immer auch damit gemeint war, wären zu erwarten. Diese Meldung erhielt Wolf aber erst am Eingang des Tales. Eine Antwort war ihm aufgrund der niederen Flughöhe und der hohen Berge ringsum nicht mehr möglich. Der Funkkontakt war mittlerweile abgebrochen. Die letzte Anordnung der Flugsicherung war aber in jedem Fall zu befolgen, was dazu führte, dass die Cessna schon nach kurzer Zeit nur noch in geringer Höhe über der Autobahn dahinflog. Das Tal stieg stetig an und die Höhe über Grund betrug jetzt deutlich weniger als einhundert Meter. Erschwerend hinzu kam noch, dass das Betonband der Autobahn unter ihnen, an dem sie sich bislang orientiert hatten, plötzlich in einem Tunnel verschwand. Linda war still geworden und schaute nur ängstlich auf die vorbeiflitzenden Bäume, welche in weniger als fünfzig Metern Entfernung neben dem Flugzeug zu sehen waren. Dann kam eine Abzweigung in ein Tal. Rechts hineinfliegen oder geradeaus weiter? Aus dieser Perspektive hatte Wolf diese Gegend auch noch nie gesehen. Er musste nun rasch handeln, denn flog er in das falsche Tal, war in dieser extrem niedrigen Höhe wegen der Enge zwischen den Bergen ein Umkehren unmöglich. An die Folgen eines solchen Fehlers zu denken, hatte er aber kaum Zeit. Rechts war richtig, irgendwie hatte er die Geografie im Kopf und wenn auch die Häuser am Berghang bereits in gefährliche Nähe kamen, so waren sie aber doch auf dem richtigen Weg. Linda sah ein Auto unten auf der Straße, sie konnte sogar das Gesicht des Fahrers erkennen. Sie dachte an ihre Kinder zu Hause und hatte spätestens bei der zweiten rechtwinkeligen Talabzweigung, in welche Wolf mit einer Sechzig-Grad-Steilkurve hineinflog, mit ihrem Leben abgeschlossen. Ihre Fluggeschwindigkeit betrug immerhin 160 Stundenkilometer.

Luke Skywalkers Flug durch die Schluchten des Todessternes im Film „Krieg der Sterne" ging ihr durch den Kopf und sie würde Wolf diesen Vergleich später einmal, wenn sie das heil überstehen würden, erzählen.

Dieser bemerkte nichts von Lindas Endzeitgedanken, er war zu sehr mit dem Zick-Zack-Kurs durch dieses enge Tal beschäftigt. Auf der linken Seite des Berghanges standen einige Häuser und er konnte bei einigen tatsächlich, wenn auch nur für Sekundenbruchteile, bei den Fenstern hineinsehen.

„Schau, ob du die Masten einer Stromleitung irgendwo am Hang entdeckst, falls so ein Kabel in unserer Flughöhe das Tal überspannt, könnte das fatale Folgen für uns haben."

Noch einmal die Cessna auf die Schneide gestellt, diesmal in einer Linkskurve, ruhig bleiben und sie waren durch.

„Ein bisschen Abwechslung schadet doch nicht", meinte Wolf zu der geschockten Linda, die noch immer kein Wort sagte. „War doch der erste Teil des Rückfluges von Fuerteventura bis auf den Sandsturm über dem Atlantik so ruhig, dass es schon fast langweilig wurde." Damit wollte er Linda zu einer Antwort ermuntern, welche er aber nicht erhielt. Sie saß nur still im Cockpit, als müsste sie erst einmal realisieren, dass das Leben nun doch noch weiterging. Am Ende des Tales, welches inzwischen recht breit wurde, flogen sie über die Staatsgrenze nach Österreich. Hier waren keine italienischen Militärflugzeuge mehr zu erwarten und Wolf zog die Maschine nach oben. Er meldete sich bei der österreichischen Flugsicherung, ersuchte um eine Flughöhe über den Wolken und nach einer halben Stunde hatten sie endlich den Alpenhauptkamm passiert.

Als sie dann im Landeanflug auf Salzburg dem Untersberg recht nahe kamen, meinte Wolf:

„Wenn der General da drinnen im Berg wüsste, was wir alles erlebt haben, nur wegen dieser zwei Bleizylinder."

„Mich würde vielmehr interessieren, was da drinnen ist", sagte Linda, welche sich mittlerweile wieder beruhigt hatte, und sie freute sich schon, dass dies die letzte Landung dieser Reise sein würde. Da sie nun aus Spanien, einem EU-Land, kamen, war auch keine Zollkontrolle vorgesehen und sie konnten mit der Maschine direkt zum Hangar rollen und ihr Gepäck ausladen.

Wieder zu Hause wollte sich Wolf die Bleizylinder nun in Ruhe ansehen. Wenn er ein kleines Loch an der Stirnseite des Zylinders bohren würde, dann könnte er mit einer Mikrokamera, welche er für seine Versuche zu Hause hatte, hineinfahren und am Computer sehen, was sich da in dem Behälter befand. Die Bohrung könnte er anschließend wieder sorgfältig mit Blei verschließen und niemand würde etwas merken. Das Bohren war eine einfache Sache und als er die kleine Kamera hineinsteckte und auf den Monitor sah, da stockte ihm fast der Atem. Im Bleizylinder war, in Watte eingebettet, ein länglicher Kristall in einer wunderschönen blauen Farbe.

Wolf, der ja mit Edelsteinen bestens vertraut war, konnte aber aufgrund der Bilder am Computer nicht sagen, um welchen Stein es sich hier handelte. Ein Saphir war es sicher nicht. Auch ein Topas kam da nicht infrage. Es war eine sehr kräftige, fast dunkelblaue Farbe. Ein Iolith vielleicht? Am liebsten hätte Wolf den Zylinder aufgeschnitten und den Kristall mit dem Refraktometer untersucht. Damit konnte man so gut wie jeden Edelstein bestimmen. Aber wenn er die beiden Bleibehälter dem General bringen wollte, dann sollten sie auch unversehrt sein. Er musste das auch Linda zeigen.

Auch sie war fasziniert von dem Kristall. Er speicherte noch einige Bilder des Kristalls und anschließend wollte Wolf die Bohrung wieder verschließen. Er hob den Zylinder kurz hoch, da fielen zwei kleine, wie Glas aussehende Stücke beim Loch heraus. Linda bückte sich darum.

„Das sind geschliffene Steine, farblos", und drehte die erbsengroßen Steinchen mit ihren Fingern herum.

„Die funkeln wie Diamanten", sagte sie.

„Ihr Frauen habt doch bei glänzenden Dingen immer nur Gold und Edelsteine im Sinn, aber gib mir mal einen der beiden Steine, dann werde ich dir gleich sagen, um was es sich dabei handelt." Als er den Edelstein ansah, ahnte er bereits, dass er einen lupenreinen Brillanten in hervorragender Qualität und mindestens drei Karat in der Hand hielt. Der Test mit dem Diamantenprüfgerät bestätigte Wolf, dass es wirklich so war. Fast ehrfürchtig legte er das Juwel auf den Mikroskoptisch, um die Reinheit des Steines zu kontrollieren.

Er prüfte den Stein mehrmals, als könnte er nicht glauben, was er da sah. Danach bestimmte er noch das Gewicht mit der Karatwaage. „Weißt du, was so ein Diamant wert ist? Dieser Stein hat einen hervorragenden Brillantschliff mit wunderbaren Proportionen, ist absolut ohne Einschlüsse, hat die Farbe ‚E' oder vielleicht sogar ‚D' und wiegt 3,77 Karat. Ganz niedrig geschätzt meine ich, dass dafür in jedem Fall vierzig- bis fünfzigtausend Euro zu bekommen wären."

„Vierzigtausend für so einen kleinen Brillanten? Und der zweite Stein ist auch in ähnlicher Größe und Qualität?" Linda nahm den Zylinder, schüttelte etwas und prompt fielen weitere Diamanten aus dem Loch, die Wolf dann auch gleich untersuchte.

„Alles lupenreine Brillanten. Diese sieben kleinen Stücke hier haben denselben Wert, den so ein Zwölf-Kilo-Goldbarren hat. Nur die sind einfacher zu verkaufen als das Gold." Sie schüttelten beide Zylinder und nach dem Geräusch im Inneren war anzunehmen, dass da noch eine ganze Menge solcher Diamanten drinnen war. „Die sieben Steine behalten wir, das ist jetzt unser Lohn für die abenteuerliche Reise. Der General merkt sicher nicht, dass da ein paar Steine fehlen. Jetzt werde ich das Loch wieder mit einem Bleistöpsel verschließen und in ein paar Tagen fahren wir dann mit den Zylindern zu Kammler."

„Machst du mir einen Anhänger oder einen Ring aus einem dieser Brillanten?", fragte Linda und schaute ganz verträumt auf die funkelnden Edelsteine.

„Warum nicht?", meinte Wolf mit einem verschmitzten Lächeln. „Das glaubt dann ohnehin niemand, dass du da einen echten Diamanten in dieser Größe hast, jeder wird den Stein für einen Zirkonia halten."

Linda sah sich im Geiste schon mit einem schönen, goldenen Anhänger, auf dem ein Dreikaräter in der Mitte prangte.

Wolf wollte aber sein Ziel, das Geheimnis der schwarzen Steine und deren Zusammenhang mit der Zeitverlangsamung, nicht aus den Augen verlieren. Davon mochten ihn auch der Goldbarren und die Diamanten nicht abhalten. Würde ihnen der General sagen, wozu die blauen Kristalle benötigt wurden, oder ging es Kammler nur um die Diamanten in den Zylindern? Sie wären wesentlich einfacher zu Geld zu machen als das schwere Gold. Brauchte Kammler also Zahlungsmittel oder ging es um die Fertigstellung einer technischen Apparatur in der Station?

Kapitel XXXI

Marmorstein

Der Zufall wollte es, dass gerade zu dieser Zeit ein großes internationales Unternehmen eine halbe Million Euro für die Erstellung einer Datenbank über antike Marmorsteinbrüche als Sponsorbetrag an die örtliche Universität versprach. Aus Interesse, woher die Marmorblöcke in den verschiedenen Heiligtümern und Tempeln der Antike wohl stammen würden, hieß es, zumindest in der Meldung im Internet.

Wolf dachte an die alten Steinbrüche am Untersberg, in denen schon zu römischer Zeit Marmor gewonnen worden war. Die waren ja in der Nähe der Stellen, wo sich die Zeitverlangsamungen zeigten. Waren da auch andere Leute dem Geheimnis der Zeitphänomene auf der Spur?

Um zu mehr Informationen zu gelangen, besuchte Wolf daraufhin einen alten Bekannten, Christian, von Beruf Geologe, welcher sich auch mit Archäologie beschäftigte. Als er ihm seine Geschichte von den Steinen erzählte, meinte dieser:

„Ja, da gibt es schon einen Zusammenhang zwischen deinen Erzählungen von den schwarzen Steinen und dem Marmor. Am Untersberg wird Marmor gebrochen, der ganze Berg besteht ja zum Großteil aus Kalkgestein und dort im Berg wurden laut Überlieferung die schwarzen Steine deponiert. Auch die Pyramide in Kairo ist aus Kalkstein. Auch dort, tief im Schacht zur Königinnenkammer, lag so ein schwarzer Stein, welcher sich jetzt im

Museum in London befindet. Auch die schwarze Kugel, welche du aus der unterirdischen Kammer der Pyramide geholt hast, war praktisch überdeckt von Millionen Tonnen Kalkstein. Und in der Ostwüste Ägyptens, in der Gegend von Bir Umm Fawakhir, dort befinden sich ebenfalls Marmorbrüche. Das ist doch die Gegend, wo ihr letztes Jahr bei dem Unwetter in den Bergen Ägyptens den schwarzen Stein in der Osiris-Grotte gefunden habt. Diese Steinbrüche bestehen schon seit pharaonischen Zeiten. Der Marmor dort ist übrigens grün. Die Felsen in der Weißen Wüste, bei denen der Künstler Bard das Erlebnis mit dem Fuchs hatte, sind ebenfalls aus Kalkstein. Wahrscheinlich ist die Kaaba in Mekka auch aus solchen Steinen erbaut.

Egal, ob Marmor oder Kalkstein, das sind alles nur Formen von Kalziumcarbonat. In jedem der von dir erzählten Fälle war der schwarze Stein tief im Kalkstein eingebettet.

Natürlich wäre jetzt interessant zu wissen, ob und weshalb eine Wechselwirkung zwischen den schwarzen Silex-Steinen und dem Kalziumcarbonat entstehen sollte. Ich kann mir das eigentlich nicht vorstellen. Bemerkenswert ist aber, dass in deinen Geschichten in Zusammenhang mit den schwarzen Steinen auch immer der Kalkstein vorkommt. Dieser Konzern übrigens, der da eine Unsumme für ein Verzeichnis solcher antiker Steinbrüche bezahlt, hat vielleicht tatsächlich noch andere Interessen, wer weiß?

Man müsste einmal Versuche mit diesen schwarzen Steinen in einer Umgebung machen, in welcher absolut kein Kalk vorhanden ist, etwa in einer Lavahöhle."

Das war es also! Die Deutschen hatten, damals vor Kriegsende, vermutlich deshalb ihre Versuche in den Lavahöhlen auf der Kanareninsel Fuerteventura machen lassen, weil sie eben kalkfrei waren.

Wolf fragte seinen Bekannten dann auch noch wegen des blauen Kristalls im Bleizylinder und zeigte ihm einige Bilder, welche er mit der Endoskopkamera aufgenommen hatte. „Christian, welche Steine gibt es, die eine solche schöne, blaue Farbe haben?", dabei beschrieb er den Kristall aus dem Bleizylinder so gut er konnte.

„Es wäre denkbar, dass es ein Hauynit ist, das ist ein sehr seltener Edelstein und kommt normalerweise nur in ganz kleinen Kristallen vor, aber ein Stück von einer solchen Größe, wie du mir erzählt hast, davon ist mir nichts bekannt.

Es könnte möglicherweise auch ein blauer Quarzkristall sein. Das wäre dann ein Bergkristall, aber eben in blauer Farbe. Solche Steine sind zwar sehr selten, es gibt sie aber."

Wolf musste bei diesen Worten an den alten Film der deutschen Regisseurin Leni Riefenstahl denken. Dieser Film handelte nämlich von einer Kristallgrotte in den Dolomiten, hoch oben auf einem Berg mit dem Namen „Monte Cristallo". Von dieser Grotte wurde in den Vollmondnächten ein blaues Licht reflektiert, das man noch weit unten im Tal sehen konnte. War dieser Film vielleicht in Absprache mit Hitler gedreht worden? Von seinen Flügen über die Alpen wusste Wolf, dass es in den Dolomiten tatsächlich einen Berg mit Namen „Monte Cristallo" gab. Zumindest gab es da also wieder einen realen Bezugspunkt.

Das Deckenfresko der Wallfahrtskirche vom Ettenberg, auf dem der Lichtstrahl zu einem blauen Edelstein gelenkt wurde, fiel Wolf wieder ein. Ging jetzt die Fantasie mit ihm durch?

„Glaubst du, dass es da Zusammenhänge gibt?", fragte Wolf Linda am Abend, nachdem er ihr von seinem Besuch bei dem befreundeten Geologen erzählt hatte.

„Calciumcarbonat, das ist doch der Baustein allen Lebens", sagte sie, „der Geologe hat recht, das ist uns nämlich gar nicht aufgefallen, dass die schwarzen Steine immer tief im Kalkstein verborgen waren. Aber zu dem Thema der Spiegelung mit den Kristallen, dazu fällt mir auch etwas ein.

Denke einmal zurück an das Tal der Könige, dort haben die alten ägyptischen Baumeister das Licht tief in die Gräber im Fels mittels Spiegel hineingeleitet. Und erinnere dich an Abu Simbel, wo Ramses der Zweite ein System bauen ließ, wodurch zweimal im Jahr die aufgehende Sonne für eine kurze Zeitspanne exakt auf seine Statue schien."

„Jetzt, wo du das sagst, erinnere ich mich auch wieder daran."

„Na ja, schwarze Steine aus Ägypten, Lichtspiegelungen tief in unterirdische Gräber und Tempel, das Zeichen der Sechmet, der ägyptischen Kriegsgöttin, das alles hat Hitler vielleicht inspiriert, aber was er konkret damit tun wollte, wissen wir noch nicht."

Zwei Wochen später erhielt Wolf von Professor Coock von der Universität Liverpool eine E-Mail: „Sie werden es nicht glauben, aber Dr. Hamam lässt jetzt Versuche in der Cheops-Pyramide durchführen. Die Königinnenkammer ist jetzt öfters für ein paar Tage für die Besucher gesperrt worden. Zur gleichen Zeit wurde dann oben, im geheimen Gang, direkt bei der Schachtöffnung, mit Kristallen experimentiert. Es gab da eine undichte Stelle bei seinen Mitarbeitern, es handelte sich dabei aber um einen zuverlässigen Informanten, der selbst bei den Versuchen mit dabei war. Sie haben von dort oben mittels eines Lasergerätes durch verschiedene Kristalle hindurch in den kleinen Schacht hinuntergeleuchtet. Ein dünnes Stahlseil, welches in die Öffnung führte, war auch zu sehen. Ob die aber so einen schwarzen Stein daran befestigt hatten, kann ich nicht sagen. Zumindest muss die ganze Sache sehr wichtig für Said Hamam sein, denn man sieht und hört von ihm zurzeit so gut wie nichts.

Die dabei verwendeten Kristalle sind nicht sehr groß, etwa zehn Zentimeter in der Länge. Was dabei untersucht wird, das kann ich Ihnen nicht sagen. Ich weiß aber, dass in der Königinnenkammer zu dieser Zeit Messgeräte aufgestellt wurden. Ich hoffe, dass diese Informationen für Sie interessant sind."

„Es sieht so aus, als hätte unser Freund Hamam jetzt doch noch einen schwarzen Stein gefunden", sagte Wolf zu Linda.

„Aber offensichtlich weiß er auch etwas von den dazugehörenden Kristallen. Vielleicht konnte er in den uralten Aufzeichnungen, welche er im Vorjahr entdeckte, einen Hinweis finden?"

„Mag sein, warum aber macht er dann Versuche mit verschiedenen Kristallen?"

„Wir könnten ihm ja einen Tipp geben, dass er blauen Quarz probieren sollte."

„Der stolze Ägypter soll es selber herausfinden, der weiß ohnehin immer alles besser."

„Du hast recht und wir werden in Kürze Kammler unseren Besuch abstatten. Der General muss übrigens eine Vorliebe für Kristalle gehabt haben, einige seiner unterirdischen Anlagen trugen ja Namen wie Bergkristall, Cerrusit und Quarz. In einem Monat gehen wir zur Station hinauf, da sollte er dann wieder munter sein."

Ein paar Tage später kam Werner mit einer wichtigen Mitteilung. Er hatte herausgefunden, dass einige Meldungen, welche vermissten Personen am Berg betrafen, urplötzlich aus den Akten verschwunden waren. Auch im Computer fand sich nichts mehr davon. Diese Einträge mussten offensichtlich gelöscht worden sein. Sogar Beamte des Verfassungsschutzes, also vom Geheimdienst, waren in diese Sache involviert, so viel konnte er sagen. Wer wusste also sonst noch von diesen Phänomenen am Untersberg?

Werner gab auch zu bedenken, dass die vier Deutschen, welche damals vor Jahren am Berg verschwunden waren und dann ihre unglaubwürdige Geschichte erzählt hatten, keinerlei Strafe erhielten. Sie mussten auch nicht für die Kosten der umfangreichen Suche aufkommen. Normalerweise war es üblich, dass Leute, welche durch Leichtsinn oder aus Jux Rettungsaktionen am Berg auslösten, ein Strafverfahren zu erwarten hatten und anschließend zur Kasse gebeten wurden. In diesem Fall war es aber nicht so.

„Schade, dass ich Manfred in München damals nicht danach gefragt habe, was die Polizei eigentlich zu ihm sagte, als er nach der Rückkehr seinen Wagen in Salzburg abgeholt hat", meinte Wolf. „Ich war eben viel zu aufgeregt, als ich mir seine Geschichte angehört habe."

„Ich glaube, das können wir herausbekommen, ich kenne da einige Leute recht gut", antwortete Werner.

„Das bezweifle ich", sagte Wolf, „wenn sogar schon der Verfassungsschutz eingeschaltet ist, wird da bestimmt nichts mehr zu hören sein."

Werner erzählte dann auch noch, dass einige Jahre nach dem Vorfall mit den Deutschen Sprengungen im Bereich des alten Steinbruches in der Nähe der Zeitlöcher stattgefunden hatten. Offiziell hieß es, dass man verhindern wollte, dass sich in den alten Ruinen Obdachlose ansiedeln, welche eventuell einen Waldbrand entfachen konnten. Aber dorthin würden sich ohnehin kaum Streuner verirren und zudem war dort in der Nähe des Steinbruches auch gar kein Wald, der angezündet werden konnte. Man hätte übrigens mit weit geringerem Aufwand nur ein paar Meter der alten Gleise über der Schlucht entfernen müssen und kein Mensch wäre mehr dorthin gelangt.

Es waren eben viele Ungereimtheiten, die aber vielleicht System hatten.

Das Phänomen war ja schließlich oft genug in Erscheinung getreten. Und die Behörden waren ja jedes Mal als erste Anlaufstellen bestens und ausgiebig über die Details unterrichtet.

Werner sollte diskret nachforschen, ob in solchen Fällen immer dieselben Beamten, Ärzte oder Sachverständigen herangezogen wurden. Außenstehenden Helfern, welche bei den Suchtrupps dabei waren, wurde stets gesagt, dass es so etwas wie ein Zeitphänomen nicht gibt, da ja ansonsten am laufenden Band die zahlreichen Wanderer am Berg verschwinden müssten. Es wurde aber verschwiegen, dass sich die Phänomene nur in einem räumlich sehr begrenzten Gebiet des Untersberges zeigten und fast ausschließlich dann, wenn die betreffenden Personen zum Stillstand kamen und zum Beispiel Rast machten.

Aber von der Station der SS-Leute in der Felswand wusste wahrscheinlich niemand etwas.

Wolf fuhr mit seinem Jeep an einem späten Nachmittag zum Berg und wollte die neu errichteten Forststraßen erkunden. Es waren zwar bei jedem der Wege Fahrverbotstafeln und auch Schranken waren angebracht. Für Wolf mit dem absolut geländetauglichen Fahrzeug waren das aber keine Hindernisse. Er fuhr einfach querfeldein durch den Wald neben der Absperrung und nach fünfzig Metern kam er wieder auf den Forstweg. Ein Stück weiter oben gabelte sich der Weg und er nahm den linken der beiden. Hier musste er in die Nähe der Felswand kommen, in der sich die Station befand. Die Straße hörte plötzlich auf und am Ende stand ein Baucontainer, welcher wohl für die Unterbringung der Werkzeuge für die Arbeiter dienen sollte. Wolf hielt den Jeep an, nahm sein Fernglas und stieg aus. Als er an der steilen Abbruchkante der unvollendeten Straße stand und zur Wand hinüberblickte, konnte er absolut nichts Außergewöhnliches entdecken. Zwischen ihm und dem Eingang zur Station war jetzt nur noch ein tiefer Graben mit einem Gebirgsbach ganz unten. Etwa dreihundert Meter Luftlinie trennten ihn von der Felswand. Aber er war sich sicher, dass der Weg zur Türe von hier oben trotzdem wesentlich kürzer war als jener, welchen er bisher mit Linda genommen hatte. Beim Zurückgehen sah er an der Stirnseite des Baucontainers, welche der Felswand zugewandt war, mehrere Öffnungen, in denen vier objektivartige Teile verborgen waren. Diese Objektive zeigten zwar in unterschiedliche Richtungen, aber alle vier waren auf die andere Seite der Schlucht ausgerichtet. Der Container hatte auch keine Fenster, nur eine verschlossene Türe mit einem Zylinderschloss, welches Wolf nicht öffnen konnte.

„Wer weiß, was da wohl drinnen ist?", sagte er am Abend zu Linda, als er ihr von seinem kleinen Ausflug erzählte.

„Vermutlich sind es Messgeräte oder Kameras, welche jede Bewegung an der Felswand aufnehmen."

„Wenn wir in zwei Wochen hinauffahren, dann werde ich die Stirnseite des Containers, falls der dann noch dort steht, mit einer Plane abdecken. Ich möchte nicht, dass uns irgendwer auf Video aufnimmt, wenn wir bei der Türe an der Felswand unsichtbar werden."

„Dann gibt es wieder neue Geschichten und Sagen", lachte Linda.

„Ich glaube eher nicht, wir würden damit aber auf alle Fälle die Position des Einganges zur Station verraten. Umsonst hat da nicht irgendwer ein so großes Interesse am Berg, dass er Kameras aufstellen lässt."

„Denkst du dabei vielleicht an die Calziumcarbonat-Firma?"

„Das wäre bestimmt denkbar, aber möglicherweise gibt es auch noch andere, die da am Suchen sind."

„Ich schlage vor, dass wir so rasch wie möglich die Goldbarren aus dem Teich herausholen. Ich möchte nicht, dass uns da irgendwer zuvorkommt. Danach kannst du dich in Ruhe deinem Zeitphänomen widmen."

„Ich weiß, bei Gold kannst du einfach nicht widerstehen. Wenn wir es finden, dann quittierst du deinen Job und machst mittlerweile Urlaub auf Hawaii, während ich in diesen Höhlen und Gängen herumsuche."

Als es in der darauf folgenden Woche noch immer trockenes Frühlingswetter gab, fuhren die beiden mit dem Geländewagen zum Teich auf den Obersalzberg hinauf. Zuvor hatte Wolf noch eine Teleskopstange, welche eigentlich zum Reinigen des Swimmingpools diente, umgebaut. Anstatt des Keschers befestigte er am Ende eine Art Rechen aus zwei dünnen, federnden Stahlgabeln, welche den schlammigen Grund des Weihers leicht durchdringen würden. Sollten sie einen Goldbarren damit streifen, so würde das weiche Metall sichtbare Spuren auf dem harten Federstahl hinterlassen.

Auf dem Waldweg, welcher eigentlich nur noch fragmentarisch bestand, war der Jeep endlich in seinem Element. Wolf schaltete auf den langsamen Vierradantrieb mit den Differentialsperren. Wie auf einem Offroad-Parcours mit sumpfigen Stellen, Baumwurzeln und Felsen und manchmal bis zum Einstieg im Schlamm ackerte sich der starke Wagen röhrend vorwärts. Linda war wieder einmal kurz vor einem Nervenzusammenbruch. „Wenn wir hier steckenbleiben, da holt uns keiner mehr raus, dann brauchen wir einen Hubschrauber!"

„Das ist eben ein Geländewagen, der ist für so etwas gebaut, da fühlt er sich erst so richtig wohl", antwortete Wolf und ließ es sich nicht anmerken, dass ihn auch schon ein mulmiges Gefühl überkam. In solch einem Terrain war er noch nie mit einem Fahrzeug gefahren.

Beim Teich angekommen, zog Wolf die sechs Meter lange Teleskopstange auseinander und versuchte vorsichtig den Boden des Gewässers zu durchpflügen. Nichts, rein gar nichts war da zu spüren. Dann versuchte es Linda von einer anderen Stelle aus. „Schau, ich hab etwas!", rief sie Wolf zu, welcher auf der gegenüberliegenden Seite stand, und hob die lange Stange wie eine Angelrute aus dem Wasser.

„Pass auf und halte die Stange ruhig. Senke sie jetzt langsam ab, ganz langsam, hörst du!"

Die verdutzte Linda tat, was Wolf von ihr verlangte. Im nächsten Moment war er schon beim Ende der Stange angelangt und nahm vorsichtig das runde, eiförmige Gebilde in der Größe einer Orange von der Gabel.

„Eine Handgranate hast du da herausgefischt und noch dazu direkt am Abzugsring."

Linda erschrak und ließ die Teleskopstange fallen.

„Du hast anscheinend eine Anziehungskraft für solche explosiven Dinger, denke an die Granate in der Lavahöhle zurück, welche uns fast zum Verhängnis geworden wäre." Mit diesen Worten ließ er die verrostete Handgranate wieder vorsichtig auf den Grund des Teiches gleiten, wo sie sogleich wieder im Boden versank.

Anschließend zog Wolf noch einige Zeit den Rechen durch den Schlamm, ohne auch nur irgendeine Spur von den Goldbarren zu entdecken. Da war nichts von dem, was ihnen der General erzählt hatte. Vielleicht waren die Barren schon vor Jahren entdeckt und geborgen worden oder lagen sie einfach nur viel tiefer im Schlamm?

„Bist du jetzt enttäuscht?", fragte er Linda.

„Eigentlich hatte ich es nie so richtig glauben können, dass hier im Wasser über eintausend Kilo Gold liegen sollen, aber wir haben ja schließlich die sieben Diamanten und fast zehn Kilo Gold sind ja auch noch übrig."

„Das Wichtigste ist für mich aber nach wie vor das Zeitphänomen", antwortete Wolf, „wir werden bestimmt noch mehr darüber erfahren, wenn wir das nächste Mal mit General Kammler reden."

Werner rief an und hatte eine erstaunliche Neuigkeit zu berichten.

„Ich habe im Zuge der Ermittlungen über zwei abgängige Mädchen am Untersberg mit einem Kollegen, einem Hubschrauberpiloten, gesprochen. Alle Helikopter des Innenministeriums sind ja für die Personensuche auch mit Wärmebildkameras ausgestattet. Der Pilot hat mir erzählt, dass beim Überfliegen des Gebietes oberhalb der Steinbrüche und auch an einer anderen Seite des Berges immer wieder kleine, dunkle Flecken am Bildschirm aufgetaucht wären. Das bedeutet, dass es dort an diesen Stellen wesentlich kühler sein musste als in der Umgebung. Im Winter, wenn Schnee und Eis den Boden bedecken, ist so etwas nichts Ungewöhnliches. Im Sommer aber, da könnte es sich höchstens um einen eiskalten Gebirgsbach oder um kleine Quellen handeln. Dort war aber im konkreten Fall kein Bach oder eine Quelle. Die Suchmannschaften sind darauf geschult, wärmeabstrahlende Objekte, welche am Monitor rot und gelb leuchtend dargestellt werden, zu lokalisieren. Auf die dunklen, blauen und schwarzen Stellen hat aber bislang niemand geachtet. Wenn dort an den sogenannten Zeitlöchern die Temperatur niedriger sein sollte, dann wäre das ein neuer Ansatz zur Erforschung des Phänomens."

Werner hatte aufgrund seines Berufs als Polizeibeamter auch ein gutes Gespür für Zusammenhänge. Ihm war aufgefallen, dass der spezielle Bereich des Untersberges, in welchem sich ein Großteil der alten Sagen abspielte und in dem sich auch viele der mysteriösen Vorfälle in der neueren Zeit ereigneten, nicht für jedermann zugänglich war. Zum einen war ein riesiges Areal direkt am Fuße des Berges als Trinkwasserschutzgebiet eingezäunt und mit Zutrittsverboten belegt worden. Direkt darauf war ein Schießübungsplatz des Militärs mit ähnlich großen Ausmaßen, der ebenfalls nicht betreten werden durfte, gefolgt. Auch keine Spazierwege waren in diesem Gebiet angelegt worden. Die Bewohner der angrenzenden Ortschaften hatten sich aber im Laufe der Zeit daran gewöhnt und so dachte sich auch niemand etwas dabei, dass man eben auf einigen Kilometern Länge nicht an den Fuß des Berges heran konnte.

Die Zeit war gekommen, um die Bleizylinder zur Station in der Felswand, zu Kammler, zu bringen. Wolf fuhr zur Sicherheit schon am Vortag die neue Forststraße hinauf, um zu sehen, ob der Container mit den versteckten Kameras noch oben stand. Aber diesmal schien alles verlassen und leer zu sein. Nichts Auffälliges war zu entdecken.

„Wir müssen unbedingt mit Kammler über die schwarzen Steine sprechen, was ‚Sechmet' damit zu tun hat und ob er etwas über das Deckenfresko in der Kirche von Ettenberg weiß", sagte Wolf.

„Ich hoffe, wir erhalten auch Antworten. Wer weiß, wenn er mit den Zylindern das erhalten hat, was er wollte, sind wir dann in irgendeiner Weise noch nützlich für ihn?"

„Wahrscheinlich doch", entgegnete Wolf, „schließlich bekommt er jetzt mit den Zylindern den Beweis, dass er uns trauen kann, und letztlich wissen wir ja auch schon eine Menge über das Zeitphänomen."

„Aber gerade das könnte für uns eine gewisse Gefahr darstellen. Wie hat er damals doch über die Arbeiter an der Station gesagt: ‚Es war üblich, sich Mitwissern zu entledigen', das war ja nicht gerade ermutigend für uns."

„Ich glaube trotzdem, dass er uns nichts tun wird, oder soll ich morgen alleine raufgehen?"

„Nein, ich werde mitkommen, ich begleite dich schon, jetzt haben wir in dieser Angelegenheit so vieles gemeinsam überstanden. Dann wird es auch diesmal gutgehen."

„Danke, dafür werde ich ihn auch um einen Goldbarren für dich ersuchen."

Der nächste Tag war bewölkt und es herrschte kein besonders schönes Wetter. Also ideal, um keinem Menschen am Berg zu begegnen. Sie fuhren mit dem Jeep die neue Straße nach oben und stiegen anschließend den Graben hinunter. Die Wiese war infolge des Regens der vergangenen Tage etwas rutschig. Der Aufstieg zum Bergwald und der dahinterliegenden Felswand war daher etwas mühsam. Linda hatte die zwei Zylinder in ihrem Rucksack. Bei der Wand angekommen, überschritten die beiden gleichzeitig die Zeitsprungstelle und wie schon früher tauchte die Eisentüre unter leichtem Flimmern vor ihnen auf. Wolf öffnete die Türe und rief nach Weber. Danach warteten sie eine Zeit lang, aber niemand kam. Abermals machte Wolf die Türe auf und wollte nochmals rufen, da entdeckte Linda am Boden hinter der Schwelle ein Papier. Sie hob es rasch auf und sie gingen wieder zurück.

„Wenn Sie die zwei Bleizylinder dabei haben, dann legen Sie diese bitte auf den Boden im Gang. Wir werden uns in einigen Stunden mit Ihnen in Verbindung setzen", stand auf dem Zettel.

„Gut, dann legen wir die Dinger einfach hinein und kommen eben in ein paar Stunden wieder", meinte Linda.

„Nein, die meinen sicher wieder ein bis zwei Monate, die rechnen doch immer mit ihren Zeitangaben", sagte Wolf und öffnete ein drittes Mal die Blechtüre, worauf Linda die beiden Zylinder aus ihrem Rucksack nahm und auf den Betonboden legte.

Als sie nach einer Weile wieder zu ihrem Jeep kamen, stand unmittelbar dahinter ein neuer, moderner Geländewagen. Zwei Männer stiegen aus und einer der beiden sagte zu Wolf: „Sie wissen doch sicher, dass es strengstens untersagt ist, diese Wege hier zu betreten und erst recht zu befahren. Was machen Sie hier überhaupt?"

Linda wollte bereits sagen, dass sie Pilze suchen würden, aber jetzt im Frühjahr war das kaum möglich und außerdem kam Wolf ihr mit einer Antwort zuvor.

„Dasselbe könnte ich Sie fragen, Sie sehen nicht gerade wie Jäger aus und ich glaube auch kaum, dass Sie Angestellte des Waldbesitzers sind", konterte Wolf, der am Kennzeichen des Fahrzeuges erkennen konnte, dass die Männer von auswärts kommen mussten.

„Würden Sie jetzt trotzdem wieder von hier wegfahren", antwortete der Mann jetzt aber in sichtlich ruhigerem Ton.

„Ist schon in Ordnung, wenn Sie zuvor mit Ihrem Wagen den Weg freimachen würden." Wolf wollte gerade einsteigen, als der andere der beiden Männer fragte: „Was machen Sie wirklich hier oben?"

„Wir suchen Zeitlöcher!", war Wolfs provozierende Antwort, die die beiden aber wie elektrisiert zusammenzucken ließ.

„Auch Männer mit braunen Kutten und Kapuzen, die im Berg wohnen und die recht viel Gold haben, soll es hier geben."

Linda schaute zur Seite und musste sich das Lachen verkneifen.

„Übrigens, sind die Aufnahmen von letzter Woche gut geworden? Haben Sie gesehen, was Sie sehen wollten? Ich spreche von den Kameras im Bau-Container."

Wieder tauschten die Männer einen Blick aus. „Was wissen Sie von dem Container? Sie waren demnach schon öfters hier oben?"

„Zuerst zu Ihnen, für wen arbeiten Sie eigentlich?", fragte Wolf.

„Wir sind Mitarbeiter einer internationalen Firma für geologische Forschungen und machen hier oben am Berg Messungen."

Aha, die Calziumcarbonat-Firma also, dachte Wolf. Aber was wollten sie und vor allem, wie viel wussten die wirklich? Wolf ließ sich nichts anmerken und antwortete:

„Ja, wir sind öfters am Berg, es ist so eine Art Hobby von uns beiden, und bei dieser Gelegenheit haben wir eben den Container mit den Objektiven gesehen, verstehen Sie, wir wünschen Ihnen noch einen schönen

Tag", sagte Wolf, stieg in den Wagen und ließ die verdutzten Männer zurück.

„Du hast die zwei ganz schön durcheinandergebracht, die wissen jetzt bestimmt nicht, wie sie uns einordnen sollen", meinte Linda, als sie am Fahrzeug der beiden vorbei nach unten fuhren.

„In zwei Monaten kommen wir nochmals herauf, dann nehmen wir aber den alten Weg über das Wasserschloss, da treffen wir sicher auf niemanden."

Von Apollo bekam Wolf eine interessante Mail, in welcher dieser von blauen Kristallen schrieb. Diese sollten am Ende des Krieges in der „Glocke" Verwendung gefunden haben.

„Die ‚Glocke', so bezeichneten doch Kammler und seine Leute damals diesen Apparat, mit dem sie die Gravitation und den Zeitfluss verändern wollten?"

„Chronos und Laternenträger meinst du wohl?"

„Das war doch bestimmt etwas Ähnliches, wenn nicht sogar dasselbe."

„Ja, dann braucht Kammler vielleicht nur noch die blauen Kristalle, um die Apparatur in Gang zu setzen."

„Das ist aber wirklich sehr abenteuerlich, was du dir da zusammenreimst." Ungläubig zog Linda die Stirne hoch.

„Auf alle Fälle bin ich neugierig, wie der General mit uns in Verbindung treten möchte."

„Er wird vielleicht bei uns anrufen. Vor unserem Abflug nach Fuerteventura hast du ihm doch ein Handy mitgebracht."

Tatsächlich meldete sich General Kammler nach einigen Wochen telefonisch bei Wolf, es war zwei Uhr nachts und er hatte sein Handy auf lautlos eingestellt. Der General sprach einfach auf die Mailbox: „Wir danken Ihnen für die Beschaffung der beiden Bleizylinder. Unser Gerät ist damit bald funktionsfähig. Wir sind aber jetzt gezwungen, den Eingang zur Station unkenntlich zu machen. Es wurden neue Forstwege sehr nahe an die Zeitsprungstelle heran gebaut und es besteht die Gefahr, dass einer unserer Leute beim Verlassen der Station entdeckt würde. Wir dürfen kein Risiko eingehen. Das Ganze wird wie ein Felssturz aussehen. Wir werden wieder Kontakt mit Ihnen aufnehmen."

Was hatte der General vor? Wie wollte er den ohnehin verborgenen Eingang unkenntlich machen?

Kapitel XXXII

DER FELSSTURZ

In der nächsten Woche wurde im Rundfunk und in den Tageszeitungen von einem mächtigen Felssturz am Untersberg berichtet. Sogar vom lokalen Fernsehsender wurde ein Bericht darüber ausgestrahlt. Kammler hatte also die Wahrheit gesagt.

Bestimmt würde sich jetzt für eine längere Zeit niemand mehr in dieses Gebiet wagen. Sehr groß wäre nach den Meldungen die Gefahr weiterer Steinlawinen. Wolf wusste aber, dass Kammler nicht mehr sprengen würde, und deshalb konnten sie, wenn sie wollten, auch ohne Gefahr das Gebiet der Zeitlöcher betreten.

Das taten sie dann auch und fuhren auf den Berg, um sich vor Ort direkt an der Felswand ein Bild davon zu machen.

„Ich bin neugierig, was da oben wirklich geschehen ist, im Fernsehen wurden ja nur Bilder vom Hubschrauber aus gezeigt", sagte Linda.

Als sie aus dem Wald herauskamen, traute Wolf seinen Augen nicht. Die Felswand sah völlig verändert aus. Große Steinblöcke und viel Geröll lagen haushoch direkt vor dem Eingang zur Station. Sogar einige der großen alten Bäume des Hochwaldes waren geknickt.

„Was ist hier passiert, wo kommen auf einmal die vielen Steine her?", rief Linda hektisch.

„Wahrscheinlich von oben", er deutete dabei auf die weit über einhundert Meter hohe Felswand über ihnen.

„Keine Ahnung, wie Kammler das angestellt hat, aber ich vermute, dass sie ganz oben in einer Kluft eine gewaltige Sprengladung angebracht haben. Dadurch ist dann ein riesiger Felsen vom Berg abgespalten worden und direkt vor den Eingang gefallen", entgegnete Wolf. Die Türe an der Felswand war jetzt tief verschüttet, an ein Ausgraben war hier oben nicht zu denken. Selbst mit schwerem Gerät, mit welchem man ja ohnehin nicht herauffahren konnte, wäre wegen der Steilheit des Geländes ein Wegbaggern der Felsen unmöglich.

Etwas enttäuscht sah Wolf Linda an.

„Jetzt wird es wohl doch nichts mit einem zweiten Goldbarren." Linda schaute etwas geknickt und fragte dann:

„Ob dem General und seinen Männern da drinnen etwas passiert ist?"

„Wohl kaum, die sind ja in ihrer Station tief im Berg in Sicherheit. Mich würde es aber interessieren, ob die noch einen anderen Ausgang haben", antwortete Wolf.

„So, wie ich Kammler einschätze, hat er als Perfektionist ganz sicher schon beim Bau der Station eine Art Notausgang errichten lassen. Die haben wirklich nichts dem Zufall überlassen. Aber ich kann mir nicht vorstellen, dass wir diesen Eingang finden werden."

„Glaubst du, dass die Leute von der Calziumcarbonat-Firma bereits etwas herausgefunden haben, was das Zeitphänomen betrifft? Danach gesucht haben sie wahrscheinlich schon, denk an die Reaktion der beiden Männer, als du die ‚Zeitlöcher' erwähnt hast."

„Wir werden ja sehen, ob wir etwas vom General hören werden."

„Ja gut, aber glaubst du allen Ernstes, dass er jetzt einfach durch Tonnen von Fels hindurch bei uns anrufen wird?"

„Nicht durch den Fels, aber wie gesagt, ich denke da eben an so einen Notausgang, durch den er aus dem

Berg heraus könnte, um zu telefonieren, aber warten wir erst einmal ein paar Stunden ab."

„Du meinst jetzt damit wahrscheinlich wieder Wochen und Monate."

„Mag sein", sagte Wolf und bückte sich um ein verbogenes Metallteil, welches aus der großen Geröllhalde vor der Felswand herausragte. Es war der Griff von der Eisentüre zur Station.

Da läutete plötzlich sein Handy. Die Nummer von Kammlers Telefon war auf dem Display zu sehen.

„Hier ist Obersturmbannführer Weber, der General lässt Ihnen ausrichten, dass bei uns alles in Ordnung ist. Dank Ihrer wertvollen Hilfe ist unsere Apparatur jetzt in wenigen Stunden einsatzbereit. Zu einer Demonstration ihrer Möglichkeiten werden wir Sie dann einladen. Im Übrigen können wir Sie gerade sehen, Sie stehen direkt an der Stelle des Felssturzes. Sie werden wieder von uns hören." Das Telefon verstummte.

„Na, was habe ich dir gesagt", meinte Linda, während sie hoch zu den Felsen des Berges hinaufblickte, „die haben nur noch einige Teile zur Fertigstellung Ihres Apparates gebraucht."

„Ja, du hast recht gehabt, das waren sicher die blauen Kristalle, aber ich bin neugierig, was für ein Gerät das ist, das sie uns da vorführen möchten. Um eine Technologie soll es sich dabei handeln, welche sich völlig von unserer herkömmlichen unterscheidet, hat der General zu mir gesagt", antwortete Wolf, während sie wieder hinunter zum Wagen gingen.

Sie kehrten wieder in der großen Gaststätte am Fuße des Untersberges ein. Sie saßen auch wieder am selben Tisch wie damals mit Kammler und Weber. Auf der Speisekarte stand unter anderem Lammkeule. Es war bald Ostern. Sie mussten nun warten, denn in einigen Stunden, und das hieß frühestens im Sommer, würde sich der General wieder melden.

Der Autor

Stan Wolf wurde 1950 in Passau geboren. Die ersten Lebensjahre verbrachte er auf einem Bauernhof in Deutschland. Seine Schulzeit und die Ausbildung zum Stahlbautechniker absolvierte er in Salzburg, am Fuße des Untersberges, wo er nunmehr seit über dreißig Jahren ein kleines Unternehmen betreibt.

Stan Wolf ist verheiratet, hat zwei Töchter und mittlerweile auch schon eine Enkelin. Seine Hobbys sind die Fliegerei und versunkene Kulturen. Seine Vorliebe für die Wüste führte ihn schließlich nach Ägypten, wo er mehrmals im Jahr auf entlegenen Pfaden den Spuren der Pharaonen folgt.

Aufgrund der abenteuerlichen Erlebnisse auf seinen Reisen beschloss er, diese in Form eines Romans einer breiten Öffentlichkeit zugänglich zu machen.

Ein Herz für Autoren

Der Verlag

Der im österreichischen Neckenmarkt beheimatete, einzigartige und mehrfach prämierte Verlag konzentriert sich speziell auf die Gruppe der Erstautoren. Die Bücher bilden ein breites Spektrum der aktuellen Literaturszene ab und werden in den Ländern Deutschland, Österreich, Schweiz und Ungarn publiziert.

Das Verlagsprogramm steht für aktuelle Entwicklungen am Buchmarkt und spricht breite Leserschichten an. Jedes Buch und jeder Autor werden herzlich von den Verlagsmitarbeitern betreut und entwickelt.

Mit der Reihe „Schüler gestalten selbst ihr Buch" betreibt der Verlag eine erfolgreiche Lese- und Schreibförderung.

Manuskripte sind beim novum Verlag jederzeit gerne willkommen!

novum
VERLAG

Rathausgasse 73
A-7311 Neckenmarkt
Tel: 02610/431 11

www.novumverlag.com

AUSTRIA | GERMANY | SWITZERLAND | HUNGARY